O toque do bilionário

UM ROMANCE DOS IRMÃOS SINCLAIR

J. S. SCOTT

Autora best-seller do NY Times e do USA Today

O toque do bilionário
Um Romance dos Irmãos Sinclair

Tradução: Alice Klesck
Design de capa por Laura Klynstra

ISBN: 978-1-946660-38-1 (versão impressa)
ISBN: 978-1-946660-37-4 (versão eletrônica)

Esse livro é dedicado à minha amada mãe, Jennie. Ela deixou esse mundo em 22 de agosto de 2015, após uma longa batalha contra o Mal de Parkinson. Minha mãe é a razão para que eu esteja escrevendo hoje. Ela era leitora de romances e eu passei a devorar seus livros, ainda muito jovem, porque ao longo dos meus anos de adolescência, eu surrupiava seus romances da Harlequin, depois que ela os tivesse terminado. Ler aqueles livros foi o início de um amor por toda a vida pelos romances, que permaneceu comigo e foi o comecinho do meu desejo de escrevê-los. Minha mãe acreditava que trabalho duro e a bondade com os outros levavam uma pessoa longe. Ela estava certa e eu sempre tento o meu melhor para viver segundo o exemplo que ela me deixou.

Eu te amo, mãe, e sentirei a sua falta a cada dia, pelo resto da minha vida, mas você continuará vivendo através de mim e minhas lembranças da mulher extraordinária que você foi. Obrigada por sempre ser minha maior fã e por se orgulhar tanto de mim.

De sua amorosa filha, que jamais a esquecerá.

- Jan

Índice

Prelúdio

Quatorze meses antes

Miranda Tyler distraidamente mordia uma caneta que estava entre seus dedos, alheia aos germes que poderia estar ingerindo do objeto tão surrado. Ela olhava pensativa para o e-mail em branco à sua frente. Ela iria, mesmo, fazer isso? Parecia tão insensato e, no entanto...

Sua amiga Emily tinha acabado de ir tentar falar pessoalmente com o único Sinclair que morava na região, o único homem que tinha recursos para salvar o Natal da cidadezinha costeira de Amesport no Maine.

Não era culpa de Emily que todos os fundos do Centro Juvenil de Amesport tivessem sido roubados, mas Miranda – também conhecida como Randi, para os amigos – sabia que Emily estava se culpando pelo grande fiasco. Sua amiga era meiga, confiável e esses traços a deixaram completamente ferrada. Todo o dinheiro tinha sumido dos fundos de Natal, roubados por um babaca em quem Emily havia confiado e agora elas precisavam desesperadamente de ajuda.

Ora, vamos, Randi. Se Emily pôde tentar falar com a Fera de Amesport, Grady Sinclair, você pode tomar coragem para mandar uma porcaria de e-mail.

Honestamente, mandar um e-mail para um endereço genérico, na esperança de que um dos Sinclair bilionários possa de fato ler e ajudar a cidade de Amesport parecia, sim, uma atitude um tanto sem sentido. Mas Randi estava desesperada e ela não conseguia arranjar nenhuma ideia melhor, embora quisesse muito. Seus pais de criação haviam lhe deixado a casa, mas seu trabalho como professora não era exatamente lucrativo. Ela se virava com o que recebia, mas não tinha os recursos necessários para substituir o dinheiro do Natal. Se tivesse, ela não pensaria duas vezes para dá-lo. Infelizmente, isso não era opção.

Uma vez que Emily tinha ido encontrar A Fera – também conhecido como Grady Sinclair – Randi havia se sentado num dos computadores do Centro Juvenil, tentando encontrar os endereços de e-mail do restante da família Sinclair. *Como se os irmãos e primos bilionários realmente fossem tornar públicos, os seus e-mails pessoais, não?* Ainda assim, Randi queria fazer alguma coisa.

Emily ficara tão arrasada e desesperada. Randi não suportava isso e ela não podia ficar sentada, sem fazer nada, enquanto Emily ia rastejar para Grady Sinclair e levando em frente, como se tudo fosse culpa dela. Na realidade, Emily era uma diretora incrível no Centro, uma mulher abnegada que se dedicara à organização sem fins lucrativos que era o coração da vida em Amesport. O Centro tornara-se um lugar melhor desde que Emily aceitou o cargo de diretora.

Simplesmente faça! Envie a porcaria do e-mail. O que pode acontecer de pior?

Randi pousou a caneta que estava mordendo, copiou e colou o endereço de e-mail publicado no website da Fundação Sinclair em seu rascunho vazio. Ela havia encontrado a página durante sua pesquisa – a organização era um grande grupo beneficente, do qual todos os bilionários Sinclair participavam. Era muito provável que seu e-mail fosse parar nas mãos de alguma assistente ou secretária. Ela duvidava muito que qualquer um dos Sinclair pusesse a mão na massa, com as ações beneficentes. Mas, talvez, um dos funcionários tivesse coração e passasse as informações do e-mail a um dos chefes, pois era quase Natal.

Prezado Sr. Sinclair:

Randi parou, depois de digitar as letras genéricas, calculando que esse seria um bom começo, como qualquer um, já que todos eles tinham o mesmo sobrenome. Ela rapidamente escreveu o e-mail mais curto possível, explicando a crise e praticamente implorando pelo auxílio deles. Ao terminar, ela deu um suspiro de alívio. Ela detestava rastejar por qualquer coisa; isso não lhe caía bem. Mas ela adorava Emily e não havia nada que ela não fizesse por seus verdadeiros amigos.

Grady era o único Sinclair que vivia em Amesport, e Emily o estava abordando pessoalmente. Com sua reputação de ser um babaca e muito recluso, havia sido necessária muita coragem de Emily para abordá-lo, na isolada Península de Amesport.

Desviando os olhos para o relógio na parede, Randi se deu conta de que provavelmente agora, Emily estaria chegando à mansão de Grady. Os irmãos de Grady, Evan e Jared, também tinham, cada um, uma casa na mesma região da periferia da cidade, assim como a irmã deles, Hope. As mansões atualmente estavam vazias e raramente eram visitadas.

Gente de sobra fofocava sobre os Sinclair, principalmente sobre Grady, mas ninguém realmente conhecia nenhum deles. Honestamente, Randi nem conseguia lembrar-se de uma ocasião em que realmente tivesse visto algum dos outros Sinclair vindo à Amesport, de férias. Jared tinha supervisionado a construção das casas dos irmãos, na península exclusiva, mas nunca tinha visto nenhum deles.

Todos os homens Sinclair só podem ser um bando de esnobes de pescoço duro! Eles certamente nunca frequentaram nenhum dos negócios locais, ou as pessoas os conheceriam.

Randi queria muito ter encontrado informações sobre a irmã Sinclair, mas Hope estava raramente na mídia e aparentemente não era ativa em redes sociais. Os primos de Grady, Micah, Julian e Xander, tinham pouca ligação com a cidade, mas parte de sua herança estava ali. Portanto, ela tentaria atrair o senso familiar deles.

Enquanto ela lia a nota rapidamente escrita, em busca de erros, ela hesitou em como assinar a carta. Ao escrever de seu e-mail ali do Centro, ela poderia manter-se anônima, como qualquer cidadão preocupado. Todos na cidade de Amesport tinham acesso a e-mails, na salinha de computadores do Centro, e Randi tinha seu próprio e-mail gratuito, que ela criara apenas para negócios, ali. Ela raramente usava, exceto para mandar relatórios de progresso aos pais de alunos que ela ajudava, dando aulas após o expediente, como voluntária. Infelizmente, ela tinha quase certeza de que a maioria dos pais nem se davam ao trabalho de ler sua correspondência.

Ela acabou simplesmente assinando o e-mail: *Um cidadão preocupado de Amesport.*

Ao apertar "enviar", com um suspiro profundo, ela observava a carta sendo enviada ao espaço cibernético, imaginando exatamente quem poderia lê-la. Provavelmente, uma assistente que vai deletar, sem pensar duas vezes. A Fundação Sinclair é uma organização beneficente gigantesca. Eles angariam fundos para grandes organizações sem fins lucrativos, sem nunca os direcionar à uma crise de cidadezinha.

Randi saiu da página do e-mail do Centro e desligou o computador. Ela havia prometido a Emily que supervisionaria suas atividades ali, enquanto a amiga fosse abordar Grady Sinclair para tentar conseguir os fundos que elas precisavam para salvar o Natal de Amesport e dos vilarejos próximos. Infelizmente, o Natal não seria muito feliz, se elas não conseguissem reaver os fundos para comprar presentes para as crianças carentes e fazer a festa natalina anual. Para algumas das crianças, o que elas ganhassem do Centro seria seu único presente e a comida fornecida para a festa de Natal, o seu jantar.

Randi afastou o pensamento terrível da cabeça, ao olhar todas as decorações pelo prédio antigo. Emily tinha trazido vida à estrutura antiga, embora o velho Centro precisasse desesperadamente de manutenção. As guirlandas coloridas e decorações natalinas estavam por toda parte, penduradas com amor para a festa pelos funcionários e voluntários.

Dando uma espiada na área onde os idosos faziam suas partidas de bingo, a barriga de Randi roncou diante dos aromas provocadores que vinham dali. Ela tinha vindo para o Centro, direto de seu emprego da escola local, para dar aulas particulares a alguns alunos que estavam tendo dificuldade com os estudos, e ela estava faminta.

Entrar sorrateiramente na sala para surrupiar algumas asinhas de frango e um pedaço de bolo, sem ser percebida pelas aguçadas senhoras idosas, nunca era fácil, mas ela estava disposta a encarar o desafio. Roubar comida se tornara quase uma arte para ela, no começo de sua adolescência.

Depois de passar uma semana checando o e-mail em busca de uma resposta, sem sucesso, Randi esqueceu-se quase que completamente da mensagem que havia mandado, em seu desespero... até que finalmente recebeu retorno...

Dois meses depois...

Evan Sinclair poderia ter rido do e-mail ridículo que ele tinha acabado de ler – se fosse o tipo de homem que achasse alguma coisa engraçada... o que ele não achava. Jamais!

Ele ficou olhando fixamente o e-mail, franzindo o rosto, ao lê-lo, pela segunda vez. Que tipo de pessoa teria a audácia de pedir dinheiro a uma instituição que levantava recursos expressivos para a pesquisa do câncer, mulheres que sofrem abuso e várias outras causas urgentes que a Fundação Sinclair ajudava? E nem era por uma boa causa, na opinião dele. Era para a pequena cidade costeira que precisava de fundos natalinos. Será que o autor da mensagem realmente achava que ele era algum tipo de duende amistoso para lhe conceder seu pedido de Natal?

Até parece!

Evan não acreditava em Natal. Se houvesse uma versão moderna do Tio Patinhas, seria ele, só que ele não teria a aparente epifania que o velho Ebenezer vivenciou. Na verdade, as festas o deixavam irritado, como sempre deixariam. Representavam uma interrupção nos negócios e o agendamento de reuniões pautadas na temporada festiva frívola e comercial. Nunca foi uma festividade particularmente agradável quando ele era criança e ele abominava ainda mais, depois de adulto.

Geralmente, nenhum de seus irmãos ou primos olhava a caixa de entrada da Fundação, e eles certamente não respondiam às cartas pessoalmente; tinham empregados para isso. Mas o e-mail chamou sua atenção quando sua assistente lhe escreveu a respeito de uma reclamação feita por um grande doador, que havia mencionado a qualidade do auxílio que vinha recebendo via e-mail, proveniente do website. Evan havia se conectado de casa para avaliar como alguns dos pedidos vinham sendo tratados. Eles não podiam ter o luxo de perder doadores importantes e, principalmente, pessoas que doavam milhões.

Ele não teve como ignorar a linha do assunto que dizia: "Ajude-nos a salvar nossa cidade", quando olhava os e-mails.

Intrigado, ele abriu a mensagem.

Agora, ele estava fazendo uma cara feia para a correspondência à sua frente. O autor do e-mail era anônimo, o endereço de e-mail era genérico, simplesmente assinando a curta explicação e o pedido de ajuda com "Um cidadão preocupado de Amesport".

Ele deveria ter descartado a mensagem, principalmente, já que sabia que seu irmão Grady já tinha resolvido o problema, muito antes do Natal. Na verdade, Grady agora era o herói de Amesport, porque ele havia doado os recursos necessários. Ele também tinha ficado noivo e depois casado com Emily, a diretora do Centro.

O assunto do Natal já está liquidado. Deixe isso para lá. Grady resolveu essa situação ridícula e até se feriu, ao fazê-lo.

Evan não estava pulando de alegria com o desfecho, principalmente, com o fato de que seu irmão mais novo havia se exposto ao perigo, ao resolver o fiasco e salvar sua noiva. Mas Grady parecia feliz desde seu casamento com Emily, apesar de que, na opinião de Evan, ele tinha se casado com pouca reflexão e muita pressa.

Todo o período de festividades havia passado... graças a Deus. Infelizmente, a audácia da pessoa que havia mandado essa correspondência ainda o irritava.

Ele franzia o rosto, enquanto relia o e-mail, ainda pensando em quem teria escrito. Era um relato bem escrito da situação, à época em que havia sido composto, mas ainda era presunçoso. Ele detestava o fato de que as palavras tentavam brincar com sua sensação de culpa, dever e família. Se havia algo que Evan fazia, era cuidar de sua família. Como o mais velho de sua família dividida, ele considerava sua responsabilidade, tudo que acontecia aos irmãos.

Estranhamente, ele se esqueceu do motivo para ter entrado na caixa postal da Fundação Sinclair. Ele mudou de direção e se inscreveu para obter um e-mail anônimo, em um dos inúmeros sites que os ofereciam, e decidiu responder ao pedido. O e-mail havia sido apropriadamente ignorado pelos funcionários e talvez devesse ter sido simplesmente apagado. Para resguardar a instituição, ele não queria que o emitente soubesse quem, exatamente, estava respondendo. Ele só queria que o autor entendesse que a Fundação Sinclair não era o local apropriado para buscar uma doação para um problema trivial. Ele podia repreender a pessoa, desencorajar futuros e-mails da mesma natureza e ninguém saberia.

Ele copiou e colou o e-mail original do autor misterioso, antes de responder.

Prezado Preocupado:

De que outra maneira, ele poderia iniciar o e-mail em resposta? Ele nem tinha certeza se era de um homem ou mulher, mas poderia fazer uma bela aposta de que era uma mulher. As mulheres pareciam ficar ridiculamente sentimentais em algumas épocas festivas.

Ele prontamente enviou a resposta, fechou a janela do e-mail gratuito e esqueceu-se do assunto, voltando sua atenção à caixa de mensagens da Fundação Sinclair, para ver se o seu doador tinha, de fato, motivo para reclamar. Evan não pensou mais no e-mail irritante, até que... ele recebeu uma resposta, vários dias depois.

Randi ficou boquiaberta olhando o e-mail mais grosseiro que ela já recebera, realmente abrindo e fechando a boca, como um peixe fora d'água, esforçando-se para respirar.

Prezado Preocupado:

Me desperta curiosidade em saber se você realmente esperava receber uma resposta ao seu e-mail enviado antes do Natal. Você realmente achou que um dos Sinclair iria ler seu e-mail, depois prover fundos para uma cidade que nem sequer está no mapa, e por um motivo tão ridículo? Nós estamos tentando ajudar a resolver interesses em nossa nação e no mundo com a Fundação Sinclair, não nos disfarçar de Papai Noel. Acho que teria sido bem mais apropriado que você tivesse endereçado seu e-mail ao Pólo Norte.

No entanto, é de meu conhecimento que você e os cidadãos de Amesport receberam, sim, o seu pedido de Natal. Essa questão não foi completamente sanada por Grady Sinclair?

Atenciosamente,
Desapiedado de Boston

- *Desapiedado de Boston?* Oh, meu Deus! Mas que babaca! – Randi olhava de cara feia para a tela do computador, no Centro, completamente perplexa pela resposta do e-mail que ela mandara, dois meses atrás. Depois de tanto tempo, ela tinha desistido completamente de obter uma resposta.

O único motivo para que ela tivesse entrado nesse e-mail foi para fazer contato com o responsável por um aluno a quem ela lecionava e ela ficara espantada demais em descobrir que finalmente tivera retorno para o e-mail que ela tinha enviado à Fundação Sinclair.

Ela verificou a data e percebeu que seu pedido só havia sido respondido alguns dias atrás. Por que, agora? Ela havia pateticamente checado, todo santo dia, por mais de uma semana, depois de escrever seu e-mail aos Sinclair, desesperadamente torcendo para que alguém respondesse. Então, eles responderam... depois que o Natal havia passado, e com os comentários mais esnobes imagináveis!

O temperamento de Randi começou a ferver lentamente, conforme ela continuava a olhar, boquiaberta, para a resposta presunçosa, incapaz de acreditar que um empregado de uma instituição de caridade responderia de maneira tão áspera. Talvez o problema parecesse, mesmo, pequeno para eles, mas era importante para sua cidade.

- Babaca condescendente – ela sussurrou para si mesma, mesmo matutando sobre a pergunta no e-mail, quanto à situação ter sido resolvida. A verdade era que, a crise havia sim, sido mais que sanada. Emily agora estava casada com Grady Sinclair e o Centro não apenas prosperava, mas estava passando por grandes reformas.

Ela fechou o e-mail, desligou o computador e levantou, decidindo fazer os relatórios amanhã. Ela estava injuriada demais para fazê-los agora.

- *Não está no mapa?* Amesport? – ela murmurou baixinho, ao pegar a jaqueta no encosto da cadeira. Por sorte, ela estava sozinha na sala dos computadores, então, não fazia mal que ela estivesse falando. Não havia ninguém por perto para ouvir. Embora Amesport não fosse como a cidade de Boston, era, sim, uma cidade costeira próspera, um lugar aonde os turistas iam às pencas durante o verão, para desfrutar da beleza do mar e inúmeros esportes aquáticos.

- Escrever para o Papai Noel é o cacete! – Ela vestiu o casaco furiosa e pegou a bolsa na mesa, antes de sair da sala, com o cérebro ainda processando o fato de que um empregado de um Sinclair tivesse sido assim, tão grosseiro. Não tinha necessidade. A pessoa podia apenas educadamente declinar. Ou, melhor ainda... ignorar o e-mail, como fizeram durante meses. Afinal, Grady tinha, sim, salvado o Natal, e seu pedido já tinha dois meses. O que poderia passar pela cabeça de alguém, para responder um antigo e-mail com tanta arrogância e condescendência?

Ela parou para abrir a porta, lembrando-se da última frase da resposta: *Essa quest*ão não foi completamente sanada *por Grady Sinclair?*

Como sabem disso? Por que se importam? Pensava ela, silenciosamente, ao abrir totalmente a porta. — Se essa pessoa acha que meu e-mail foi imbecil, de que importa se Grady tenha ou não ajudado a cidade?

Afastando o fato de que alguém tivesse tentado fazer com que ela se sentisse ridícula e pequena, ela quis entender o sentido do último comentário do e-mail. Será que essa pessoa realmente esperava que ela fosse verificar a questão?

Respirando fundo, ela fez o máximo para ignorar seus pensamentos negativos e raciocinar sem raiva. Ela realmente não deveria responder o e-mail. Emily era sua amiga, então, ela lhe contaria sobre o funcionário rude. Randi, na verdade, passara a gostar e respeitar Grady, novo marido de Emily. Mas algo por dentro não permitia que ela deixasse a situação como estava. Ela não ia sair correndo até o Grady, só porque agora podia chamá-lo de amigo. O endereço do remetente era esquisito, um serviço gratuito e difícil de ser rastreado. Se ela era a vítima de uma piada de mau gosto, ou de uma pessoa infeliz, ela daria o troco. Um idiota qualquer, num escritório por aí, não iria insultá-la, nem à sua amada cidade, sem ter algum tipo de resposta.

O Centro estava tranquilo quando ela saiu pelas portas da frente. Essa noite tinha pouco movimento, exceto por alguns homens que ainda estavam no prédio, trabalhando na reforma. Randi estremeceu com o vento frio batendo de frente, lembrando-a que ela não tinha se dado ao trabalho de fechar o zíper da jaqueta. Puxando as pontas do tecido, ela correu para o carro, com um sorrisinho diabólico, ao decidir de que maneira responderia ao tosco sabichão. Ela era uma professora, uma mulher com educação. Se havia algo que era boa, era ao encontrar erros e afirmar os fatos.

Portanto, isso foi exatamente o que ela fez, naquele mesmo dia.

Dois dias depois...

Evan não tinha certeza do motivo para que sequer se desse ao trabalho de verificar seu e-mail falso. Não que ele não tivesse coisa melhor para fazer. Ele estava em seu escritório, no centro da cidade e tinha uma reunião importante em menos de quinze minutos. Checar suas anotações e assegurar-se de que estava com todos os documentos necessários deveria ser a sua prioridade no momento. Contudo, ele estava tamborilando os dedos na escrivaninha de carvalho à sua frente, esperando que a página de e-mail gratuito surgisse. Surgiu, depois de um tempo que ele considerou longo demais, mesmo para um serviço grátis e, impacientemente, ele se conectou.

Isso é uma perda de tempo. Tenho trabalho a fazer. Por que eu sequer me importo, se uma pessoa presunçosa de Amesport respondeu meu e-mail?

Ele sabia que, de fato, Grady havia mais que salvado o Centro e a cidade de Amesport. Evan não precisava de resposta. Ainda assim, ele se perguntava se haveria uma resposta para sua pergunta, e se o remetente do e-mail ficara apropriadamente arrependido de ter mandado uma carta a uma instituição tão digna pedindo ajuda para um problema tão pequeno.

Franzindo o rosto irritado, quando a caixa de e-mail lentamente abriu, ele notou que sim, ele tinha correspondência. Clicando o mouse eficiente, ele foi apagando todo o lixo que era pré-requisito por se ter um serviço gratuito. Ele hesitou, de maneira nada habitual, quando viu que havia, sim, uma resposta daquele mesmo e-mail genérico ao qual ele escrevera alguns dias antes. Uma sobrancelha altiva se ergueu, quando ele viu o título da mensagem:

Prova de que Amesport está no mapa!!

Prezado Desapiedado:

Se eu soubesse que todos os empregados da Fundação Sinclair são sem coração e arrogantes como você parece ser, eu certamente teria escrito ao Papai Noel. Futuramente, eu encaminharei toda a correspondência urgente ao Pólo Norte.

Você também é desinformado. Amesport certamente está no mapa e é um destino turístico popular no verão. A cidade aparece claramente no mapa. Veja o anexo.

p.s. Grady Sinclair é um homem maravilhoso e de coração, e os problemas com o Centro estão completamente sanados. Por sorte, tem alguém ligado aos Sinclair que tem coração.

Atenciosamente,
Cidadão de Amesport não mais preocupado

Evan leu novamente o e-mail, estranhamente entretido pela resposta nada agradável. Não era frequente que alguém se endereçasse a ele com algo inferior à reverência. Isso era estranhamente... revigorante.

Ele clicou no anexo e ficou olhando, por um instante, antes de verdadeiramente entender do que se tratava. Era um mapa da costa do Maine, com a cidade de Amesport circulada em vermelho, na imagem tão ampliada que mostrava a escrita à mão.

A cidade de Amesport certamente está no mapa. Pode-se enxergá-la claramente.

Evan desviou os olhos do comentário para Amesport, circulada em vermelho. Então, Evan Sinclair fez algo que quase nunca fazia... ele riu.

Capítulo 1

No presente

—Nós devemos pousar em breve – Micah Sinclair mencionou, casualmente, ao olhar pela janela do jatinho particular de Evan. – Faz um bocado de tempo. Tenho certeza de que você está ansioso para ver a Hope e seu novo sobrinho.

Evan ergueu os olhos de seu laptop e olhou para Micah, percebendo que os dois mal tinham conversado durante o voo. Quando seu primo pediu uma carona com ele, da Cidade de Nova York para Amesport, por ter emprestado o próprio jatinho ao irmão Julian, Evan achou que seria uma boa companhia. Micah tinha uma residência em Nova York; Evan não tinha, mas ia lá com frequência a negócios, e os dois se encontravam, sempre que possível.

Como o mais velho dos Sinclair, Evan tinha mais em comum com Micah. Os dois tinham trinta e poucos anos e, ao contrário dos irmãos mais jovens do primo, Micah era obcecado pelos negócios. Seu ramo eram os esportes radicais, mas ele levava a empresa muito a sério, assim como sua responsabilidade em relação aos irmãos. Sendo os mais velhos de suas respectivas famílias, Evan e Micah se entendiam quando se tratava do que todo mundo chamava de "intromissão" na vida dos parentes mais jovens. Ele e Micah preferiam chamar de "orientação" e nenhum dos dois jamais se sentia culpado por verificar as coisas da família. Algumas pessoas talvez se referissem como espionagem, ao modo como eles conduziam as coisas, mas Evan preferia achar que era verificar o bem-estar de seus parentes.

Evan sacudiu os ombros. – Faz mais de seis meses que eu os vi e quero conhecer meu sobrinho. Eu vi fotos. Ele parece careca. Isso não pode ser normal. Nenhum Sinclair jamais ficou sem cabelo. Nosso avô morreu com uma bela cabeleira. – O avô deles havia vivido até uma idade bem avançada e seus cabelos sempre foram grisalhos, desde que Evan podia lembrar-se, mas ele não tivera nenhum ponto calvo na cabeça.

Micah deu uma risada, enquanto fechava seu cinto de segurança, na preparação para o pouso. – Ele não é careca. Seus cabelos são louros e finos. Ele é um camaradinha bem bonitinho. A Hope mandou uma foto para o meu celular.

Evan verificou seu cinto de segurança e recostou na poltrona de couro de sua aeronave particular, franzindo o rosto para Micah, que estava sentado de frente para ele. – Para mim, ele parecia careca. E ele não é *bonitinho*. Ele é bonito. Ele é um Sinclair.

O riso de Micah ecoou pela cabine da aeronave. – Meu Deus, como você é arrogante! Mas eu gosto disso em você. Sempre gostei.

Evan alisou a lapela de seu terno de alfaiataria e endireitou a gravata antes de responder. – Tenho certeza de que os traços são fáceis de reconhecer, já que por acaso você possui os mesmos atributos.

Se Evan fosse totalmente honesto – o que ele não seria – Micah provavelmente não era tão irritável quanto ele, mas isso ele não admitiria ao primo mais velho.

- Por que você sempre está vestido como se fosse a uma reunião de negócios ou um enterro? Às vezes, eu fico pensando se você sequer possui uma calça jeans – disse Micah, parecendo mais curioso que provocador.

Evan lançou-lhe um olhar condescendente, sem querer admitir que de fato não tivesse um jeans, ou qualquer outra roupa casual. – Fico perfeitamente confortável de terno. – Bem, pelo menos isso era verdade. Se ele estivesse vestido para os negócios, ele se sentia no controle. Seu traje o lembrava de seus objetivos. Ele não queria ser desviado para algo frívolo ou sem importância.

Olhando o cara, por um momento, Evan tinha de admitir que vestir uma calça jeans e uma camisa social não diminuía a aura de poder de Micah. Mas Micah era diferente, normal. Ele era especialista em uma série de esportes para os quais vendia equipamentos de última geração, e não tinha motivo algum para ser qualquer coisa menos que autoconfiante. Talvez ele achasse que Micah era doido por participar em alguns dos esportes radicais que ele dominava, mas Evan não podia negar que o primo era bom nas modalidades. Muito bom. Era preciso ter muita concentração e foco para fazer as façanhas que Micah era capaz de fazer, e ele levava seu negócio igualmente a sério.

- Ouvi dizer que eles batizaram o bebê de David – disse Micah, puxando conversa, enquanto o avião continuava a descer, para aterrissar.

Evan deu um suspiro interno por Micah ter parado de provocá-lo. Isso era algo que o deixava muito constrangido, mesmo vindo da família.

Ele assentiu, ao responder. – David era o nome do amigo da Hope que foi morto, quando estava indo atrás de tufões. Um meteorologista de clima extremo. Eles quiseram dar esse nome ao filho.

Evan admirava o fato de que Hope estivesse fazendo uma homenagem a um bom amigo que havia morrido tentando coletar dados climáticos, mas certamente torcia para que o sobrinho não decidisse seguir a mesma linha de trabalho de sua mãe, ou do homenageado de seu nome. Talvez tivesse sido bom que Evan não soubesse que Hope andava caçando tufões e toda forma de clima extremo, antes que ela se casasse com Jason Sutherland. No entanto, ele ainda se corroia por ter fracassado com sua única irmã, não a tivesse protegido dos horrores que ela sofrera no início de sua carreira. Ela havia escondido seu envolvimento em empreitadas perigosas, mas ele não devia ter sido tolo, deveria ter se envolvido mais na vida dela. Ele era o irmão mais velho e deveria tê-la protegido. Evan detestava falhar em qualquer coisa, mas o que acontecera com a Hope havia sido seu maior fracasso. Ele ainda não se perdoara; estava bem certo de que jamais o faria.

- Não posso acreditar que nossa doce Hope fosse uma criança tão danada – Micah disse, com a voz ligeiramente admirada.

- Era a carreira dela – Evan respondeu descontente. – Não era como se ela estivesse em busca de emoções, sem qualquer motivo. – Ele não gostava que se referissem a ela como *danada*. Ela não era. Na verdade, não. Como Micah já havia mencionado, Hope tinha sido uma criança muito meiga e uma adolescente tranquila. Evan achou que ela estivesse apenas sendo da mesma forma em Aspen, vivendo uma vida pacata, livre da atenção da mídia, na região montanhosa de Colorado Rockies. Na verdade, ela estava percorrendo o mundo, fotografando eventos climáticos extremos.

Eu não a conheço, de verdade. Não conheço mais nenhum dos meus irmãos.

Se ele quisesse ser honesto – o que não queria – ele nunca os conhecera. Eles tinham passado pouco tempo juntos quando crianças e também depois de adultos. Evan detestava o fato de haver uma distância entre ele e os irmãos, porém, agora que estavam todos crescidos e felizes, ele não tinha certeza de como se encaixar na família Sinclair, ou como consertar essa situação, ou mesmo se queria que a situação fosse consertada. Tinha passado tempo demais.

Será que me sinto distante por não ser feliz ou contente como eles são agora? Nós não temos nada em comum.

Não. Isso não estava muito certo. Evan sempre precisou manter distância para guardar seus segredos. Agora, ele não tinha bem certeza de como poderia se reaproximar de algum deles. Ele estava quase certo de que todos o viam mais como um pé no saco, do que como um irmão, simplesmente porque ele interferia em suas vidas, de tempos em tempos. Mas não se importava com isso. Contanto que todos estivessem protegidos e felizes.

- Ainda acho que ela é bem corajosa – disse Micah, com admiração. – E seu trabalho fotográfico é incrível.

- É sim – Evan respondeu, simplesmente. Ele se orgulhava de todos os seus irmãos e o talento de Hope era verdadeiramente espantoso.

Sua casa, em Boston, estava repleta com muitas de suas fotos que ele pôde adquirir depois que descobriu seu caminho profissional secreto.

Hope trabalhava atualmente em suas imagens naturais próprias, mas Evan adorava justamente as mesmas fotos que lhe causaram tanto mal: a fotografia de condições climáticas extremas. Algumas delas bem emaranhadas e sombrias, com uma ferocidade tão intensa que era de tirar o fôlego. Evan sabia pouco sobre técnicas fotográficas, mas ele não precisava saber muito para reconhecer que as imagens sinistras despertavam algo em seu âmago que ressonava por todo o seu ser. As criações de Hope o lembravam de sua própria vida, e a incerteza da vida em si.

Nenhum dos dois falava, quando a aeronave pousou ruidosamente na pista do pequeno aeroporto da periferia de Amesport, ambos parecendo perdidos em seus pensamentos. Evan notou que seu carro e seu motorista, Stokes, já haviam chegado; o Rolls Royce esperava logo adiante da área onde o avião iria parar.

- Você quer ficar comigo? – Evan ofereceu, sinceramente. Tanto Micah quanto Julian estavam vindo para a festa que Hope estava dando, a qual ela chamava de O Baile de Inverno de Amesport, embora Evan soubesse que, na verdade, era apenas uma razão para que a cidade inteira pudesse ver seu novo filho. Seria no Centro Juvenil, e ele não tinha dúvidas de que todos os convidados estariam lá.

Quando o avião parou, ele desafivelou o cinto de segurança e sentiu-se contente de não ter que participar de mais uma cerimônia de casamento. Parecia que o único motivo para que ele viesse a essa cidade era participar de casamentos. Se ele tivesse de ficar mais uma vez ao lado de Randi Tyler, era provável que ele perdesse a paciência. Por sorte, ele não tinha mais irmãos para casar, sua irmã já estava casada com Jason e ele nunca mais teria que fazer par com Randi, fingindo que realmente gostava dela, quando ela enlaçasse seu braço, com um sorriso falso no rosto, enquanto ele a conduzisse pelo corredor da igreja. Tomara que ele pudesse evitá-la durante essa viagem. A cidade era pequena, mas não era tão pequena assim. Infelizmente, Evan duvidava que fosse capaz evitar Randi completamente. Ela agora era amiga de Hope e certamente estaria na festa.

- Não, tudo bem. O Jared vai me pôr com o Julian na casa de hóspedes. Agora que a Mara não precisa mais de lá para o seu negócio, ela fica vazia. O Julian só vai chegar amanhã. Ele não pode ficar muito tempo – agora que ele foi indicado ao Prêmio da Academia, ele acha que está ocupado. – Micah deu um sorrisinho malicioso, ao levantar-se e pegar a maleta num dos espaçosos compartimentos da aeronave. – Ele vai começar seu novo filme em um mês e as cerimônias de premiação são em apenas algumas semanas. Acho que ele está sendo bombardeado por entrevistas.

Evan sabia que Micah podia estar debochando, mas, na verdade, ele se orgulhava de Julian. Para falar francamente, Evan também se orgulhava dele. Julian tentou nunca usar seu poder como um Sinclair ou o seu dinheiro herdado em sua busca pelo estrelato. Ele tinha interpretado papéis pequenos e foi galgando sua ascensão na indústria cinematográfica. Quando finalmente tinha conseguido um papel protagonista, após anos de dificuldade, ele o fez pelo mérito de seu próprio talento. Ser indicado a um Oscar era a prova de que ele realmente conseguiu por capacidade própria.

- Tomara que ele ganhe – Evan murmurou, juntando o restante das coisas que precisaria em Amesport. Ele não precisava de muito. Sua assistente havia despachado tudo para sua casa dali, algum tempo antes.

- Eu também – Micah admitiu, quando eles se aproximaram da porta da aeronave, vestindo sua jaqueta de esqui azul marinho. Evan colocou seu casaco preto de lã.

- Como está o Xander? – Evan não queria fazer a pergunta, mas sentiu-se compelido a saber como estava o primo caçula.

Micah sacudiu os ombros de um jeito despreocupado demais, ao seguir rumo à saída. – Na mesma. Agora, eu nunca sei o que esperar dele de um dia para o outro. Ele não vem à festa da Hope.

- Ele está na linha, ou não? – Evan perguntou, cauteloso, ao seguir atrás de Micah.

- Por enquanto, está – Micah respondeu, dando um suspiro profundo. – Mas eu não sei quanto tempo vai durar.

Evan sentiu um aperto no coração por todos os seus primos. Depois de um incidente trágico, meses antes, Xander tinha subitamente desistido de sua bem-sucedida carreira de músico e, desde então, entrou em declínio. Ele estava bebendo muito e ficara viciado na droga que deveria ajudá-lo. Isso fez com que Evan se lembrasse de um período da vida de Jared, um tempo no qual nem queria pensar.

- Lamento em ouvir isso, Micah. – Ele realmente lamentava, porque se identificava. Foi infernal ter de se perguntar se seu próprio irmão passaria pelo desafio de voltar a enfrentar a vida, ou se ele continuaria ladeira abaixo, até bater no fundo e ficar lá. Ou, pior ainda, será que eles receberiam a notícia de que Xander havia caído no fundo do poço e nunca mais sairia?

- Eu odeio me sentir impotente assim, para fazer qualquer outra coisa. Ele já estava em reabilitação e se recusa a ter mais ajuda. Eu não sei se lhe dou mais tempo, ou se o levo no braço para um lugar onde ele não possa se prejudicar – Micah disse a Evan, a voz reverberando de tristeza.

- Eu sei. – Evan seguiu Micah descendo a escada do avião e quando chegaram ao solo, pousou a mão em seu ombro. – Você já fez tudo que pode. O Xander tem que querer ficar limpo.

O vento gélido de inverno do Maine batia impiedoso quando eles saíram da aeronave elegante, mas a expressão de Micah continuou melancólica, como se ele estivesse pensando demais para sequer sentir o ar brutalmente gélido. Seu cabelo louro escuro revoava na brisa, mas ele parecia totalmente alheio aos arredores. – Será que fiz tudo que eu podia? – ele perguntou baixinho, quase como se estivesse falando consigo mesmo, em vez de Evan.

- Fez, sim – Evan respondeu firme. Não havia motivo para que Micah se sentisse de outro modo. – Vamos para o carro. Vou lhe dar uma carona até a Península.

- Obrigado – Micah disse, grato, assentindo para Evan, como se silenciosamente agradecesse pelo apoio, embora nenhum dos dois tivesse expressado os sentimentos em voz alta. – Meu carro já está na casa do Jared.

Evan ficou olhando, enquanto Micah dava uma corrida até o carro, sacudindo a cabeça, pensando na confusão em que Xander estava vivenciando. Graças a Deus que aqueles tempos de preocupação com a sanidade de seu irmão caçula já tinham passado e Jared finalmente tinha sarado. Mas Evan não podia deixar de sentir compaixão pelo primo mais velho. Ele já tinha passado pelo que Micah estava passando agora e tinha sido um verdadeiro inferno lidar com a bebedeira de Jared. Ele nem podia imaginar ainda ter drogas envolvidas.

- Bem-vindo a Amesport, senhor – disse o chofer de cabelos grisalhos, numa voz uniforme, um som que sempre saudava Evan, em quase todas as cidades que ele visitava. Seu motorista estava vestido como sempre: terno cinza e gravata, cabelos grisalhos impecáveis apesar do vento que soprava. Ele pegou a malinha e o laptop das mãos de Evan e colocou ambos no banco da frente.

- Stokes – Evan cumprimentou, assentindo uma única vez, enquanto o idoso abria a porta traseira para ele.

Micah não esperou que Stokes fosse até o outro lado. Ele entrou pela porta aberta e chegou para o lado, no banco traseiro, deixando espaço para Evan. Stokes fechou a porta firmemente, depois que Evan havia se acomodado, e seguiu para seu lugar, atrás do volante, logo saindo com o carro.

Evan silenciosamente aprovava o modo como Stokes conduzia o veículo caro, mesmo com a neve caindo e a limpeza precária das estradas. O chofer já estava com Evan havia anos e sabia exatamente o que seu chefe queria. Evan sempre queria chegar ao seu destino com o menor drama possível. Geralmente, ele ficava trabalhando no banco traseiro – como Micah começara a fazer, assim que se acomodou no carro. Stokes o levava em segurança, de um lugar para outro, portanto, ele geralmente nem se preocupava com o tráfego, as estradas, ou que estivesse acontecendo do lado de fora do veículo, mas Evan sabia que hoje não conseguiria se concentrar no trabalho.

Ele estava preocupado demais com o fato de vê-la ou não.

Por que estou ligando? Ela realmente não vale o tempo desperdiçado que passo pensando nela, ou imaginando por que não conseguimos estar juntos sem nos irritarmos mutuamente. E daí, se nos virmos na festa? Somos dois adultos. Podemos ser civilizados, por um breve período de tempo.

Não que ele e Randi algum dia tivessem conseguido ser gentis um com o outro, mas Evan havia jurado que não a deixaria provocá-lo dessa vez. Ele novamente se perguntava – ele pensava nisso com frequência – por que ele e Randi Tyler pareciam não conseguir se entrosar sem insultos recíprocos. Ele nunca perdeu a linha a ponto de berrar, como alguns homens faziam, mas ele chegara perto, com essa endemoniada com quem havia sido forçado a fazer par, por três vezes constrangedoras. Primeiro foi o casamento de Grady, depois, o de Dante e, finalmente, o de Jared. Cada experiência havia sido uma lição de paciência.

Ela havia concluído que ele era arrogante e mandão.

Ele concluíra que ela era implicante e impaciente.

Estranhamente, Randi não parecia impressionada por sua fortuna, ou seu status como um Sinclair. Ela começara a tratá-lo como um amigo, brincando do mesmo jeito como fazia com seus amigos e todos os outros Sinclair. Isso o deixara constrangido, então, ele a ignorou. Em contrapartida, ela passou a esnobá-lo ou insultá-lo, sempre que ele a via.

- Ela é excessivamente sensível, imprevisível e emotiva – Evan murmurou baixinho, aliviado, quando viu que Micah estava aparentemente respondendo e-mails em seu telefone e não ouvira. Randi Tyler era tudo que ele desgostava numa mulher, mas, por algum motivo, ele ainda era altamente atraído por ela. Isso era espantoso, confuso. Ele não gostava dela, mas seu pau certamente sim. A personalidade dela o irritava, mas toda vez que a via, ele tinha vontade de prendê-la na parede e transar com ela, até ficar totalmente saciado. Era uma situação que ele nunca vivenciara e ele não gostava. Ele nunca tinha tido uma reação tão instável em relação a uma mulher e isso não o deixava à vontade.

Eu posso simplesmente evitá-la, não reagir às suas provocações.

O problema era que ele nunca sabia quando ela lhe daria um gelo, ou decidiria insultá-lo. Honestamente, ele preferia que ela não fizesse nenhum dos dois. Ele sentia falta da maneira como ela o tratara, naquele primeiro dia... como um novo amigo. Tinha sido... legal. Mas, naquela ocasião, ele não sabia bem como interpretar seu comportamento. Ele não havia conseguido formular palavras rápido o suficiente para reagir ao seu comportamento amistoso. Ela interpretara seu silêncio como uma reprovação – o que na verdade, não foi. Evan só não estava certo quanto à maneira de reagir a ela, principalmente, porque ela o deixava com um tesão que parecia não passar, sempre que ela estava por perto.

Às vezes, eu gostaria de poder fazer tudo diferente com a Randi, começar tudo de novo, desde o começo. Teria sido legal ter outra amiga. Mas nada nunca muda entre nós e agora está um pouquinho tarde para tentar recomeçar. Além disso, eu ainda iria querer pegá-la. Ter uma amiga com quem você quer transar pode se tornar um problema.

A mulher desagradável tinha, sim, um sorriso matador. Pena que ele nunca o viu em sua direção, depois do primeiro encontro que tiveram.

Evan só tinha uma amiga de verdade, uma mulher com quem ele compartilhava mais do que devia, mas a quem nunca conhecera pessoalmente.

Será que eu já passei por ela na rua, em Amesport, ou até falei com ela?

A mulher com quem ele vinha se correspondendo, de Amesport, formalmente conhecida como Uma Cidadã Preocupada de Amesport, ainda permanecia um mistério para ele. Ele havia se esforçado para descobrir quem ela era, porque sua curiosidade finalmente havia superado seu acordo com ela, de não revelarem as identidades. Agora, ele gostaria de nunca ter concordado com sua sugestão de não revelarem seus nomes verdadeiros. À época, tinha feito sentido, logo que eles começaram a se corresponder. Agora, ele queria conhecê-la, embora ela ainda não soubesse que ele era rico – ou um Sinclair. Ela sempre presumiu que ele fosse um empregado da Fundação Sinclair e ele não a corrigira. Na verdade, ele havia mentido, confirmando ser apenas um empregado, diversas vezes. Ele havia racionalizado que através da farsa, ela não iria querer saber sua identidade e compartilhando sua posição na empresa, ele revelaria quem realmente era. Parte dele queria permanecer um mistério para ela, apenas um homem, em lugar de um bilionário de uma das famílias mais proeminentes do mundo. Porém, conforme eles continuaram a se corresponder por mais de um ano, seus desejos foram lentamente mudando. Ele não tinha certeza de como eles se comunicariam cara a cara, mas realmente gostaria de descobrir.

Em determinada altura, ele ficou imaginando se a mulher seria sua atual cunhada, Mara. A misteriosa remetente dos e-mails havia começado a assinar as cartas simplesmente com a inicial "M". – e Mara havia estado no casamento de Dante. No entanto, não demorou muito para perceber que Mara estava completamente apaixonada por Jared, e que ela não era sua correspondente secreta.

Será que eu teria brigado com meu próprio irmão, pela Mara, se fosse mesmo ela?

Evan sacudiu a cabeça ligeiramente, enquanto observava a cidade de Amesport passando por ele, a caminho da península privativa onde sua casa ficava localizada. Jared merecia ser feliz e Evan jamais ficaria entre o irmão e a mulher que lhe trouxe tanta felicidade. Por sorte, ele não sentia nada por Mara, exceto uma afeição platônica que ainda cultivava por ela. Ela era perfeita para Jared e Evan havia pressionado o irmão mais novo até o limite, para fazê-lo enxergar que ele precisava ficar com Mara, antes que alguém o fizesse. Se suas táticas foram meio duvidosas, isso não importava. Suas ações foram um meio para chegar ao final feliz para Jared.

Ele expirou profundamente, sem notar que vinha prendendo o ar. A mão de Evan estava coçando para checar seu e-mail no celular, para ver se ele tinha algum novo e-mail de sua... amiga.

Não vou fazer isso. Não posso. Não preciso ficar checando o e-mail várias vezes por dia como se estivesse obcecado. Ela é minha amiga, mas isso não significa que eu tenha que abrir aquela caixa de entrada que nem maluco, pateticamente torcendo por uma resposta.

Distraidamente, ele passou os dedos na pedra do chaveiro que uma velha maluca lhe enviara, vários meses antes, com um bilhete dizendo que ele precisava da pedra para limpar seus caminhos bloqueados para a felicidade. Ele deveria ter jogado a pedra apache no lixo. Aparentemente, segundo a carta que acompanhava o presente, ela tinha um estoque desse cristal, em particular, já decidida que cada um dos homens Sinclair e seus possíveis pares precisavam da pedra. Ele conhecera... qual era mesmo, o nome dela? – Beatrice – ele sussurrou, lembrando-se da idosa que encontrara no casamento de Dante... depois, no de Jared. Ela parecia inofensiva, mas certamente estava sofrendo de algum tipo de demência.

Por algum motivo desconhecido, ele nunca se desfez da pedra. Na verdade, ele a manteve com ele, quase o tempo todo. Talvez fosse a novidade de ganhar um presente de alguém, ou simplesmente a fantasia que a mulher, supostamente mística, teria articulado ao redor da natureza da pedra.

Eu vou encontrar a Beatrice em Amesport e vou devolver a pedra.

Era o mínimo que ele poderia fazer. Nem mesmo ele tinha o coração tão duro a ponto de ofender uma senhora de idade avançada jogando fora o seu presente. Talvez ela pudesse dá-lo a outra pessoa.

Surpreendentemente, ele percebeu que eles já estavam entrando pelos portões da Península e se aproximando da longa entrada de veículos que levava à casa de Jared. As milhas passaram voando, mas sua mente estava em outro lugar.

Droga! Ele queria ter olhado o progresso que Jared teria feito na restauração da antiga casa e loja de Mara, quando eles passassem por lá. Tinha ficado um pandemônio, depois que o fogo quase tirou a vida de Mara. Ele estava na expectativa de ver o local quase restaurado, mas tinha perdido a chance, por estar perdido em pensamentos.

Depois. Não que ele não fosse vir, enquanto estivesse na cidade.

A antiga loja ficava bem na Main Street.

- Nós precisamos deixar o Micah na casa do Jared – Evan disse a Stokes, com uma voz firme.

- Sim, senhor – o chofer respondeu, apropriadamente.

Micah foi deixado eficientemente, já que Stokes nunca perdia um segundo, quando recebia instruções. Conforme eles se aproximavam de sua casa na Península, Evan esperou, forçando-se a não olhar seu telefone, em busca de mensagens. Se havia uma coisa que Evan tinha de sobra era controle. Sua vida era conduzida de forma bem ordenada, exatamente do jeito que ele gostava e precisava que fosse. As duas únicas situações que o deixavam descompensado eram sua correspondência com a misteriosa M. – e com Randi Tyler. Seu relacionamento de escrita com sua mulher misteriosa havia sido mais fácil. Ele era atraído por ela e sua personalidade, mas tinha conseguido se manter anônimo, e ele não tinha a mesma reação visceral à M., como tinha com Randi. Talvez, parte de seu desejo de conhecer sua amiga de e-mail era curiosidade, a necessidade de saber se ele teria a mesma reação a ela, pessoalmente, como reagia a Randi. De algumas maneiras, seria uma droga se acontecesse. Então, ele iria querer pegar duas mulheres que não sentiam o mesmo que ele.

Quando eles chegaram à sua casa na Península, e ele já estava instalado, Evan finalmente checou seu e-mail, porque era o momento apropriado para fazê-lo. Ele se sentou numa poltrona reclinável, na sala de estar, com o laptop em cima das pernas compridas, enquanto se conectava à internet.

Seu coração disparou só um pouquinho e ele sentiu a testa úmida de suor, enquanto o serviço gratuito de e-mail demorava a carregar. Ele podia não ter a mesma reação física visceral com M., como já experimentara com Randi, mas ele sempre estava ansioso para saber o que ela tinha a dizer. Então...

Nada!

Não havia nenhum e-mail em sua caixa de entrada.

Será que ela está bem? Ela geralmente responde logo. E se ela estiver magoada? Se ainda estiver pesarosa pela morte de sua mãe adotiva, e realmente deprimida? Eu deveria estar presente para ela. Ela já me ouviu reclamar mil vezes.

M. sempre o ouvia como pessoa, não como a um chefe, motivo pelo qual ele valorizava tanto o relacionamento. Era algo singular poder conversar com alguém como uma pessoa normal.

Decepcionado, mas determinado a não deixar que a ausência de mensagens o incomodasse, ele voltou sua atenção ao trabalho, como sempre fazia, tentando desesperadamente mentir para si mesmo, que não importava que ela não houvesse respondido.

Capítulo 2

Cara M.,

Não posso fingir que compreendo seu sentimento de perda em relação à sua mãe adotiva, mas compreendo seus sentimentos conflitantes. Acho que é provavelmente bem normal querer ver um fim do sofrimento dela, no entanto, ter o pesar pela perda dela, ao mesmo tempo.

São momentos como esses que me fazem querer que nós nunca tivéssemos prometido continuar como estranhos. Eu gostaria de ajudar, mas não sei bem como. Tudo que posso fazer é enviar meu apoio virtual e fazer com que você saiba que meus pensamentos estão com você, agora. Você não está sozinha.

Sinceramente,

S.

Randi suspirou, ao ler a mensagem de seu companheiro de escrita, sentindo-se um pouquinho melhor, depois de ler suas palavras. O e-mail era curto, mas, de alguma forma, confortante. Ela sempre sentia sinceridade, independentemente do que S dissesse em suas mensagens.

Sua mãe adotiva, Joan Tyler, tinha falecido pouco depois do começo do ano, de um ataque cardíaco, e Randi sabia que passaria um bom tempo sentindo a perda da última pessoa na terra que a teria amado incondicionalmente. Dennis, seu pai adotivo, havia morrido alguns anos antes e, depois de sua morte, Joan nunca mais tinha sido a mesma. Seus problemas de coração se agravaram e ela vinha decaindo, desde a morte de Dennis. Às vezes, Randi se perguntava se ela não teria finalmente morrido de tristeza, e não por ter uma idade avançada.

Joan e Dennis estavam com setenta e poucos anos, quando trouxeram Randi para Amesport, e os dois viveram uma vida longa e feliz – passando dos oitenta. Saber disso não diminuía a dor que Randi sentia por tê-los perdido, nem fazia com que ela deixasse de desejar ter tido mais tempo com eles.

Nada havia preparado Randi para o profundo vazio que ela vivenciou desde sua perda. A morte de Dennis tinha sido muito triste; a de Joan foi insuportável. Ela não tinha certeza se a dor incontrolável que ela sentia toda vez que pensava nela, algum dia iria passar.

Olhando a mensagem, ela sorriu tristemente. Sua correspondência com S. era mais como uma conversa contínua. As mensagens nunca eram muito longas e, às vezes, eles falavam de assuntos que nem eram tão importantes, mas isso era parte da diversão de ter um amigo secreto.

Ainda não posso acreditar que fiz amizade com uma pessoa que começou agindo como um babaca!

Seu companheiro, antes conhecido como o Desapiedado de Boston, tinha, mesmo, sido um boçal no começo, mas o que começou com algo que ela julgou uma piada de mau gosto, logo se transformou numa conversa e depois, admiração mútua. Randi sentia uma ligação com o autor desses e-mails que a fazia rir e chorar, e, às vezes, ele era tão atencioso – como nesse e-mail, à sua frente – que a deixava melancólica.

Ela compartilhava mais ideias e sentimentos, algo que se tornava mais fácil quando ela podia permanecer anônima. Ela desconfiava que ele se sentisse da mesma forma, no começo. Ultimamente, ele vinha insinuando a possibilidade de os dois se conhecerem pessoalmente.

- Será que eu quero conhecê-lo algum dia? Será que quero revelar minha identidade a ele? – ela sussurrava consigo mesma, enquanto olhava a tela, no Centro Juvenil.

Sim.

Não.

Ai, droga, ela não sabia. Com S., ela tinha compartilhado mais do que jamais dissera a qualquer pessoa, sobre suas verdadeiras ideias e sentimentos. Eles nunca compartilhavam detalhes. Os poucos fatos que ele sabia sobre ela era que ela tinha vinte e tantos anos e tinha sido adotada por um casal idoso muito amoroso, quando tinha quatorze anos, acontecimento que mudou sua vida e a trouxe da Califórnia para o Maine.

A única informação que ela sabia era que ele era homem, trabalhava na Fundação Sinclair, estava com trinta e poucos anos e não era casado, e parecia estar perto de um computador, quando ele provavelmente deveria estar saindo, namorando. Ele tinha despertado o interesse dela quando simplesmente respondeu à mensagem maliciosa, elogiando-a por sua inteligência e humor, dizendo que ela o fizera rir, algo que bem raro para ele. Ela presumiu que isso era algo que ele não fazia sempre

Ele já me ouviu ao longo da minha tristeza, tentando entender minha dor e consertá-la. De alguma forma, ele sempre parece saber que eu me sinto sozinha agora.

Dennis e Joan a levaram para seu lar, quatorze anos atrás, e ela realmente tivera a sensação de estar num "lar" pela primeira vez em sua vida. Ela só deixou o Maine para ir à faculdade, voltando para casa, com seu diploma de pedagoga. Os Tyler ficaram muito orgulhosos dela e a incentivaram tanto. Eles nunca puderam ter filhos e não tinham familiares próximos. Não eram ricos, mas tinham sido felizes juntos, durante quase sessenta anos. Randi torcia para que, algum dia, ela encontrasse um amor como o deles. – Tudo que eu sou, eu devo a eles – ela disse, baixinho, ao apertar o botão "Responder", no e-mail atencioso de seu amigo.

Prezado S.,
Desculpe por já fazer alguns dias que recebi seu e-mail e não ter respondido. Eu finalmente encarei a tarefa de arrumar as coisas da minha mãe. Ela não iria querer que as coisas fossem desperdiçadas. Eu doei o máximo que pude e guardei as coisas sentimentais. Agora tudo parece mais final e eu ainda me sinto sozinha na casa vazia dos meus pais. Mas obrigada por suas palavras gentis. Eu já não me sinto tão em conflito. Fico feliz que o sofrimento tenha acabado, embora ainda permaneça a solidão. Tento focar no meu trabalho e fico grata pelos meus amigos. Acho que vai simplesmente levar tempo.
Falando em pais, os seus ainda são vivos? Nós nunca falamos muito sobre família.
Espero que você esteja se mantendo aquecido nesse inverno incrivelmente frio!
M.

Randi mandou o e-mail torcendo para que ela não tivesse ultrapassado um limite invisível que ela e seu colega de escrita haviam estabelecido, ao pedir detalhes pessoais. Ela tinha compartilhado sua situação com seus pais adotivos por iniciativa própria, embora tivesse deixado de fora os particulares. Eles compartilhavam ideias e sentimentos, mas nunca os detalhes.

Ele havia recentemente dito que às vezes desejava que eles pudessem se encontrar cara a cara. Às vezes, Randi também queria isso e, frequentemente, ela queria saber mais sobre o homem que vinha sendo seu confidente, durante tempos tão difíceis.

- O homem misterioso da minha vida – Randi murmurou, baixinho. – Qual será o seu primeiro nome? Começando com S? Stewart? Sam? Sylvester? Scott? Seth? Randi tinha passado pela lista muitas vezes. Nenhum desses nomes se encaixava.

Seu coração acelerou quando ela viu uma resposta aparecer na caixa de entrada, quase que imediatamente. Ela clicou o mouse para abrir sua resposta.

Cara M.,
Fico feliz que você esteja se sentindo menos em conflito, mas lamento que esteja se sentindo tão sozinha. Por favor, me fale o que posso fazer para ajudá-la. Eu sei que nunca nos encontramos pessoalmente, mas, para mim, você tem sido mais amiga do que qualquer outra pessoa em minha vida, ao longo do último ano.
Se meus pais são vivos? Sim... e não. Meu pai morreu quando eu estava na faculdade e eu não vejo a minha mãe há muitos anos. Ela não quer ter nada a ver comigo, ou com meus irmãos. A última notícia que eu tive foi que ela estava vivendo com um cara na Europa, provavelmente, tentando esquecer sobre meu pai falecido e alcoólatra. Ele não era um homem agradável. Talvez isso seja informação demais, mas é a verdade.
Não estou em Boston, no momento, mas, infelizmente, não vim para um clima mais quente.
Espero que você também consiga manter-se aquecida.
Sinceramente,
S.

Randi precisou ler o e-mail duas vezes, surpresa que S. tivesse compartilhado tanta informação pessoal. Mas, por outro lado, talvez ela não devesse ficar chocada. Ela certamente tinha despejado seu coração para ele, sobre seus pais adotivos ao longo dos últimos meses. Talvez ele se sentisse mais à vontade. Ela apertou "Responder", de alguma forma, sabendo que ele estava esperando a sua resposta. Às vezes, acontecia assim. Eles tinham discussões e ficavam trocando mensagens, quando ocorria de estarem ambos no computador.

Prezado S.,
Onde você está agora?

Ela nem se incomodou em assinar a resposta, porque eles estavam conversando, no momento. Ele respondeu num minuto.

Maine. E eu só posso dizer que está frio pra cacete aqui.

- Ele está aqui – Randi sussurrou, tracejando a resposta da tela com o dedo. A resposta dele poderia ser meio assustadora, já que ela morava no estado que ele estava visitando, mas não era. Qualquer que fosse o motivo para que ele estivesse visitando o Maine, não era por causa dela. Ele sempre soube em que cidade ela morava e ela já vinha escrevendo para ele havia mais de um ano. – Não faça isso, Randi. Não peça a ele para se encontrarem. Ele provavelmente está aqui a negócios, ou angariando doações. É mais provável que esteja em alguma região rica, onde os doadores podem ser encontrados -, ela ponderou, baixinho, consigo mesma. Seu medo de um homem desconhecido superou seu desejo de vê-lo, por mais que ela quisesse conhecê-lo pessoalmente.

Randi digitou uma resposta rápida.

Por que você está aqui? Cuidado com o clima... há uma tempestade a caminho. Espero que você não fique preso aqui.

A resposta dele veio depressa.

Eu tenho família aqui no Maine. Só estou visitando. E não, eu não sabia que o clima ruim era esperado. Mas não tem problema, se eu precisar ficar aqui mais um pouquinho. Eu tenho onde ficar.

Fazia sentido. Ele estava na área para uma visita de família e não dissera uma palavra sobre conhecê-la pessoalmente. Os dois se encontrarem, cara a cara, seria tão improvável quanto desaconselhável.

Com uma grande tempestade a caminho, eles dificilmente poderiam se encontrar. Ela respondeu pela última vez, sabendo que precisava ir andando.

Eu tenho que ir, mas espero que você tenha uma boa estadia com sua família. Talvez nós possamos conversar, se você ficar entediado durante a tempestade.

Ela mexeu o mouse para sair do computador do Centro, mas viu uma resposta surgir na caixa de entrada, quase que instantaneamente.

Tem um encontro amoroso?

Randi riu alto, contente por não haver mais ninguém na sala de computação do Centro, naquele momento. Era sexta-feira à noite, e eles dois estavam conversando em noites quando todos saem, falando um com o outro, porque ambos estavam sozinhos, quando a maioria das pessoas solteiras, como eles, estava passeando pela cidade. Sem conseguir resistir responder, ela digitou a resposta.

Na verdade, eu tenho um encontro, porém, se é amoroso ou não ainda é uma incógnita. Uma amiga de colégio quis que eu conhecesse o irmão dela. Ela acha que nós nos daríamos bem. Nós vamos nos encontrar em alguns minutos. Por isso, eu tenho que ir. Falo com você em breve. Fique em segurança durante a tempestade.

Ela realmente tinha que ir, então, vestiu a jaqueta, enquanto olhava a tela, quase desejando que não tivesse esse encontro com Liam Sullivan, irmão de sua amiga Tessa. Ela sabia de Liam, mas só trocara algumas palavras com ele, no passado. Depois de meses de Tessa resmungando, Randi tinha finalmente concordado em tomar um café com ele, na cafeteria Brew Magic. Se ela não se mexesse, acabaria se atrasando.

Ela realmente não esperava uma resposta de S., já que ela basicamente disse tchau, mas recebeu uma, mesmo assim.

Você tem um encontro com um cara local, numa sexta-feira à noite? Estou com ciúmes. Espero que seja bem chato, enquanto eu fico aqui sozinho, trabalhando. Tome cuidado e me mande um e-mail quando chegar em casa.

Randi riu para a tela do computador. Ela estava acostumada ao humor peculiar de seu homem misterioso. Mas a exigência para que ela lhe mandasse um e-mail foi... diferente. Ele não sabia que ela nunca lhe mandava um e-mail, exceto quando estava trabalhando como voluntária, no Centro. Agora, isso era mais um hábito do que a preocupação dele em poder rastreá-la. Até que foi meigo, que ele realmente ficasse preocupado com a sua segurança.

Ok.

Ela mandou a única palavra e se forçou a desligar o computador. Ela teria que sair correndo pela rua, até a Brew Magic, ou o Liam pensaria que ela lhe deu um bolo. Pelo que ela ouvira dizer, ele era um cara bem legal, e ela não queria magoá-lo. Como ele poderia deixar de ser legal? Ele tinha aberto mão de uma carreira promissora para se mudar de volta para Amesport, para cuidar da irmã surda. Não que Tessa aceitasse alguma ajuda. Sua amiga não se achava diferente em nada, só por ter perdido a habilidade de ouvir.

Randi iria se encontrar com ele mais para que Tessa saísse de seu pé; ela tinha a impressão de que Liam havia concordado pelo mesmo motivo. Sua amiga Tessa podia ser surda, mas ela era mestre em manipular as pessoas. Ela podia ser como um cão com um osso saboroso, quando queria algo, e ela queria que seu irmão Liam fosse feliz com uma mulher. Tessa amava o irmão, mas ele era incrivelmente protetor, desde que ela perdera a audição. Como Liam se culpava pelo estado de Tessa, ele tinha se mudado da Califórnia para Amesport, vários anos antes.

Ele abriu mão de uma carreira que amava, para cuidar da irmã. Eu sei que ele é um cara legal, mas nunca senti, realmente, uma ligação com ele.

As poucas vezes que ela havia encontrado com Liam haviam sido no restaurante que ele tinha com Tessa, o Sullivan's, Filé e Frutos do Mar. Randi sabia muito sobre Liam, porque Tessa falava muito dele, mas eles só tinham se falado de passagem.

Talvez, surja algo mais, se nós conversamos em particular...

Randi estava otimista e, mais que qualquer coisa, ela queria se sentir amada. Claro, ela já tivera namorados, mas nunca resultaram num relacionamento sério. Ela gostava de sexo tanto quanto qualquer mulher de sua idade, mas ela já tinha esgotado relacionamentos insignificantes que não envolviam nada, exceto sexo. Tinha de haver algo mais. Ela vira isso entre seus pais e via todos os dias, entre suas amigas casadas e seus maridos. Infelizmente, ela nunca tinha vivenciado essa ligação com ninguém, exceto o homem que ela não conseguia suportar: Evan Sinclair.

Não pense nele. Ele é um babaca arrogante e insuportável.

Ela estremeceu, ao pensar o quanto se esforçara para tentar conhecer Evan, no começo, só para ser firmemente rejeitada. Obviamente, uma pobre professora de cidadezinha não era digna do esforço dele, em sequer ser educado. Não que ela quisesse pular no pescoço dele. Bem... talvez ela até pudesse querer, mas, à época, ela só estava tentando ser legal com um homem com quem teria de lidar para o casamento de Emily. Ela tinha conseguido deixar para lá a primeira esnobada que ele lhe dera, durante o casamento de Emily, achando que talvez, Evan só estivesse num dia ruim. Mas quando ele reagiu da mesma maneira, quando Sarah e Dante se casaram, e eles dois novamente se viram como um par de padrinhos, Randi finalmente percebeu que Evan simplesmente não gostava dela. Quando Mara e Jared se casaram, Randi o havia ignorado por completo, exceto pelos sorrisos superficiais e robóticos necessários que ela teve de dar, no papel de dama de honra, fazendo par com Evan. Como todos os Sinclair casados quiseram fazer par com suas esposas, Randi acabou sendo dama à revelia, já que a perna quebrada da melhor amiga de Mara não tinha sarado a tempo, para que ela participasse da cerimônia. Ela não lamentava ter sido dama tantas vezes. Através das cerimônias, ela fez um círculo incrível de amigas que estiveram presentes para apoiá-la durante as últimas semanas sombrias. Infelizmente, essas amigas tinham surgido ao preço de ter de suportar Evan Sinclair.

Uma pena que ele seja um babaca tão egocêntrico, porque ele é super gato. Eu bem que queria descobrir por que sou tão atraída por ele, se nem consigo suportá-lo.

Quando saiu do prédio, ela ainda estava pensando o que em Evan a deixava tão irritada. O Centro estava movimentado quando Randi saiu, decidindo caminhar até a Brew Magic, em vez de perder tempo limpando a neve de seu carro. As noites de sexta tinham bastante atividades no Centro, principalmente desde que Grady se casara com Emily e haviam ocorrido tantas mudanças e novos programas.

Randi enfiou as mãos nos bolsos de sua jaqueta e segurou o cristal Apache que Beatrice lhe dera, meses antes, quando ela passou na loja da idosa, a Natural Elements, para bater um papo. Beatrice tinha sido amiga de sua mãe adotiva e sempre que tinha chance, ela parava na loja eclética para informar Beatrice sobre o estado de saúde de Joan. Foi numa dessas visitas que Beatrice fez sua previsão e deu a Randi um cristal.

Joan vai falecer no inverno, mas você abrirá um novo capítulo de sua vida, logo depois, com um homem que precisa de você ainda mais do que você precisa dele. Ele será sua alma gêmea e você finalmente será a noiva, em lugar da dama de honra.

Randi sacudiu a cabeça com um sorriso triste, ao se lembrar da certeza no rosto de Beatrice, naquele dia.

Apertando o passo, ela rapidamente seguia pela neve fina que caía na calçada. Não que ela deixasse de acreditar que talentos sobrenaturais existissem, mas ela não levou as palavras da idosa muito a sério. Ela conhecia Beatrice desde que se mudara para Amesport, quando adolescente. Algumas de suas previsões eram sinistramente precisas, algumas, não. A mente racional de Randi lhe dizia que as previsões precisas de Beatrice só podiam ser coincidência. Tinham de ser casualidades de sorte. Randi tinha uma mente aberta, mas ela precisava estabelecer limites em relação a alguém que soubesse de seu futuro. Ela acreditava que as pessoas decidiam sua própria sorte ou destino. Qualquer outra coisa era apenas... o acaso.

Ela esperou que os carros passassem, antes de sair correndo ao outro lado da rua, com as botas derrapando na neve, ao parar ofegante, na frente da Brew Magic. Ignorando a sensação de que o cristal parecia quente sob seus dedos, ela tirou as mãos do calor da flanela para tentar endireitar seus cabelos úmidos, despenteados pelo vento.

- A pedra de Beatrice não é mágica e sua predição não é nada além de bobagem – ela forçou para dizer a si mesma, ao espanar a neve da cabeça e tentar se colocar apresentável para conversar com Liam. – Coisas assim não acontecem com mulheres como eu. Eu faço a minha própria sorte e o meu futuro.

Considerando seu passado, Randi estava feliz com sua vida, mesmo com o pesar por Joan. Ela tinha uma boa formação, um bom emprego e amigos que significavam tudo para ela. Se às vezes ela se sentia sozinha, agora que sua mãe se fora, ela iria superar isso. Sua infância lhe ensinara que a vida era dura e os desejos nem sempre se tornam realidade. Dennis e Joan ingressarem em sua vida havia sido um milagre, se é que milagres existiam. Ela não precisava de nada além do que eles lhe haviam dado: um lar, para uma menina sem lar, sem qualquer esperança para o futuro.

Randi tentava não lembrar do que Beatrice previra, que Dennis e Joan ainda teriam um filho, mesmo depois de Joan ter perdido todas as esperanças de engravidar. Antes que seus pais adotivos partissem para as férias na Califórnia, Beatrice lembrou-lhes de sua previsão, dizendo que seus guias lhe haviam dito que eles encontrariam uma filha, enquanto estivessem em turnê pelo sudeste californiano.

Joan sempre acreditou firmemente nas premonições de Beatrice. Sendo uma realista, Randi sempre ficou em cima da cerca.

- Beatrice acerta cerca de metade de suas previsões – Randi sussurrou para si mesma. – Ela estava certa quanto a Jared e Mara, então, deve estar errada e relação a mim.

Repreendendo-se por ficar em pé, no frio brutal, olhando a pedra tola, Randi apressou-se para entrar na Brew Magic, decidida a não se arrepender do fato de que tivera de encurtar a conversa com seu amigo de escrita, por seu compromisso anterior.

Ela tentou não pensar no que S. estaria fazendo agora, enquanto olhava a cafeteria lotada, à procura de Liam.

Capítulo 3

E van esperava, impacientemente, na cafeteria de Amesport,
depois de ficar na fila por quase dez minutos, ao chegar à frente
do balcão. Ele não estava acostumado a ficar numa fila e a vez
dele costumava ser imediatamente. Ele estava desperdiçando tempo
que poderia estar usando para trabalhar e ele não passava suas noites
de forma tão distraída, a ponto de parar um importante relatório
financeiro, para encontrar uma distração.

Ele acabou indo de carro até a Brew Magic para tomar um café sem
creme, bebida que tinha passado a tolerar, depois que Jared o trouxera
para a cafeteria para tomar o seu. Se Jared estivesse ali, ele não
pouparia o creme chantili ou a nata. O irmão caçula de Evan gostava
de seu café com tudo de ruim que tivesse disponível, geralmente,
acompanhado com um monte de calorias – açúcar, doces gordurosos
que Evan agora via nas prateleiras por trás dos vidros das vitrines.

- Posso ajudá-lo, senhor? – uma adolescente amistosa se aproximou
para atendê-lo, quando Evan tornou-se a próxima pessoa a fazer um
pedido.

Ele rapidamente disse à menina sorridente o que queria,
sentindo-se desconfortável, no local cheio e movimentado. Tinha
gente disputando mesas para sentar e bebericar café, provavelmente,

para fugir das temperaturas gélidas lá de fora. As pessoas circulavam em volta dele, enquanto ele esperava que a máquina fizesse o seu café. *O que estou fazendo aqui?* Infelizmente, Evan sabia exatamente por que estava ali. Depois de descobrir que até sua companheira de correspondência tinha um encontro, ele tinha ficado inquieto. Por algum motivo desconhecido, ele tinha ficado irritado por ela estar saindo para um programa. Ele não estava brincando, quando disse a ela que se sentia enciumado. Ele tinha, mesmo, inveja do homem com quem ela estava essa noite. De alguma forma, ele se tornara viciado em suas palavras na tela e queria saber o que ela estava fazendo. Será que ela estava se divertindo? Será que o cara com quem ela estava saindo era um homem decente? *Cristo! Isso é ridículo. Eu nem a conheço e estou me preocupando com ela.*

O problema era que ela havia se tornado uma amiga para ele, e Evan Sinclair não tinha muitos amigos. Ele tinha gente que o paparicava, lhe dizia o que ele queria ouvir. Mas essas pessoas não gostavam *dele*; elas gostavam de seu dinheiro e poder. Ele tinha conhecidos com o mesmo status que o seu, mas estavam todos ocupados demais para fazer uma amizade de verdade. Eles tinham ligações de negócios e os negócios eram a prioridade para todos eles.

Eu gosto dela. E ela gosta de mim, como pessoa. Ela não faz a menor ideia de quem eu seja.

Só o fato de que essa escritora misteriosa gostasse dele como pessoa, sem saber sua identidade, já era uma novidade e isso o fazia querer sua atenção. Certo. Sim. Ele era ganancioso e egoísta, mas era a primeira vez que ele queria algo só para ele.

Eu deveria ter dito que queria conhecê-la.

Ele tivera a chance, ao admitir que estava no Maine, mas, então, ele teria de lhe contar que estava na mesma cidade onde ela morava, consequentemente, revelando sua identidade. Se ele não o fizesse, ela acharia que ele era algum espreitador maluco. Por que um funcionário da Fundação Sinclair estaria em Amesport? Seria coincidência demais que ele simplesmente tivesse familiares nessa cidade. Ela talvez ficasse alarmada, com medo dele.

Fazendo uma careta, ao pensar que sua amiga de e-mail pudesse temê-lo, ele pegou seu café e cuidadosamente seguiu por entre a massa e saiu da loja. Ele ia para sua BMW preta, que ele comprara para deixar em sua casa de Amesport, e voltaria ao trabalho. Ele poderia ter ligado para que Stokes o tivesse levado à cidade, mas o idoso já tinha se instalado na casa de hóspedes de Evan. Ele não queria incomodar o motorista depois de provavelmente já ter ido deitar. Stokes podia parecer invencível e inabalável, mas não era mais nenhum jovem. Evan encontrara a chave do veículo que nunca havia usado e viera dirigindo, ele mesmo.

Todas as casas dos Sinclair na Península tinham uma casa de hóspedes, porém, algumas eram maiores que outras. A de Evan era relativamente pequena. Talvez Jared tivesse corretamente imaginado que Evan jamais teria amigos visitando. Era uma ideia depressiva.

- Droga! – O xingamento foi seguido por uma colisão nas costas de Evan, que quase o levou ao chão, na calçada escorregadia. Ele rapidamente se reequilibrou e virou para ver Randi Tyler, com uma expressão culpada, bem na sua frente.

Evan sentiu uma fisgada imediata no pau e seu corpo inteiro ficou tenso, uma reação que ele tinha sempre que via Randi – uma reação automática, carnal, que o deixou completamente irritado, nesse momento.

Ele a olhava fixamente, enquanto ela informava, constrangida – Eu derrubei quase todo meu café no seu casaco. Desculpe.

Ele não falou, enquanto observava o rosto dela corar, em seu estado ofegante. Ela estava com os cabelos escuros presos atrás da cabeça, por uma fivela que Evan teve vontade de tirar. Mesmo tendo se desculpado, não havia expressão de medo em seus belos olhos castanhos, quando ela o encarou diretamente. Ela parecia lamentar, mas não tinha medo dele, como a maioria das pessoas. Ela nunca tivera.

- Esse é um dos meus casacos favoritos – ele murmurou baixinho, sem saber o que mais dizer. Era, de fato, um de seus favoritos, mas não importava que ficasse manchado. Ele tinha outro igualzinho, no armário.

Evan viu um lampejo de irritação em seus belos olhos, a cor tão vibrante sob a luz fraca que o fizeram lembrar chocolate ao leite. Os olhos dela mudavam do castanho para um tom esverdeado, dependendo do ângulo da luz, mas o contorno e as pintinhas na íris permaneciam exatamente iguais. Independente da cor que estivessem, eram sempre deslumbrantes, assim como o restante dela. Contornados por cílios longos negros aveludados da mesma cor de seus cabelos, seu olhar era quase hipnotizante.

- Se a mancha não sair, eu pago – ela disse a ele, parecendo irritada, erguendo o queixo, resoluta.

Ele duvidava que seu salário de professora cobrisse o preço do casaco tão caro. – É só café. – Ele sacudiu os ombros, mas não estava nada descontraído. Randi o deixava meio nervoso. Ele podia ser encantador, quase tinha de ser, para angariar fundos, ou nos negócios, mas parecia não conseguir encontrar as palavras certas a dizer para uma mulher como ela – talvez, porque ele nunca tivesse encontrado alguém como ela.

Evan quase se encolheu, quando ela lambeu um borrão de chocolate de seus lábios e segurou um doce que estava segurando com um guardanapo. Ele continuou olhando intensamente, conforme ela fechou os olhos e sua língua tirou o restinho do doce de seus lábios carnudos e suculentos antes de voltar para dentro de sua boca.

- Receio que eu também tenha sujado de chocolate – ela informou, solenemente, abrindo novamente os olhos.

- Sem problema – ele disse, com a voz falhada, sabendo que provavelmente a deixaria manchar toda a sua roupa, se pudesse apenas ficar olhando-a comer o que parecia uma bomba de chocolate meio amassada.

Uma coisa que ele havia notado em Randi, no passado, era que quando comia, ela parecia ter uma experiência quase orgástica. Ela não era tímida e mergulhava na comida como se realmente saboreasse cada mordida. O prazer que tinha na comida transparecia em seu rosto e suas expressões. Evan achava isso estranho, mas fascinante.

- Segure o meu café – ela insistiu, enquanto rapidamente pôs o copo que estava segurando na mão vazia dele. – Eu tenho guardanapos.

– Ela procurou no bolso da jaqueta, tirou um bolo de papel e foi para trás dele, para limpar a mancha de seu casaco. – O que você está fazendo aqui, no meio da população comum? Achei que você desprezasse qualquer coisa que o afastasse de seu negócio.

- Eu me misturo ao povão, ocasionalmente – Evan disparou, sarcástico, automaticamente. O comentário malicioso dela despertou o lado defensivo dele. Ele deu uma olhada abaixo, para o café dela, notando que estava com uma dose dupla de creme chantili, e não parecia nada dietético.

Randi jogou os papeis num cesto próximo e voltou a ficar na frente dele, lançando punhais com os olhos. Estranhamente, ele a preferia zangada, em lugar de indiferente. Ele não tinha ideia do motivo.

Ela pegou seu café de volta e deu uma dentada gigantesca na bomba, como se o desafiasse a dizer algo sobre ela estar comendo porcaria. – Pode me mandar a conta – ela disse a ele, com um olhar desafiador.

- Acho que isso não será necessário – ele disse a ela, com uma voz sedada, com uma calma que não estava sentindo. – Talvez você possa apenas ser mais cuidadosa no futuro.

- Eu? – A expressão dela passou a perplexidade. Não fui eu que parei bem do lado de fora da porta. O lugar é movimentado. Você deveria ter continuado em frente, se sabia que tinha gente entrando e saindo.

Evan olhou atrás dele, percebendo que tinha, mesmo, parado bem do lado de fora da porta. – Você poderia ter olhado para onde estava indo – ele argumentou, irritado por ela ter razão. Eles tinham se afastado do tráfego constante de entrada e saída da cafeteria, mas sua parada brusca *talvez* tivesse feito com que ela trombasse nele. Não que ele fosse admitir que pudesse ser parcialmente culpado. De onde ele vinha, as pessoas olhavam os outros à frente, o que ocorria na maioria das grandes cidades. Se você está no trânsito, o carro que está atrás teria a responsabilidade de parar antes de bater na traseira do carro da frente. Deveria ser do mesmo jeito com as pessoas.

Randi terminou seu doce e limpou os dedos com outro guardanapo, antes de jogá-lo no lixo, ignorando-o. Finalmente, ela respondeu. – Desculpe. Eu sou humana. Cometo erros.

Um pedido de desculpas podia estar saindo de sua boca, mas Evan sabia que ela estava debochando dele. – A perfeição pode ser difícil de ser atingida – ele disse a ela, sabendo que sua afirmação arrogante a provocaria.

Ela lhe deu as costas e saiu caminhando pela calçada, gritando para trás – Pode me mandar a conta, sr. Perfeição. Eu cuido da minha terrível aberração.

Ele observou-a seguindo o caminho pela calçada nevada, imaginando para onde ela estaria indo. Onde estava seu carro? – Espere! – ele gritou, impulsivamente, quando ela começou a sumir no escuro. Ele a seguiu, quando ela hesitou, mas não virou de volta. Ele alcançou-a, no meio-fio. – Aonde você estacionou? Está escuro.

- Aqui é Amesport, não a Cidade de Nova York. Eu estou bem – ela disse a ele e recomeçou a andar, seguindo normalmente, sob a luz de penumbra. – De qualquer maneira, por que você está aqui? O clima está uma droga e vai piorar. Está um frio brutal e eu tenho certeza de que você tem coisas mais importantes a fazer.

Evan alcançou o passo dela. – Eu não estava com vontade de trabalhar – ele admitiu relutante. – Por que você ainda está na cidade? – Ele sabia que ela era professora e deixava o trabalho no fim da tarde.

- Eu estava trabalhando no Centro Juvenil e quis tomar um café, antes de ir para casa – disse ela, num tom defensivo. – E estava morrendo de vontade de comer aquela bomba de chocolate que eu amassei no seu casaco.

- Eu notei que você ainda comeu – ele observou.

Ela fungou. – Foi em *seu* casaco que encostou. Imagino que só poderia estar tinindo de limpo.

Ela estava caçoando de sua roupa.

Não deixe que ela o provoque. Ignore-a.

- O seu carro está no Centro?

- Sim. E eu estou perfeitamente segura. Você não precisa me seguir.

Evan sentiu seu nível de irritação aumentar. – Não é um tanto ignorante acreditar que coisas ruins só acontecem em cidades grandes? - Em minha experiência, elas geralmente acontecem – ela respondeu baixinho. – Nós temos todo tipo de visitante aqui, mas, fora os incidentes com os seus irmãos, no Centro, nunca mais aconteceu nada aqui em Amesport.

- Isso não significa que não aconteceria – Evan argumentou, estranhamente inquieto ao pensar em algo ruim acontecendo a Randi. Droga, Grady e Dante já se feriram em Amesport, por homens bem cruéis. Aconteceu. Amesport era uma cidade turística. Podia ter todo tipo de maluco temporário circulando pela cidade.

Ela subitamente virou para ele e parou, olhando-o acima, sob a luz fraca da rua. – Olhe, eu não estou a fim de brigar com você agora. Volte amanhã, ou qualquer outro dia, e eu verei se brigo. Mas eu estou cansada. Tive um longo dia. Será que você pode simplesmente voltar para o seu carro e me deixar em paz?

Evan olhou-a, abaixo. Mesmo sem muita luz, ele viu as olheiras sob seus olhos, o cansaço em sua fisionomia.

Eles estavam bem em frente à rua do Centro, onde o carro dela estava estacionado.

- Não direi uma palavra, se você não disser – ele disse, de modo atípico. Por algum motivo, ele não queria vê-la derrotada. Se eles não conseguiam falar sem se bicar, ele ficaria em silêncio, para levá-la até seu carro.

Ela virou sem dizer nada, atravessando a rua e lançando-lhe um olhar duvidoso, quando ele a seguiu.

Fazendo jus à sua palavra, Evan não disse nada e foi caminhando ao lado dela. Ele queria perguntar por que ela estava cansada, mas imaginou que ela tivesse tido um dia cheio no trabalho, depois tinha ido dar aulas no Centro. Obviamente, se ela estava na rua até tão tarde, seu dia havia sido longo. No entanto, ele sentia que havia outros fatores, mas não eram de sua conta e ele não queria começar outra discussão com ela.

Eu sinto que ou brigo com ela, ou prendo-a contra a parede e transo com ela até tirá-la da cabeça.

Não importava que eles estivessem no ar gélido. Seu pau estava alerta, implorando que ele escolhesse a segunda opção.

Infelizmente, ela o odiava e Evan achava que transar com ela até fazê-la perder os sentidos não seria uma opção.

Inconscientemente, ele passou os dedos em volta do cristal em seu bolso, desejando encontrar um jeito de se comunicar com Randi. O que a estava incomodando? Por que ela parecia tão cansada? Ele queria iniciar uma conversa razoável, mas tinha medo de falar besteira... de novo. No instante em que ela o colocava na defensiva, ele soltava o verbo. Era sempre assim com ela.

- Chegamos. Esse é o meu – disse Randi, ofegante, apontando na direção de um veículo coberto de neve, um dos poucos carros ainda no estacionamento.

Ela jogou o restinho de seu café frio no cesto de lixo perto do carro e Evan fez o mesmo. Ele nunca quis a bebida mesmo.

- Dê-me a chave – ele exigiu.

Surpreendentemente, ela enfiou a mão no bolso para entregar a chave. Ela puxou e fez com que outra coisa caísse no chão. Sem pensar, Evan abaixou para pegar o objeto. Ele o segurou na mão, por um momento, perplexo. – Você também tem um desse? – ele perguntou, com a voz rouca.

- O cristal apache em forma de gota. Sim. Ganhei da Beatrice. Ela acha que eu vou conhecer a minha alma gêmea. – Randi estendeu a mão para pegar a pedra e rapidamente enfiou de volta no bolso. – Eu gosto dela. Não quis magoá-la.

Evan pegou a chave que ela estava segurando à sua frente e abriu a porta do veículo. Era difícil saber que carro era, por estar todo coberto de neve, mas parecia um pequeno utilitário. Ele rapidamente ligou o motor e pegou a escova de neve no banco traseiro, para limpar o gelo do corpo e dos vidros do carro.

- Eu posso fazer isso – Randi insistiu, tentando pegar a escova da mão dele.

- Tenho certeza de que você é perfeitamente capaz, mas, deixe que eu faça – Evan disse, calmamente. – Não há motivo para que você faça, se eu estou aqui. – Ele logo tirou a neve e raspou o gelo, enquanto observava Randi, de olho nele, curiosa.

Ela cruzou os braços e observou seus movimentos, enquanto ele trabalhava. – Você é um cavalheiro, por baixo de toda sua fanfarrice. – A afirmação foi quase uma acusação.

- Não sou um chauvinista – Evan disse, cauteloso. – Eu emprego mulheres inteligentes de sobra, algumas, até mais que meus funcionários homens. – Ele colocou a escova de neve de volta na traseira do carro, fechou a porta, para que as janelas terminassem de desembaçar e virou para ela. – Mas tenho de admitir que tenho dificuldades em observar uma mulher fazendo trabalho físico, quando há um corpo mais forte por perto.

Ela franziu o rosto, enquanto seus olhos percorriam seu porte alto e musculoso. – Eu tenho dificuldades de argumentar com o fato de que você seja maior e provavelmente mais forte. Mas isso não significa que você sempre tenha que fazer o trabalho físico.

Evan olhou para sua silhueta. Logicamente, ela não poderia argumentar a diferença de tamanho entre eles. Ela tinha um pouco mais de 1m80 e ele era bem maior que ela. Ela podia ser um tipo atlético, mas ele se exercitava todos os dias e era muito mais forte. – Eu tenho poucas oportunidades de fazer qualquer coisa física, exceto numa academia. Tenho empregados que fazem a maioria das coisas para mim. Não me importo, e limpar o seu carro não chega a ser cansativo. – Ele hesitou, antes de perguntar, num tom de voz que torcia para ser casual – Posso lhe fazer uma pergunta?

Ela ergueu uma sobrancelha, antes de perguntar. – O quê?

- A Beatrice dá essas pedras para todo mundo? – ele tirou o cristal do bolso e mostrou a ela.

Hesitante, Randi esticou a mão e pegou a pedra. Ela virou, algumas vezes, antes de devolver, com uma expressão perplexa. – Quase nunca – ela admitiu. – Você também ganhou uma?

- Ela me mandou pelo correio, com uma carta alguns meses atrás, me dizendo que eu estaria casado em seis meses – ele respondeu, relutante, colocando a pedra apache de volta no bolso de seu casaco. – Acho que ela pode estar demente.

Randi riu e um raio de prazer percorreu o corpo de Evan, ao ouvir o som tão provocante.

- Ela não é maluca. É só um pouquinho excêntrica. Às vezes, as suas premonições realmente se tornam realidade.

Evan sacudiu a cabeça. – Ela está destinada a se decepcionar comigo.

- Eu estava pensando a mesma coisa – Randi admitiu, estendendo a mão até a porta do veículo, que rapidamente desembaçava. Era um utilitário roxo escuro que, de alguma maneira, combinava com sua personalidade ousada. Evan finalmente pôde ver o modelo claramente.

- Randi? – ele perguntou.

- Sim? – Ela virou e olhou para ele, já sem a expressão hostil.

- Não se preocupe com meu casaco, eu tenho outro. – Não era bem isso que ele queria dizer, mas ele não conseguia dizer exatamente o que estava pensando. Ela provavelmente lhe daria uma joelhada no saco e ele o preferia intacto.

- Eu lhe disse para me mandar a nota, se não sair. Você pode tentar o tintureiro daqui. Eles já fizeram milagres com algumas roupas minhas. Manchas são perigos do trabalho de uma professora – ela disse a ele, amistosamente.

Foi o sorriso dela que quebrou Evan. Seus olhos eram ternos e felizes, seus lábios se curvaram numa linda expressão de alegria, quando ela falou de sua profissão. Mas o sorriso estava dirigido a ele e Evan não poderia perder o momento. Ele nunca tivera uma atitude impulsiva em toda sua vida, mas não pôde controlar sua mente, ou seu corpo, quando ela sorriu daquele jeito para ele.

Ele deu um passo à frente, sem primeiro pensar em suas opções, prendeu o corpo dela junto ao carro e, sem pensar em nada, beijou-a.

Evan gemeu quando seus lábios tomaram os dela, sabendo que tinha acabado de cometer um erro que provavelmente custaria sua sanidade. O corpo dela se retraiu, quando ele passou os braços em volta dela, uma das mãos mergulhando em seus cabelos, para proteger sua cabeça, e mantê-la exatamente na posição que lhe dava total acesso à sua boca. Uma sensação desconhecida de satisfação masculina revolveu no fundo de suas vísceras, quando a presilha que prendia os cabelos dela caiu no chão e as mechas escuras caíram em seus ombros.

Ela tinha gosto de chocolate e café, e Evan saboreou a maciez deliciosa dos lábios dela sob os seus. Fora de controle, ele exigia acesso, em vez de pedir. Finalmente, ela ficou dócil sob ele, deixando que ele entrasse, e, por dentro, ele deu um suspiro de alívio, quando ela o enlaçou com os braços, e retribuiu o beijo, a língua, a cada investida. Evan sentiu-se afogando na sensação e certamente não era o frio do ambiente ao redor. Todo seu instinto era para tomar a mulher em seus braços, garantir que ela se lembrasse do calor que rugia entre eles, enquanto se beijavam, como se estivessem famintos, um pelo outro. Ele sentiu seu pau latejando, ao tragar os lábios de Randi, seu corpo aquecendo pelo jeito como ela reagia ao seu abraço, entusiasticamente.

Quando ele finalmente recuou a cabeça, ela estava ofegante, os dois estavam sem ar. Evan levou alguns minutos para conseguir soltá-la. Ele continuou a segurá-la nos braços, sem dizer nada, a respiração ofegante dos dois era o único som que ele conseguia identificar, cada bafejo formando uma pequena nuvem de fumaça no ar gélido, eram as únicas coisas que ele conseguia ver. Lentamente, relutante, a mão dele soltou os cabelos sedosos dela, e ele finalmente recuou.

- Podemos fingir que isso nunca aconteceu – Randi disse, num gritinho, em tom de pânico.

Até parece que eles poderiam! Evan sabia que provavelmente teria sonhos eróticos sobre o que mais poderia ter acontecido, se eles não estivessem no meio desse frio brutal, nessa porcaria desse estacionamento. – Não sei se consigo – ele disse, meio áspero.

- Podemos, sim – Randi disse, otimista. – Não suportamos um ao outro. É só um negócio físico maluco.

Certamente era físico, mas não tinha nada de maluco, ou aleatório. Ele tivera vontade de mergulhar em Randi, com uma sensação tão primitiva que não conseguia explicar, desde o instante em que eles se conheceram, e tinha a impressão de que esse impulso não iria passar. Não depois de tê-la experimentado, sentido sua reação desejosa. Ela o queria e saber disso mudava todo o jogo que eles vinham tendo, desde a primeira vez que ele a vira.

Ela pode não gostar de mim, mas sente a mesma química que eu.

- Você tem acompanhante para a festa de Hope? – Ele ignorou completamente a sugestão dela, de que eles fingissem que ele não a tivesse tocado. Ele a beijara... e os dois gostaram.

- Não.

- Você vai comigo – ele decidiu, tirando o telefone celular do bolso e entregando a ela. – Ligue para o seu telefone, para que você fique com meu número. E me ligue, para dizer que chegou bem, em casa. – Ele não gostava do jeito como o vento estava aumentando e a neve agora caía mais constante.

Ela parecia pasma, enquanto ligava para o próprio número, deixando tocar em sua bolsa, para que o número dele aparecesse, antes de entregar o telefone de volta. – Evan, eu não acho...

Ele pôs um dedo sobre os lábios dela. – Não pense. Apenas vá comigo.

Ela assentiu lentamente, como se ainda estivesse induzida pelo transe de prazer. Evan concluiu que gostava daquela expressão no rosto dela. Ele agora estava decidido a ver como ela ficava gozando, gritando seu nome, o pau mergulhado bem fundo, dentro dela, seu corpo estremecendo de prazer.

Ela ficaria extraordinária e Evan estava mais que ávido para compartilhar essa experiência com ela. Talvez isso resolvesse o nó de desejo que estava ficando cada vez mais apertado dentro dele.

Virar e se afastar dela exigiu um esforço quase sobre humano, mas ele o fez assim mesmo. Ele não lhe daria a chance de pensar, uma chance de mudar de ideia. Ele parou para pegar a fivela dela no chão, antes de seguir em frente, com a fivela no bolso.

Caminhou lentamente, em direção ao seu carro, satisfeito quando viu o veículo dela sair do estacionamento e deixar o Centro.

Que diabo acabou de acontecer?

Evan aumentou o passo, depois de ver as lanternas traseiras do carro de Randi desaparecerem na noite, ainda meio chocado com seu próprio comportamento. Ele não cedia a ímpetos, ou impulsos, mas, essa noite... ele o fizera.

E não se arrependia. Uma tensão sexual que ele nunca sentira já vinha revolvendo entre ele e Randi Taylor, desde o instante em que eles se conheceram. Agora que ele sabia que ela se sentia tão atraída por ele quanto ele por ela, ele compreendia a verdade.

Ela estava errada. Eles não se detestavam. O que ambos estavam sentindo era um desejo quase carnal. Ele havia tentado ignorar porque qualquer perda de controle o assustava muito. Talvez a deixasse inquieta também.

Que mal poderia ter, de passar algum tempo junto? Talvez eles pudessem transar até que a atração passasse, para ambos. Isso estaria fadado a acontecer, se eles estavam agindo segundo suas fantasias. Evan nunca tinha estado com uma mulher mais de uma vez, antes de se entediar e voltar ao trabalho. Ele não cultivava relacionamentos. Buscava mulheres que procurassem a mesma coisa... sexo por uma noite, só para matar a vontade. A maioria das mulheres estava ocupada com suas próprias carreiras ou negócios. Esse tipo de acordo sempre foi bom para ele.

Evan deu um suspiro, quando finalmente chegou ao seu veículo, admitindo a si mesmo que a cobiça que sentia por Randi poderia levar mais que apenas uma noite para desaparecer.

Na verdade, poderia levar muito, muito tempo.

Estranhamente, ele não se importava com isso.

Capítulo 4

O Baile de Inverno de Amesport foi cancelado e transferido para o fim de semana seguinte, pois a região foi atingida por uma grande nevasca.

Randi suspirava e olhava pela janela da casinha que havia herdado, contente porque agora teria mais cinco dias para encontrar um jeito de não ir ao baile com Evan.

Por que motivo desse mundo eu o deixei me beijar? Pior ainda, por que gostei tanto, droga?

Ela vinha se fazendo essa pergunta pelos dois últimos dias – desde que ele havia abalado seu mundo, com aquele abraço possessivo e fogoso que não saiu de sua cabeça, desde que aconteceu.

Droga! Eu não quero me sentir atraída por Evan Sinclair.

Cansada e decepcionada porque Liam não havia aparecido no local de encontro, a última coisa que ela precisava, na última sexta-feira era literalmente trombar com Evan Sinclair, ao sair da Brew Magic.

Por que ele? Qualquer um, menos ele.

Só depois de chegar em casa, naquela noite, ela descobriu que Liam estava resfriado. Ele não tinha o número de seu celular para avisá-la e não tinha conseguido entrar em contato com Tessa. Ele estava com uma voz horrível, no recado que havia deixado em seu telefone de casa e, nem por um momento, ela duvidou que ele realmente estivesse doente. Ela rapidamente enviara uma mensagem de texto ao Evan – pois ligar pareceu pessoal demais – dizendo que tinha chegado bem em casa, depois mandou uma mensagem ao S., para que ele não se preocupasse.

Pelos dois últimos dias, ela parecia presa pela neve. Os flocos caíam mais depressa do que podiam ser limpos das estradas. Ela morava a dez milhas da cidade, num tranquilo pedaço de terra de cinco acres, para o qual ninguém dava bola. Dennis e Joan nunca chegaram nem perto das condições para morarem numa propriedade de frente para o mar, mas Randi não se importava de não morar na praia. A cidade ficava muito movimentada de turistas, no verão. Ela adorava ter seu próprio espaço para respirar.

Randi soltou a cortina que estava segurando e virou de volta para a salinha. Ainda havia muito de seus pais na casa, mas Randi gostava que fosse assim. Ela tinha mantido o máximo de coisas que pôde, que havia pertencido a eles, querendo que, de alguma forma, ainda os mantivesse por perto.

Seu coração deu um aperto, quando seu olhar recaiu sobre a fotografia dos três, uma família, juntos na praia, logo depois que eles a trouxeram para Amesport. Dennis e Joan tinham sido os pais que ela nunca tivera, embora tivessem idade para serem seus avós. Para Randi, não importara. Eles tinham preenchido um vazio emocional que ela havia carregado pela vida toda. Agora, era como se o buraco negro tivesse voltado e nada jamais pudesse preenchê-lo.

Ela desviou os olhos da foto, sabendo que a dor acabaria abrandando. Provavelmente chegaria uma época em que ela só sentiria alegria ao olhar as fotos de seus salvadores, mas esse dia não era hoje.

- Preciso tomar banho. – Lily, sua cadela golden retriever, ergueu a cabeça do chão para olhar para Randi, com seus olhos expressivos, curiosos. – Estou fedorenta – Randi disse ao cão, vendo Lily inclinar a cabeça, como se tivesse entendido.

Randi tinha passado a manhã se exercitando e meditando, e sua roupa de ioga estava úmida, colada ao corpo, apesar da nevasca lá fora.

Lily foi trotando atrás de Randi, conforme ela ia tirando as peças de roupa, jogando todas no cesto, ao chegar ao banheiro.

- Precisamos de comida para nós duas – Randi anunciou, ao abrir o chuveiro e olhar Lily abaixo, deitada no tapete ao seu lado.

Ela não tinha estocado comida suficiente e estava com fome. A comida de Lily havia chegado à última porção. Randi precisaria limpar a entrada de veículos com o velho carrinho motorizado com a pá dianteira, e torcer para que seu pequeno utilitário com tração nas rodas conseguisse passar pela neve da estrada. Outra tempestade chegara atrás da que já estava em curso, portanto, o clima só ia piorar. Embora a neve estivesse caindo, essa talvez fosse a única chance que ela teria, nos próximos dias. Se as previsões meteorológicas estivessem corretas, a próxima nevasca seria tão ruim quanto a primeira.

Sentindo-se menos melancólica depois do banho, Randi foi até o cômodo que antes era o quarto de seus pais. Agora era um escritório, já que ela não quis tornar o quarto deles em seu quarto. Agora, não. Talvez nunca.

É só meio-dia. Tenho tempo de checar meu e-*mail*.

Claro que ela estava racionalizando. Quanto mais depressa ela saísse para tirar a neve, mais rápido ela poderia sair para comprar comida. Mas ela não havia checado se havia resposta de S., e ela adoraria saber o que ele tinha a dizer sobre o e-mail que ela mandara, na última sexta-feira.

Sentando-se na pequena escrivaninha, ela abriu seu laptop e esperou que o e-mail abrisse.

Querida M.,
Lamento que você tenha tomado um bolo. Ora... não lamento tanto assim. Não quero que nunca aconteça nada que possa lhe ferir, mas eu estava com muita inveja desse seu encontro. Talvez ele fique doente durante semanas, para que vocês não possam remarcar.

*Eu acabei ficando preso na nevasca, portanto, ainda estou no
Maine. Ficarei aqui até que o tempo melhore, então, fale comigo.
Que bobagem você fez essa noite, se o cara nem apareceu?
Sinceramente,
S.*

Randi deu uma olhada na data do e-mail. Ele tinha respondido
apenas um tempinho depois que ela lhe enviara o e-mail, dois dias
antes. Ela tinha ficado inquieta demais para sentar, então, manteve-se
ocupada e não tivera tempo de checar o e-mail, desde que enviara
sua mensagem, na sexta-feira.

Ela havia dito que tivera um dia longo e que tinha feito uma
besteira. Randi não tinha certeza se queria confessar exatamente o
que havia feito.

*Eu beijei Evan Sinclair. Certo, ele me beijou, mas eu retribuí o
beijo. Eu não quero querê-lo. Não quero me sentir atraída por ele,
de jeito nenhum.*

- Eu não suporto o cara. Por que foi tão incrível? – ela perguntava a
Lily, que estava deitada no chão, ao lado de seus pés. Ela sorriu, quando
a cabeça de Lily se ergueu e ela deu um bocejo imenso. – Problemas
de humanos são entediantes para você, não é? – Randi imaginava que
seus problemas não fossem grande coisa para uma criatura que vivia
por comida, carinho na barriga e brincar de pegar a bola.

Brincando com o mouse do computador, ela pensou no quanto
queria compartilhar com seu amigo de e-mail. Finalmente, ela decidiu
a simplesmente dizer a verdade.

*Caro S.,
Você já se sentiu atraído por alguém de quem nem gosta, como
pessoa? Eu não, pelo menos, não até recentemente. Não achei
que algo assim pudesse acontecer. Como você pode querer ser
íntimo de alguém que nem gosta?*

Randi deixou a pergunta no ar, por um momento, antes de apertar
o botão de "enviar". Ela conversava com seu amigo sobre muitas

coisas, mas eles nunca tinham sido assim, tão íntimos. Mas ela tinha descoberto que ficar anônima lhe permitira conversar abertamente sobre inúmeras ideias e sentimentos. De várias maneiras, ela desenvolvera uma ligação indescritível com S., ao longo do último ano. Ela não achava que houvesse muita coisa que não pudesse contar a ele.

Ela realmente não se surpreendeu, quando uma resposta surgiu em sua caixa de entrada, alguns instantes depois.

Cara M.,
Achei que você tivesse tomado um bolo. De quem você está falando?

Ela sorriu e rapidamente digitou uma resposta. De alguma forma, ela tinha quase certeza de que ele começaria a conversar com ela. O que mais há para fazer, no meio de uma nevasca no nordeste, se você ainda tem sinal de internet?

Caro S.,
Na verdade, ele não me deu um bolo. Ele ficou doente.
Eu estou falando de outra pessoa, alguém que conheço há um tempo. Eu sempre o achei atraente, mas não gosto dele. Como isso pode acontecer?

Ele escreveu de volta.

Cara M.,
Não estou bem certo para ser honesto. Mas eu sei que duas pessoas podem irritar uma à outra e ainda se desejarem. Eu tive a mesma experiência, recentemente.

Randi ficou ligeiramente surpresa e não tinha certeza de como se sentia quanto ao seu companheiro de e-mail, de longa data querer outra mulher. Ele lhe fizera companhia, durante parte de seus momentos mais sombrios, e doeu um pouquinho que ele tivesse outras mulheres em sua vida. Ela sempre o imaginou sozinho, como ela, e esse era um dos motivos para que eles se dessem tão bem. Ela sacudiu os ombros. Ele era um cara legal e ela não deixaria de sair, se surgisse a oportunidade, com alguém que ela tivesse afinidade e gostasse. Fazia sentido que ele tivesse mulheres em sua vida. Ela só nunca tinha pensado nessa possibilidade. Eles sempre riram quanto a estarem sozinhos, em noites quando todos saem.

Querido S.,
Que bom ouvir que não sou só eu. Não tenho nada em comum com o cara, ele é totalmente detestável. No entanto, eu o acho fisicamente atraente.
Estranho, não?

Levou um minuto para receber a resposta dele.

Querida M.,
Não chega a ser estranho. No entanto, eu acho que você deve ficar longe dele. Você merece alguém que lhe adore e ele parece ser um babaca. Não se contente com nada menos que isso.

Randi suspirou, enquanto olhava a resposta dele. Por que não podia haver um homem em sua vida, tão legal quanto seu colega de correspondência?

Querido S.,
Talvez eu seja uma nojenta raivosa, sabe? Às vezes, eu sou.

Ela riu da resposta seguinte dele.

Querida M.,
Impossível. Eu não acredito que você tenha nem um ossinho ruim no corpo, exceto quando se trata em me conhecer.

Randi suspirou. Não que parte dela não quisesse conhecer o misterioso S., mas ela sabia que jamais iria fazê-lo. No fundo, ela não estava certa de que ele também quisesse conhecê-la, embora dissesse que sim. Manter o anonimato foi o que os tornou tão bons amigos. Randi nunca queria perder essa ligação. Conhecê-lo não valia o risco de perder uma amizade valiosa.

Querido S.,
Isso só vem provar que você não me conhece bem. Eu estou
saindo para comprar um estoque de comida canina e umas
porcarias para suportar a próxima nevasca. Fique aquecido.
Falo com você em breve.
M.

Ela esperou que ele saísse.

Querida M.,
Tome cuidado. Mesmo que você esteja numa cidade pequena,
as estradas estão ruins por toda parte. Avise-me que você
voltou bem.

Depois de ler a mensagem, ela desligou o computador. Ele não tinha ideia que ela morava fora da cidade e voltar para casa era mais difícil para ela do que para a maioria dos cidadãos de Amesport. Na verdade, ela começava a gostar de seu instinto protetor. Era bom saber que alguém se importava.

- Quer dar uma volta? – Randi acenou na direção da porta, ao levantar de sua cadeira, junto à escrivaninha. A cadela pulou de pé imediatamente, abanando o rabo com a possibilidade de sentar em cima do carrinho de remoção de neve, enquanto ela desimpedisse a saída.

Randi sorriu, enquanto Lily choramingava entusiasmada, e corria para a porta. Sua cadelinha sabia o que significava "dar uma volta".

Tentando afastar todos os pensamentos de Evan Sinclair, Randi foi se ocupar com suas tarefas, antes que o clima piorasse.

Capítulo 5

– Diga-me, exatamente, por que estamos aqui? – Hope perguntou ao Evan, conforme eles passavam por cada corredor do supermercado mais perto da Península. Ela estava colocando coisas no carrinho, enquanto Evan o conduzia, pelo corredor de petiscos e porcarias.

- Porque você me disse que Randi mora fora da cidade e ela pode precisar de suprimentos – Evan respondeu calmamente à irmã, embora já tivesse se explicado várias vezes. – Tem uma segunda nevasca chegando, segundo a previsão meteorológica.

E se ela não conseguir chegar à cidade?

E se ela ficou sem luz e estiver totalmente sozinha, lá na área rural?

E se ela não tiver o suficiente para comer?

Hope jogou um saco de batata frita e alguns patês no carrinho, depois parou e colocou as mãos nos quadris. – Desde quando você se importa? Eu falei com a Randi hoje de manhã para saber se ela precisava de alguma coisa e ela disse que estava bem. Ela ainda tem eletricidade e estava se aprontando para sair e limpar a neve com o carrinho. Ela só mencionou que talvez precisasse vir à cidade. Ela mora no Maine há quatorze anos, Evan. Acredite, Miranda Tyler sabe andar na neve.

- Miranda? – Evan olhou para Hope, confuso.

Hope voltou a jogar comida no carrinho. – Miranda é seu nome, mas todos a chamam de Randi – ela esclareceu.

- Ela não foi criada aqui? – Evan perguntou, casualmente. Ele sempre imaginou que ela tivesse nascido em Amesport.

Ele estendeu a mão e tirou o saco de batatas e as pastinhas do carrinho, para colocá-los de volta. Era uma porcaria com pouco valor nutritivo.

- Pare! – disse Hope, firmemente. – Pode pôr isso de volta. Você me pediu para vir aqui e ajudá-lo a escolher o que a Randi gosta. Esses são seus favoritos.

Evan olhou o carrinho, franzindo o rosto. – Ela come alguma coisa saudável?

O riso alegre de Hope ecoou pelo mercado cheio. – Nem sempre e não muita coisa que você pudesse aprovar. Ela é viciada em porcaria, mas é corredora, portanto, queima as calorias tão depressa quanto as põe na boca. – Ela pegou os itens das mãos de Evan e jogou de volta no carrinho, e acrescentou algumas rosquinhas.

- Então, a família dela mudou para cá, quando ela era adolescente? – Evan sabia que estava tentando arrancar informações, e sua irmã também. Hope vinha lançando olhares perplexos, desde que ele lhe pedira para deixar o bebê com Jason, por um tempinho, para ajudá-lo no mercado.

Ele tinha passado a maior parte do fim de semana pondo os assuntos em dia com a família. O deslocamento dentro da Península era fácil, porque todos moravam na mesma região. Eles também tinham um contrato particular para a remoção constante da neve, e as entradas de veículos das casas estavam sempre limpas.

Micah estivera certo em relação ao bebê David. Ele não era realmente careca. O menininho tinha cabelos bem claros e se parecia com o pai... muito. Mas Evan também via vários traços de Hope no bebê, e seu coração ficou inesperadamente cheio de orgulho, na primeira vez em que ele viu o novo sobrinho. Ele não era um homem que achasse muita coisa em bebês, mas David era um deles, e seu instinto protetor logo entrou em ação, quase que imediatamente depois de ver o bebê inocente. Evan sabia que ficaria ocupado nos anos por vir, garantindo que o sobrinho estivesse no caminho certo. Não que ele não confiasse na irmã e em Jason, como pais, mas Hope não tinha escolhido uma carreira exatamente segura. Claro que ele não iria interferir, mas ele iria checar frequentemente, o primeiro da nova geração Sinclair, para ver se o sobrinho não precisava de... orientação. Tecnicamente, Evan sabia que David era um Sutherland, mas não importava qual era o seu sobrenome; ele tinha sangue Sinclair e Evan o considerava um Sinclair, filho de sua irmã e primeiro sobrinho de Evan.

Evan olhou para Hope, porque ela ainda não havia respondido sua pergunta. Sua irmã parecia igualmente desconcertada. Ele ergueu uma sobrancelha para ela, que olhou-o cautelosamente, como se estivesse pensando em como responder.

Ela finalmente disse, com cuidado – Não. Ela não nasceu aqui. Randi mudou-se para Amesport da Califórnia, quando tinha quatorze anos.

- Com os pais? – Evan não achava tão incomum mudar de local. As pessoas faziam isso o tempo todo, por inúmeros motivos.

- Com os novos pais – admitiu Hope. – Randi foi meio que uma filha adotiva para os Tyler.

- Meio? – Como alguém pode ser "meio" adotivo? Eles eram pais adotivos ou não, independentemente do tempo que permaneceram com ela.

Hope sacudiu os ombros e deu um olhar suplicante a Evan. – A história é de Randi, para ser contada. Eu lhe disse o que me sinto à vontade para revelar. Os Tyler eram idosos, mas deram um bom lar a ela.

Seu nome, na verdade, é Miranda.

Seus pais adotivos eram idosos, agora, muito provavelmente estão falecidos.

Ela adora comer porcaria.

Evan parou bruscamente de andar, com sirenes de alarme tocando ruidosamente em sua cabeça. Não podia ser...

- Ela perdeu a mãe adotiva recentemente? – Evan ficou na expectativa, contraindo firmemente o maxilar. Que possibilidade havia? Coincidência. Altamente improvável. De forma alguma Randi era...

- Sim. – Hope olhou desconfiada para Evan. – Como você sabe? A Joan faleceu há pouco mais de um mês. Randi ficou completamente arrasada.

- Porra! – O palavrão saiu de sua boca como um tiro de canhão. – Nem ferrando!

Hope estendeu a mão e agarrou seu braço, sorrindo para as pessoas que se assustaram com Evan, como se estivesse tentando dizer a elas que estava tudo bem. – Acho que você está assustando os outros clientes. Qual é o problema?

- Nenhum – ele respondeu com uma voz rouca, olhando abaixo, para o rosto preocupado de Hope. – Tudo certo – ele admitiu, relutante.

Parecia que ele tinha acabado de tomar um soco de um peso pesado.

Em sua cabeça, não havia dúvida de que Randi Tyler e sua misteriosa M. eram a mesma mulher. Não era coincidência. As probabilidades de duas mulheres de Amesport perderem uma mãe adotiva idosa, há pouco tempo, eram muito pequenas. – Vamos terminar – ele disse à Hope, numa voz mais branda, empurrando o carrinho adiante.

Hope olhou duvidosa, mas continuou a colocar os itens no carrinho, enquanto Evan tentava assimilar a informação que acabara de descobrir. Quanto mais ele pensava a respeito, mais fazia sentido. Randi fazia muito trabalho voluntário no Centro e ela tinha uma boa amizade com Emily.

- Então, a Randi está saindo com alguém? – Evan perguntou curioso, enquanto olhava Hope colocando uma torta cheia de açúcar no carrinho. Agora o carrinho estava cheio. Randi provavelmente poderia sobreviver a um longo estado de sítio, se precisasse, mesmo que a maior parte dos itens não fosse tão nutritiva.

Hope olhou-o de lado e sacudiu a cabeça. – Nenhum relacionamento sério. A Tessa tem tentado fazer com que ela saia com seu irmão, o

Liam. Ela e o irmão são donos do Sullivan's, Filé e Frutos do Mar. Eles têm o melhor pão de lagosta da cidade.

- Nunca ouvi falar do lugar – Evan murmurou.

- O Liam é bem-sucedido com o restaurante. Ele também é um cara legal. Seria perfeito para Randi, quando eles finalmente se encontrarem para um programa de verdade. Espero que ela encontre alguém. Ela merece um cara legal em sua vida.

Por cima de seu cadáver. Ele podia não ser o cara legal que Hope torcia, mas isso não importava. – Ele não é perfeito para ela – Evan apressou-se em dizer à irmã, com a voz ligeiramente áspera. – Ela precisa de alguém que a compreenda.

- E esse seria...? – Hope deixou que Evan completasse a frase.

- Eu – ele rugiu, num tom baixinho, para que somente Hope ouvisse.

- Vocês dois se detestam – a irmã respondeu, com um tom confuso.

- Eu não a detesto. Nunca detestei – admitiu Evan, seguindo Hope, que puxava o carrinho e entrava no corredor de comida de cachorro. – Eu só não sei o que dizer a ela.

Hope gesticulou para um saco de comida de cachorro que parecia grande o bastante para alimentar um cavalo. – Você pode pegar um desses e colocar na parte de baixo?

Evan ergueu o saco e colocou na parte inferior do carrinho. – Ela tem um canil cheio de cachorros? – ele resmungou ao se reerguer.

Hope riu. – Não... só a Lily, sua golden retriever. Mas a cadela corre com ela e Lily é muito ativa. Esse saco não é tão grande. – Ela hesitou, antes de acrescentar – Isso é outra coisa... você não gosta de cachorros. – Dando um suspiro aflito, Hope se virou para encará-lo. – Você vai me dizer o que está acontecendo, no minuto em que sairmos desse mercado.

- Vou pensar a respeito – Evan disse a ela, num tom sério, sem saber o quanto poderia dizer. Droga, ele próprio ainda nem tinha conseguido entender tudo direito, ou conciliar as duas mulheres como uma só.

- Ou você conta, ou eu vou perguntar à Randi e descubro – Hope ameaçou.

- Não – Evan rapidamente disse. – Eu vou lhe contar. – Se Hope começasse a investigar, isso daria problema. Ele não sabia se Randi algum dia já contara à sua irmã sobre sua correspondência por e-mail, mas não demoraria para que as duas mulheres inteligentes desvendassem tudo.

Hope assentiu e começou a puxar o carrinho em direção ao caixa.

– Bom. Eu estava bem certa que você contaria. – A voz dela soou presunçosa.

Quando foi que a sua irmãzinha caçula ficou tão mandona e manipuladora? Evan teria perdido sua transição de jovem bondosa para negociadora durona, em algum momento, ao longo dos anos.

Ele ficou em silêncio, enquanto seguia Hope, para pagar as compras, ainda sacudindo a cabeça de espanto.

Ele gostava de M. e sempre tinha gostado.

Ele se sentia incrivelmente atraído por Randi – também conhecida como Miranda -, mas não gostava, exatamente, dela. Talvez ele soubesse que certamente não a detestava, mas dizer que era afeiçoado a ela era forçar a barra, apesar de que seu pau decididamente a adorava.

Se ele colocasse as duas mulheres numa única... ele sabia que estaria totalmente ferrado, e isso não era nada bom.

Evan não disse mais nenhuma palavra, até que eles voltaram ao carro de Hope, então, ele não teve escolha, a não ser despejar a história toda.

Infelizmente, depois que ele começou a contar seus segredos para Hope, ele não conseguiu mais parar.

- Ah, Evan – Hope disse, baixinho, levando a palma da mão ao rosto do irmão. As lágrimas escorriam pelo rosto dela, quando ele terminou a última história sobre sua infância. – Por que você passou por tanta coisa sozinho? Nós poderíamos tê-lo ajudado, ou, pelo menos, estaríamos presentes para apoiá-lo. Você não precisava enfrentar todas as suas dificuldades sozinho.

Ele sacudiu os ombros. – Eu sou o mais velho. É minha responsabilidade cuidar de vocês todos.

Hope estava de coração partido, ao perceber que Evan tinha enfrentado tantas dificuldades quando era pequeno, e ainda enfrentava, por conta de seus problemas. – Agora nós todos somos adultos, Evan. Não precisamos mais que você cuide de nós, mas sempre vamos amá-lo e precisar de você como nosso irmão.

Evan segurou a mão dela e virou seus olhos azuis para ela. Pela primeira vez, o jeito como ele se sentia estava revelado em seu rosto. Ele parecia sério, cheio de remorso, e Hope já sabia o motivo.

- Foi com você que eu mais fracassei, Hope – ele disse, com a voz rouca. – Quando você mais precisou de mim, eu não estava lá.

As lágrimas dela caíam mais intensas, até que ela mal conseguia enxergar o rosto dele, sua visão embaçada. Como ele podia se culpar pelo passado dela? Ela era adulta, tinha tomado suas próprias decisões. De onde estava agora, ela não se arrependia de seu passado, porque ele a levou até Jason e seu amado filho. Independente disso, o horror que ela havia sofrido no passado nada tinha a ver com Evan. Ela tinha intencionalmente encoberto seus passos e não esperava que ele a salvasse de nada. Ela quisera fazer as coisas sozinha.

- Eu não queria que você soubesse, Evan. Eu não queria que ninguém soubesse. Eu estava livre, pela primeira vez na minha vida e, à época, eu adorava. Nada que você fizesse teria me impedido e não é culpa sua. Eu era adulta e a vida era minha. – Ela precisava encontrar um jeito de fazer seu irmão cabeça dura entender que ele não era responsável por tudo de ruim que acontecia a qualquer um deles. Se Evan pudesse, ele assumiria a culpa de tudo de errado na família Sinclair, mas isso não podia continuar. – Não foi culpa sua – ela repetiu, torcendo para que ele acreditasse, se ela dissesse bastante.

- Nosso pai foi um babaca e nossa mãe não dava a mínima para nenhum de nós. Alguém precisava proteger todos vocês – ele disse, na defensiva.

- Quem estava lá para proteger você? Você também era apenas uma criança – Hope disse baixinho, mantendo a mão na de Evan, quando ele abaixou o braço dela, pousando a mão dele no banco de couro do carro.

- Acho que eu nunca fui criança – Evan respondeu bruscamente.

Às vezes, Hope imaginava se ele havia, mesmo, sido apenas um garoto. Parecia que ele tinha nascido de terno e gravata, pronto para ser um adulto. Mas ele não foi sempre um adulto e ninguém estava presente para ele, durante sua infância. Agora que ela entendia por que Evan era do jeito que era, ela sabia que precisava tentar consertar isso. Ela sentia uma dor no coração de tristeza pela injustiça da situação, e a insistência dele, em ser sempre o protetor forte. Ele sempre fora distante, mas ela o sentia se afastando da família, e ele precisava deles. A verdade era que eles precisavam dele da mesma forma. Toda a família Sinclair precisava finalmente se curar das feridas de sua criação. – Eu acho que você precisa contar ao Grady, Dante e Jared. – Todos eles se preocupavam com o Evan e a distância que ele pusera entre eles. Ela entendia o motivo, até certo ponto, mas isso tinha que acabar. Ele estava enganado em achar que não era mais necessário. Não que ele tivesse dito isso, mas Hope podia sentir. Todos eles o amavam, independente de ele aceitar esse afeto. Sim, às vezes, Evan era um tolo. Mas, olhando para trás, ele tinha sido o protetor de cada um deles, em um momento ou outro. Nesse momento, Hope sentia um aperto no coração, por nenhum deles ter percebido que Evan passava por suas próprias dificuldades.

- Eu não sei se consigo – disse Evan, baixinho. – Agora todos eles estão felizes.

Então, não precisavam mais, nem queriam o irmão mais velho por perto?

O aperto no coração de Hope era porque Evan não sentia mais ter um propósito, agora que todos eram adultos. Ele tentou ser um pai substituto para todos eles, por tanto tempo, que não sabia como ser apenas um irmão. – Nós ainda precisamos de você. Nós te amamos. Você não precisa mais ser perfeito.

- Sou tão perfeito quanto qualquer homem pode ser – Evan resmungou, desconcertado. – É impossível ser completamente impecável.

Hope caiu na gargalhada. As lágrimas ainda escorriam em seu rosto, conforme ela percebia que algumas coisas em seu irmão mais velho nunca mudariam, e ela realmente não queria que ele fosse alguém que não era. Ele era produto de sua criação e suas próprias experiências de vida. Evan era um bom homem, mas ele precisava de uma mulher que o ajudasse a rir dele de vez em quando.

Randi seria perfeita para ele, mas, no momento, a situação era precária. Depois de tudo que ela tinha ficado sabendo sobre Evan hoje, a última coisa que ela queria era vê-lo de coração partido. Ah, não ser que ele tivesse admitido estar apenas estranhamente atraído por Randi, e que passara a gostar dela, enquanto se correspondiam, quando achou que estivesse falando com outra pessoa. Mas Hope via todos os sinais. Ela tinha um marido por quem fora apaixonada a maior parte de sua vida. Para ela, não era difícil reconhecer a atração de Evan como algo ligeiramente maior do que o que ele havia descrito.

- Apenas cale a boca e me dê um abraço, Evan – ela insistiu, sorrindo por entre as lágrimas.

Ele desviou do volante e abriu os braços para ela. – É claro, se é isso que você precisa – ele prontamente concordou.

Não sou a única que precisa.

Hope se jogou no abraço do irmão, sabendo que ele precisava de um abraço tanto quanto ela. Ele abraçou-a, e ela pousou a cabeça dela em seu ombro, torcendo para que alguém especial como Randi pudesse ajudar a sarar a dor oculta de Evan. Ele tinha sido uma rocha para sua família, o irmão que sempre esteve presente para cada um deles. Enquanto Hope o apertava forte, ela sabia que passava da vez dele de começar a curar essas feridas de sua infância. Ela pretendia fazer tudo que estivesse ao seu alcance para que isso acontecesse.

- Então, você tem alguma sugestão? – Evan perguntou hesitante.

Hope sabia que ele estava falando de sua situação com Randi. Conforme recuou do abraço e limpou o rosto molhado, ela disse firmemente – Tenho sugestões de sobra. Nós precisamos fazer outra parada, no caminho de volta à Península. Temos que fazer com que você se solte um pouquinho. Depois, você pode me deixar e correr para a casa da Randi, com as compras. Eu vou ligar para ela, para que ela não tente fazer o trajeto até a cidade. Leve o meu carro e mande o carro removedor da neve seguir em sua frente, até chegar lá. É uma estradinha de duas faixas que dá na casa dela. Pode estar bem ruim. Evan lançou um olhar desconfiado, mas não disse nenhuma palavra. Ele engrenou a caminhonete e perguntou para onde ela queria ir. Ela deu as instruções e ele seguiu, em silêncio. Pela primeira vez, Hope não se sentia constrangida pela distância que ele estava tentando criar, ou seu silêncio, porque ela entendia que Evan estava longe de ser indiferente. Muito do Evan, que eles viam por fora, não passava de uma fachada. Não restava dúvida que ele era arrogante, mas ele era muito mais que isso.

- Vire à direita, no sinal – ela instruiu, imaginando o quão difícil seria para que ela conseguisse fazê-lo vestir uma roupa mais casual.

- Quando foi que você ficou tão mandona? – Evan perguntou, mas desacelerou para fazer a conversão.

Hope sorriu com o comentário e respondeu – Eu sempre fui assim. Você nunca notou porque era muito mais mandão.

Ele não respondeu, mas ela viu os cantos de seus lábios começarem a se curvar.

Ela recostou no banco de couro aquecido com um sorriso contente no rosto. Evan estava quase sorrindo. Para a maioria das pessoas, podia não parecer muita coisa, mas, para ela, era coisa à beça.

Capítulo 6

R andi ficou sem luz por volta de duas horas da tarde, bem na
hora em que estava se preparando para sair e ir à cidade.
Hope havia ligado para o seu celular, alguns minutos
depois, para dizer que tinha comprado alguns mantimentos para
ela e eles estavam a caminho.

- Estou sem luz – ela disse a Hope, descontente, enquanto colocava
algumas roupas numa mochila. – Vou precisar ir para cidade, de
qualquer jeito, e esperar até passar a nevasca. Meu gerador não está
funcionando.

Randi tinha feito a infeliz descoberta, pouco depois que a luz
acabou. Sendo uma área rural, ela ficava sem luz com mais frequência
que o pessoal da cidade, e a energia também demorava mais a voltar.
Ela deveria ter checado o gerador antes do inverno, mas Joan estava
tão doente que isso lhe escapou. – Vou pegar um quarto, numa das
pousadas, por um ou dois dias. Os hotéis e as pousadas devem ter
vagas. Estamos na baixa temporada.

- Não vai, não! – A declaração de Hope veio voraz, do outro lado
da linha. – Você pode ficar conosco. Temos espaço de sobra e nós
temos um gerador imenso caso a acabe a luz.

- Você está com um bebê pequeno...

- E você tem amigos. Muitos – Hope disse, firmemente. – Pode tratar de vir para cá. Diga ao Evan para trazer você para casa com ele. Ele deve chegar aí a qualquer minuto, para deixar as compras.

- Evan? – Randi subitamente parou de guardar as calcinhas na mochila.

- Ele está indo levar as compras pessoalmente. Ele está preocupado com você.

- Evan? – Randi repetiu, com dificuldades para imaginar um dos homens mais ricos do mundo entregando compras, muito menos só porque ele estava preocupado com ela ficando presa pela nevasca.

- Ele não é tão ruim, Randi – Hope disse baixinho. – Talvez ele nem sempre consiga se expressar bem, mas tem coração.

Randi ouvia a afeição irradiando na voz de Hope e não dava para dizer à irmã de Evan que ela o achava um babacão arrogante. – Foi legal da parte dele – ela admitiu relutante, imaginando, ao mesmo tempo, que motivo oculto Evan poderia ter, para estar lhe fazendo um favor. Homens como Evan Sinclair simplesmente não faziam tarefas banais para qualquer um que precisasse de algo. Ele tinha de ter um motivo. Ela imaginava que todas as irmãs quisessem achar que seus irmãos têm coração, mas Randi certamente ainda não vira sinal algum de um coração em Evan.

- Pode me fazer um favor? – Hope pediu.

- É claro – Randi prontamente concordou. Ela adorava Hope e faria qualquer coisa que ela pedisse.

- Dê uma chance ao Evan.

Certo... ela faria qualquer coisa, menos isso. – Nós não gostamos um do outro, Hope. A gente acaba se bicando. Somos diferentes demais para sermos amigos. – Não que Randi não tivesse tentado e ela ainda não conseguia esquecer o beijo fumegante que eles compartilharam, alguns dias antes. No entanto, envolver-se com um bilionário sem coração como Evan seria um grande equívoco. Apesar de ter uma química física incrível, eles não podiam ficar juntos mais que um minuto sem discutirem, ou simplesmente se ignorarem, para que não brigassem.

- As coisas nem sempre são o que parecem – Hope disse.

- Você está dizendo que seu irmão não é um babaca? – Randi perguntou diretamente, imaginando se Hope via um Evan bem diferente do que ela via.

- Não – Hope admitiu, com humor na voz. – Ele é um babaca, às vezes, mas, talvez, tenha suas razões. Você sabe como foi a nossa infância.

Randi sentiu um aperto no coração, diante da vulnerabilidade na voz de Hope. Ela sempre se encontrava com as esposas dos Sinclair, junto com suas amigas Kristin e Tessa, e todas elas haviam se tornado muito próximas. Todas compartilhavam a maioria de seus segredos e Randi sabia o quão depressiva havia sido a infância de Hope. Como teria sido estar no papel de filho mais velho do pai alcoólatra e neurótico de Hope? Obviamente, o pai de Hope colocou expectativas bem altas no filho mais velho. – Eu sei, ela finalmente respondeu, enquanto continuava a enfiar peças de roupa em sua mochila. – Tentarei ser legal com ele. Prometo – disse ela, otimista que conseguiria dominar o gênio por mais de cinco minutos. O cara estava trazendo suprimentos, em meio a uma grande nevasca. Mesmo que ele tivesse outros motivos, Randi estava grata. Pena que ela tinha ficado sem luz e precisasse ir para a cidade. Essa seria uma viagem essencialmente desperdiçada para Evan.

- Que bom. Eu a vejo em breve – disse Hope, parecendo satisfeita.

Randi se despediu de Hope e apertou o botão para desligar seu telefone, deixando-o na cama.

- Parece que vamos sair para dar uma volta bem comprida, Lily – ela informou à cadela.

Lily estava deitada na cama, ao lado da mochila de Randi, observando atentamente sua dona, tentando entender o que estava para acontecer.

Com a menção de uma volta, Lily ficou de pé como um raio e pulou alegremente do colchão para o chão acarpetado, choramingando com sua alegria canina.

- Que bom que você está feliz – Randi disse à cachorrinha, enquanto fechava o zíper da mochila. Ela não estava exatamente animadíssima em deixar sua casa, mesmo que fosse só por um ou dois dias. Ela levou um susto, quando ouviu alguém batendo forte na porta da frente.

Evan?

O coração dela deu um pulo e ela tentou não imaginá-lo prendendo seu corpo junto ao carro, e beijando-a até que ela ficasse sem ar.

- Já vou – ela gritou, quando Lily começou a latir.

Ela abriu a porta e o ar sumiu de seus pulmões com um suspiro enorme que ela não conseguiu esconder, quando olhou o homem que estava à sua frente. Ali estava Evan Sinclair, com seu belo casaco de lã, lindo como sempre, e ela teve a mesma reação que sempre tinha. Ele estava com um cachecol bege preso em volta do pescoço, mas nada na cabeça. – Eu tenho que descarregar umas coisas – Evan disse secamente, mas seus cabelos escuros sacudiam ao vento brutal.

Randi ficou muda, por um momento, o olhar perdido nas profundezes dos olhos azuis.

- É... não precisa – ela finalmente informou, odiando que seu corpo tivesse essa reação tão oscilante a Evan. – Tenho que ir para cidade. Estou sem luz.

- Você não tem um gerador?

- Não está funcionando – Randi respondeu. Exatamente como o meu cérebro, nesse momento. Meu bom Jesus! O clima pode estar gélido, mas ela subitamente estava derretendo em seu jeans, suéter e jaqueta de esqui.

Evan estendeu a mão e pegou a mochila da mão dela, um item que ela tinha se esquecido que estava segurando.

- Vamos. As estradas não estão boas e a segunda nevasca está prestes a chegar. Acho que não estarão transitáveis por muito mais tempo – Evan disse. – Eu vou levar as compras conosco. Você irá precisar delas.

Randi desviou seu olhar de cobiça, dizendo rapidamente a Evan – Eu só preciso tirar o meu carro da garagem.

- Você não vai dirigir. Eu tenho um veículo duas vezes o tamanho daquela sua miniatura de utilitário e mal consegui chegar. Vamos. Uma vez, sem discussão. Nós não temos tempo para isso. – Os olhos de Evan se fixaram nos dela, sua expressão séria exigindo que ela cedesse.

Eu não preciso discutir com ele. O que ele está dizendo faz sentido. Ele já passou pelas estradas; eu não.

O que Evan sugeriu era perfeitamente lógico. Ela só gostaria que ele não dissesse de um jeito tão mandão. Isso dava vontade de automaticamente assumir a defensiva.

- Tudo bem – ela respondeu rapidamente e foi pegar o restante de seu traje de inverno e seu laptop. Ela tinha prometido à Hope que tentaria ser agradável.

Randi pegou só o que precisaria para um ou dois dias e colocou a coleira de Lily.

- Você vai levar o cachorro? – Evan franziu o rosto para ela, quando ela o encontrou na porta. Ele tinha entrado, mas estava só na porta. Só o suficiente para fechá-la e evitar que o calor saísse.

Randi olhou-o, boquiaberta. – Eu tenho que levar a Lily. Como ela iria comer? Como ela iria beber? Como se manteria aquecida?

Evan olhou intrigado, mas pegou o laptop e a coleira da mão dela, depois de pendurar a mochila pesada no ombro, e deixar que ela trancasse a casa. Randi sentia o quanto o vento aumentara, desde que limpara a saída de veículo. – Está ficando ruim – ela gritou para Evan, enquanto trancava a porta da frente.

Pegando a coleira de Evan, ela saiu correndo com ele até a imensa caminhonete de Hope, deixando que ele segurasse sua mão, enquanto eles seguiam pela neve que havia caído e já batia nos calcanhares. Não fazia tanto tempo que ela tinha limpado e já estava começando a se empilhar novamente.

Sem ar pelo choque do vento e do frio, uma vez acomodada na luxuosa caminhonete, ela recostou no banco de couro, aliviada. Era seu primeiro inverno sozinha, na casa de Dennis e Joan. Ela não esperava que fosse passar por essa experiência sem luz, por alguns dias. Estar ali era tanto um conforto quanto um gatilho para sua melancolia, quando ela sentia falta deles. Sem energia, ela tinha começado a ficar triste.

- Obrigada – ela disse a Evan, enquanto ele colocava o veículo em movimento, e Lily encontrou uma posição confortável, sentada entre as pernas dela, no chão do carro.

Evan franziu o rosto para Lily, enquanto ela gemia e se remexia de empolgação, antes de focar sua atenção na estrada.

- Você não gosta de cachorro? – Randi perguntou, só para puxar conversa. Ela podia estar só a dez milhas de distância da cidade, mas esse seria um longo trajeto, já que as estradas estavam ruins. Pareciam ter sido limpas, mas o vento estava soprando uma quantidade imensa de neve, tornando a visibilidade um pesadelo.

- Eu não saberia. Nunca tive um – ele respondeu, secamente.

- E gatos?

- Nunca tive nenhum tipo de animal – Evan disse, sucinto. – Eu viajo muito.

Randi sentiu um aperto no coração, lembrando-se que Hope havia dito, uma vez, que seu pai detestava animais e nunca tinha deixado que nenhum dos filhos tivesse um bichinho de estimação. Ela mergulhou os dedos no pelo sedoso de Lily. – Bem, Evan, essa é Lily. Ela foi meu presente de formatura da faculdade, dado pelos meus pais adotivos. Ela tem quatro anos e, geralmente, é muito comportada. Ela só fica empolgada porque adora passear de carro.

- Ela vai precisar ir ao banheiro? – Evan perguntou, parecendo preocupado.

Randi deu uma risada, diante de seu tom sério. – Não. Ela pode segurar. Só continue em frente, ou poderemos ficar presos. – Ela hesitou ao olhar na estrada em frente, a visibilidade tão ruim que quase não dava para ver a estrada.

Evan sacudiu os ombros largos. – Não está ótimo. Mas vamos chegar em casa em segurança.

A voz dele era tão calma, tão determinada, que Randi relaxou. Ela duvidava que houvesse alguma coisa que Evan Sinclair não conseguisse fazer bem. Ainda bem que ele estava dirigindo. Ela provavelmente conseguiria ir, mas estaria tensa, atracada ao volante, por todo o trajeto. O clima ruim raramente a incomodava, mas essa era uma nevasca épica, até mesmo para a Costa Leste. – Estou surpresa que eles tenham passado a máquina aqui.

- Não passaram – Evan respondeu. – Nós mandamos o trator da Península passar antes da gente. Você jamais conseguiria chegar até a cidade. Não posso acreditar que iria sequer tentar ir dirigindo.

- Acho que me esqueci de como as estradas podem ficar ruins por aqui. É meu primeiro inverno na casa, desde que fui para a faculdade. – Randi havia se mudado de volta para morar com Joan durante o verão, abrindo mão de seu pequeno apartamento na cidade, para cuidar dela. – Joan precisava de ajuda e eu não podia mais deixá-la sozinha. Ela estava se esquecendo de tomar seus remédios e não estava comendo muito bem.

- Sua mãe adotiva? – Evan perguntou. – Hope me disse que ela faleceu há pouco tempo.

Randi assentiu, embora Evan estivesse olhando a estrada. – Sinto falta dela. Sinto falta de ambos os meus pais adotivos. – Ela mergulhou os dedos no pelo de Lily, afagando a cadela mais para confortar a si mesma do que a Lily.

- Lamento por sua perda – Evan disse, com uma voz séria.

- Obrigada – ela finalmente respondeu à expressão de simpatia de Evan, sem ter certeza do que achar dele, nesse momento. Seu comentário provavelmente foi a coisa mais agradável que ele já lhe dissera.

Ela encarou seu perfil, sem conseguir ignorar seus dedos fortes e hábeis segurando o volante, a beleza rude de seus traços, vistos de lado. Ele tinha a barba por fazer, mas isso só o deixava ainda mais sexy, mais atraente. Randi podia apostar que o casaco – idêntico ao que ela tinha sujado de café – custava mais que um mês de seu salário. Mas, de alguma forma, ele parecia... diferente hoje.

Por quê?

Embora a caminhonete fosse grande, ela sentia o seu cheiro masculino e a fragrância fazia com que todos os hormônios em seu corpo ficassem em alerta. Ela sempre adorou o cheiro de Evan, desde a primeira vez que teve de ficar em pé, ao seu lado, no casamento de Emily.

Hoje ele não parece estar todo empinado!
Ele ainda era arrogante, mas parecia mais... relaxado. Os olhos dela percorreram o corpo dele, notando que ele estava de jeans e botas, em vez de sapatos. Claro que pareciam couro preto bem caro, mas eram mais informais, botas de cadarço, em lugar de seus sapatos elegantes, feitos sob medida. E hoje ele também não estava com o habitual terno e gravata. O pacote inteiro o fazia parecer mais... humano e bem mais tocável.

Randi ficou em silêncio, enquanto ele seguia pelas estradas, não apenas para deixá-lo se concentrar, mas porque ela sentia um desejo tão forte por dentro que nem conseguia conversar direito.

Para ela, sempre foi assim. Ela sempre quis Evan Sinclair com uma intensidade selvagem, que constantemente precisava lutar contra isso.

Ela não entendia.

E não gostava.

No entanto, aquilo não passava, nem quando Evan era um babaca completo – o que havia sido quase que constantemente, desde o momento em que eles se conheceram.

Isso é apenas físico. Eu não transo há muito tempo
Para dizer a verdade, ela não fazia sexo com ninguém, desde a faculdade. Durante os seis anos que ela levou para obter seu mestrado, ela tivera alguns casos passageiros, e alguns namorados. Desde que voltara a Amesport, ela não quis começar um relacionamento, a menos que soubesse que seria algo permanente. Ela já tivera seus dias de farra, durante a faculdade. Estava ansiando por algo mais sólido, algo que não fosse sexo vazio.

Estabelecer sua carreira viera em primeiro lugar e, uma vez que ela tinha começado a dar aulas particulares e depois cuidar de Joan, cada minuto de seu dia ficava ocupado.

Randi racionalizava, pensando que como fazia anos que ela não tinha um sexo decente, era perfeitamente normal que ela se sentisse atraída por Evan. Ele era decididamente o cara mais gato que ela já tinha visto.

Sentindo-se mais à vontade, depois de justificar o ímpeto que sentia de pular no pescoço de Evan, ela suspirou.

- Cansada? – Evan perguntou curioso.

- Não. Só contente por estarmos chegando à cidade. – Começando a ver um território familiar, ela percebeu que eles estavam chegando a Amesport. – Se você puder me deixar na casa de Hope, eu agradeço. Ela se ofereceu para me hospedar.

- Não posso deixá-la lá. – Evan descartou seu pedido pacientemente, enquanto seguia em direção à Península.

Randi olhou-o, boquiaberta. – Por quê?

Evan ficou em silêncio, por alguns instantes, antes de responder. – Porque você vai ficar comigo.

Capítulo 7

Não entre em pânico. Você pode fazer isso, por um ou dois dias. Não tem nada de mais.

Randi respirou fundo e expirou o ar, enquanto olhava Evan tirar o casaco e o cachecol, olhando diretamente para o que significa uma bunda perfeita, dentro de uma calça jeans. Puta merda! A bunda de Evan Sinclair era uma obra de arte e com aquele suéter creme que ele estava usando, seus ombros largos pareciam imensos.

Ele não é tão incrível de corpo. Não é. Realmente, não.

Evan virou de repente e ergueu uma sobrancelha, quando viu exatamente onde os olhos dela estavam grudados. Ela desviou o olhar, que agora estava na frente da virilha, e ficou toda vermelha.

- Não posso fazer isso – ela protestou baixinho... de novo.

Ela tinha discutido com Evan, quanto a ficar na casa dele, mas ele serenamente frisou que a Daisy, a gata de Hope, detestava cachorros. Ela tinha se esquecido de Daisy e praticamente de tudo, desde que Evan fora buscá-la. Era como se o seu Q.I. tivesse tomado um golpe e ela não conseguisse pensar em mais nada inteligente para dizer, quando estava na presença de Evan.

- É claro que você pode – Evan argumentou. – Há espaço de sobra.

Não sou digna de confiança sozinha com você, e isso nada tem a ver com espaço.

- Não é o tamanho da casa – ela admitiu, abrindo o zíper da jaqueta e tirando.

- É porque você sabe que eu quero transar com você? – Evan perguntou, calmamente.

Os olhos de Randi se arregalaram, no instante em que Evan fez essa admissão direta.

Aproximando-se, Evan pegou a jaqueta dela e pendurou no armário da entrada, ao lado do seu, falando, enquanto agia. – Miranda, eu acho que nós dois ficamos constrangidos um com o outro, porque só queremos transar um com o outro.

Randi não conseguia articular as palavras, ainda chocada por sua confissão tão direta. O Evan com o qual ela era familiar não era um cara que dissesse algo assim. Geralmente, ele não era de falar muito.

Ele continuou – Talvez a gente deva encarar e lidar com isso. – Ele se virou e a encarou com uma expressão vidrada. – Eu quero você. Sempre quis.

Ele caminhou em direção à sala e Randi automaticamente seguiu à sala seguinte, embora estivesse bem escura. – Você não me suporta.

– Ela mal conseguia falar sem gaguejar, ao despencar numa das poltronas de couro, diante da lareira, perplexa.

Evan apertou um interruptor e acendeu a lareira a gás, e a sala ganhou uma iluminação de penumbra, antes que ele se sentasse de frente para ela, numa poltrona igual. – Eu nunca desgostei de você. Eu nem a conheço, realmente.

- Você me ignorou – Randi protestou, lembrando-se de como havia ficado humilhada, quando Evan só a tratou com frieza.

Ele sacudiu os ombros. – Meu pau estava duro. Não foi fácil ignorar minha atração por você e era explícita.

- Mas eu fui agradável com você, quis ser sua amiga, porque seu irmão estava se casando com uma das minhas melhores amigas. Ela ainda se lembrava de como ficara arrasada, quando Evan ignorou seu empenho de ser legal com ele, no casamento de Emily.

- Eu fui um babaca. Geralmente, sou – ele disse a ela, indiferente.

Randi abriu a boca para falar, mas como ela poderia argumentar com ele? Ele já estava se declarando uma pessoa desagradável. Fechando a boca, ela fixou os olhos na expressão dele, tentando decifrá-lo. Evan era realmente um bobo, ou só dolorosamente direto? De qualquer forma, ele geralmente não era uma pessoa agradável. Ele era um mistério a ser resolvido, um quebra-cabeças a ser montado. Se ele estivesse no clima de falar, talvez ela conseguisse tirar alguma informação para entendê-lo.

Lily estivera pesquisando a mansão gigantesca, desde que entrou pela porta da frente. Agora, ela estava passando a cabeça no braço de Randi.

- Ela precisa ir lá fora – Randi disse ao Evan, já levantando. A última coisa que ela precisava era Lily deixando sua marca em um dos tapetes felpudos e caros da sala de estar de Evan.

- É assim que você sabe? – Evan perguntou curioso, enquanto seguia ao outro lado da sala e abria uma das portas duplas que davam num pátio.

- Sim. Ela é bem insistente quando realmente tem que ir. – Randi olhou o pátio, em dúvida. – Tem algum lugar para ela ir?

- Qualquer lugar do lado de fora dessa porta é preferível – ele disse, seco.

Randi caminhou até o pátio coberto e abriu um portãozinho que dava na praia. Lily saiu em disparada pela neve. – Ela não pode fazer cocô no pátio.

- Pode ser limpo. Não importa. Eu não vou usá-lo agora e está provavelmente mais quente do que além daquele portão.

O riso explodiu dos lábios de Randi, porque ela não pôde conter. Hoje, Evan havia dito as coisas mais estranhas e surpreendentes. E ela estava bem certa de que ele provavelmente estava falando para valer. – Ela está acostumada a ir lá fora.

Randi deixou o portão aberto e voltou pela porta. – Está frio. – Ela estava tremendo ao fechar a porta, sabendo que Lily voltaria, quando terminasse.

Evan bloqueou sua rota de fuga com seu corpo. Seu toque foi delicado, quando ele passou os dedos em seus cabelos, e ergueu sua cabeça, para que ela olhasse para ele. – Desculpe, se a magoei, Miranda. No casamento de Emily, eu realmente não sabia o que dizer, então, não disse nada.

Randi olhou acima e estremeceu, ao mergulhar em seus olhos azuis profundos. Ele a olhava como um predador que não comia há semanas, seu olhar devorando cada pedacinho do rosto dela. Sua intensidade a deixava nervosa e seu pedido inesperado de desculpas deixou-a desconcertada. Esse não era o Evan ao qual ela estava acostumada, o Evan que a ignorava, ou fazia comentários em tom superior.

Ele se aproximou mais, sua mão livre pousou na porta, ao lado do rosto dela.

- Eu o perdôo – ela disse baixinho. – Só não me beije de novo. *Se ele pousar esses lábios em mim, eu sei que estou frita.*

Seu aroma único e masculino a envolvia, impermeando cada poro de sua pele, deixando-a inebriada. Se ele a beijasse, ela nunca conseguiria resistir.

- Por quê? – ele perguntou, com a voz rouca. – Não me diga que você não quer isso, Miranda.

Ele tinha um tom insistente, quase suplicante, pedindo que ela reconhecesse o calor entre eles. O coração dela deu um salto quando ele pousou os lábios em sua têmpora, deixando um rastro quente de sua respiração. Ao lado de seu rosto.

- Não posso – ela disse, aflita, sabendo que queria que ele a beijasse, mais que qualquer coisa que já quis na vida. – E ninguém me chama de Miranda.

- Pode, sim – ele induzia. – E eu prefiro Miranda. É um lindo nome.

- Eu detesto. – O peito de Randi estava ofegante, enquanto os lábios de Evan seguiam de leve, até sua orelha, sua respiração quente na pele sensível, tornando difícil que ela conseguisse respirar. – Só a minha mãe de verdade me chamava por esse nome.

- Talvez você possa aprender a gostar do nome outra vez, se houvesse um homem para dizê-lo, enquanto ele estivesse fazendo você gozar com força, como nunca gozou antes – Evan sugeriu, no ouvido dela.

Ai, meu bom Jesus. Randi temia que, nessas circunstâncias, viesse a amar seu nome novamente. Afastados os pensamentos de sua verdadeira mãe, a única coisa que ela conseguia pensar era no quadro que ele tinha acabado de pintar.

Ele... no auge da paixão, gemendo seu nome como se ela fosse uma deusa, mergulhando nela, enquanto ela tinha o clímax mais divino de sua vida. Se essa expressão voraz fosse algum indicativo de como ele dava prazer a uma mulher, ele arrancaria todas as defesas que ela havia erguido, ao longo dos anos, e a deixaria pedindo mais. Ela se sentia impotente para resistir a esse lado sedutor de Evan, que ela nunca tinha visto.

Estendendo a mão por trás dela, ele abriu a porta para deixar Lily entrar e depois fechou, rapidamente, e passou o trinco, dando um passo à frente.

Ele se encostou a ela, que mordeu o lábio para conter um gemido, quando sentiu o tamanho e a força da ereção dele junto ao seu corpo.

- Me beija – Evan exigiu, ao deslizar as mãos pelas costas dela e segurar suas nádegas, por cima do jeans, com as mãos grandes, fortes. Ele a segurou e puxou para junto dele, apertando-a junto a ele. – Você me pediu para não beijá-la, então você tem que me beijar.

A força de vontade de Randi sumiu, quando ela viu o desejo nos olhos de Evan. Era um eco exato do que ela estava sentindo e ela não pôde mais resistir a ele. Passando os braços em volta do pescoço dele, ela mergulhou as mãos em seus cabelos cheios e trouxe seus lábios para os dela.

Ela precisava de seu toque mais do que queria resistir a ele, e quando os lábios colidiram, Randi se esqueceu completamente do motivo para lutar com o ímpeto de devorá-lo.

Ele entrou em ação no momento em que ela o beijou, assumindo o controle, exigindo que ela se rendesse inteiramente. Saboreando. Provocando. Mandando. Evan mergulhava a língua em sua boca, dissipando qualquer dúvida que ela tivesse, enquanto a tomava, deixando-a ofegante e negligente, quando ele finalmente ressurgiu, pegando seu lábio inferior, mordiscando como se quisesse marcá-lo.

Os lábios dele subitamente estavam por toda parte e a mão de Randi saiu dos cabelos dele para envolver-lhe o pescoço, enquanto ela sentia que estava sendo erguida do chão. Ela aterrissou em algo macio – ela imaginou que fosse o sofá – mas não ia desviar dos lábios dele para olhar. Ela estava obcecada demais com a sensação do corpo dele junto ao seu para ligar para onde estava deitada.

Por algum motivo desconhecido, ela se sentia segura deixando que Evan assumisse o controle de seu corpo, enquanto ardia para ser tomada por ele. Ela sabia que ele estava sentindo os mesmos desejos insanos que ela sentia, nesse momento.

Randi quase choramingou quando seu corpo perdeu o contato com o dele. Ao abrir os olhos, ela sentiu o ar preso na garganta, quando viu Evan sob a luz da lareira, arrancando o suéter por cima da cabeça, como se quisesse se livrar da roupa naquele segundo. Randi piscou, perplexa pela visão de seu peito musculoso e abdômen definido, coberto por uma abundância de pele nua que ela subitamente estava louca para tocar.

- Você é lindo – ela disse baixinho, ainda pasma pela paixão dele.

Os olhos dele pareciam duas labaredas azuis, fixos nela, conforme ele jogou o suéter no chão. Evan não falou, ao ajoelhar-se ao lado do sofá e colocá-la sentada, puxando o suéter dela pela cabeça. Ela o ajudou, jogando a peça de lado, e pegou o fecho da frente de seu sutiã.

- Espere – Evan insistiu, passando os dedos no tecido sedoso e tracejando seus mamilos rijos, através do sutiã. – Isso é sexy. Eu quero me lembrar de você assim. Quero me lembrar de tudo.

A voz grave era tão reverente que reverberou por ela, deixando sua pele toda arrepiada. – Eu preciso disso, Evan. Por favor. Isso não precisa significar que eu gosto de você, ou que espero nada. Você também não precisa gostar de mim, no futuro. Mas eu quero isso agora.

Ela geralmente era excessivamente cautelosa e não tendia a ser tão carente, nessas circunstâncias. Mas ela estava cansada de lutar com sua atração incessante por esse homem, muito cansada de lamentar a sua perda, e exausta de se sentir tão vazia por dentro.

- Você não precisa gostar de mim – Evan rugiu. – Apenas me deixe fazê-la gozar. – Ele arrancou o sutiã de seu corpo, com um puxão forte. A peça de renda era delicada e cedeu à sua força.

Sim. Sim. Sim.

Mesmo enquanto Randi lamentava a perda de seu sutiã predileto, ela gemeu, quando ele libertou seus seios.

Num movimento suave, Evan deslizou junto ao sofá, no meio das pernas dela. Ela o puxou para baixo, resfolegando, quando a pele dos dois se tocou. Era tanto uma tortura quanto um êxtase. Seus mamilos ficaram bem mais rijos, roçando em seu peito musculoso.

Enlaçando os braços em volta dele, ela passou as mãos em seus ombros, deslizou pelas costas, tocando cada pedacinho de pele nua que encontrava. Ele estava quente, rijo, sua pele era como veludo sob seus dedos.

Ele a pegou pelos cabelos, puxou sua cabeça para trás, seus lábios e língua descendo ousadamente na pele sensível do pescoço dela. – Eu. Também. Preciso. Disso. – A voz dele era rouca e desesperada.

Suas palavras ecoaram na cabeça dela e ela sentia o corpo pegando fogo, enquanto ele confessava, audacioso, que queria a mesma coisa que ela, naquele momento, com a mesma impetuosidade.

Ela ansiava por apenas deixá-lo assumir o comando, saciar seu desejo, mas ela tinha de dizer mais uma coisa, antes que perdesse completamente o controle.

- Não faço sexo oral – ela alertou. Não era que ela não fizesse, ela não conseguia fazer. Ela tinha tentado superar seus medos, com um amigo da faculdade, e não havia sido uma experiência agradável.

- Tudo bem – ele respondeu, parecendo nem ligar para o que ela estava disposta a lhe dar, quando levantou para puxar-lhe as botas e desabotoar seu jeans.

Desesperada e ofegante, ela o ajudou. Depois de tirar o jeans, ela estendeu novamente os braços para pegá-lo, mas ele levantou e tirou seu jeans também. Randi suspirou, enquanto ele abaixava a cueca samba canção, num movimento suave, e tirava pelos pés.

Iluminado por trás, pelo fogo, Evan estava gloriosamente nu e tinha um porte extraordinariamente bem feito. Seu pau era longo e grosso, e estava tão rijo que ela o desejou desesperadamente dentro dela. Ela instintivamente estendeu a mão para tocá-lo, mas ele pegou seus dedos. – Não. – Seu tom foi insistente.

Ele recuou entre as coxas dela, passando uma das pernas dela por cima do sofá e a outra sobre o ombro dele.

- A calcinha combina – ele observou, esfregando o polegar por cima da renda vermelha da peça.

- É meu conjunto favorito – ela dizia ofegante, trêmula, enquanto o dedo dele tracejava seu sexo molhado, através do tecido. Seu corpo estava pronto para atear em fogo, e ele nem tinha começado a transar com ela. Ela gemeu, quando ele deslizou um dedo por baixo do elástico e tocou levemente o seu clitóris. – Ai, Deus, Evan. Por favor. – Ela precisava dele dentro dela desesperadamente. Agora. – O que você está fazendo? – Por que ele estava esperando?

- Você disse que não faz sexo oral. Eu estava presumindo que estivesse dizendo que não fazer não significa não receber. Pelo menos, eu espero. – Ela deu um puxão na calcinha, que cedeu assim como o sutiã. – Porque eu realmente preciso sentir seu gosto, Miranda. – Ele jogou a calcinha no chão e mergulhou a cabeça entre as pernas dela.

Ela deu um gritinho, enquanto ele tragava seu sexo, dando longas lambidas, a sensação tão incrível que a respiração dela prendeu, enquanto ele a consumia, se banqueteando em sua pele vulnerável, como se ela fosse seu único alimento. Randi passava as mãos nos cabelos dele, segurando com os punhos fechados, conforme seu corpo balançava, numa reação enlouquecida aos lábios dele, os dentes, a língua, tudo junto, fazendo-a enlouquecer.

Ela erguia os quadris, se esfregando nos lábios dele, desesperada. – Evan. Por favor. – Era como se o corpo dela estivesse rugindo, ganhando vida, e estivesse faminto para ter mais.

Finalmente, ele se concentrou em seu clitóris, os dentes mordiscando levemente, a língua lambendo rapidamente, os nervos trêmulos.

- Sim – Randi gemia, alheia a tudo, exceto ao toque de Evan.

O modo possessivo e dominador com que ele a fazia perder a cabeça. Era como se ele só tivesse um objetivo naquele momento:

fazê-la gozar. Seu foco absoluto em seu alvo e o prazer óbvio que ele sentia ao fazê-lo, com o ato carnal, era esmagador. Evan era como uma força da natureza que era absolutamente implacável.

Ela gozou gritando seu nome, seus quadris apertados junto aos lábios famintos, enquanto o corpo tremia de alívio.

Seu coração galopava, rugia em seus ouvidos, quando ele subiu por cima dela, que ainda estava ofegante. – Transe comigo, Evan – ela pediu. Embora o seu corpo estivesse saciado do tesão de gozar, ela ainda se sentia vazia. Ela precisava tocá-lo, vê-lo ter seu próprio prazer.

- Eu pretendo fazer isso – disse ele, com uma voz visceral.

Randi tentou novamente pegar seu pau latejante, mas ele afastou sua mão, e pegou um preservativo no chão. Ele deve tê-lo tirado do bolso, antes de tirar o jeans. Agora, ele o colocava como um alucinado.

- Se você me tocar, eu não vou aguentar – Evan rugiu, abaixando o corpo sobre o dela.

- Eu não me importo – Randi murmurou, ao passar os braços em volta do pescoço dele e afagar a pele quente e lisa de seus ombros. Ela o enlaçou com as pernas, em volta da cintura.

- Ora, mas eu me importo – Evan disse, mergulhando nela, com um movimento dos quadris. – Jesus, como você é apertada – Evan gemeu, enquanto entrava inteiro dentro dela.

- Oh, Deus. – Fazia tanto tempo, e Evan era grande. A penetração doeu um pouco, mas foi um êxtase. Randi sentiu o corpo dele se retrair, enquanto ele esperava que ela se ajustasse ao seu tamanho, ficando parado bem fundo dentro dela. – Não espere. Transe comigo, Evan. – Os músculos dela relaxaram e o deixaram entrar. A dor só tinha durado um segundo e depois era só o prazer de estar preenchida por ele, bem no fundo, dentro dela.

- Não. Consigo. Aguentar. – Evan começou a se mexer, com um gemido torturado.

Randi sentiu seu corpo inteiro começar a vibrar e no fundo da barriga, uma contração, enquanto Evan recuava e mergulhava com toda força, desesperado.

Foi como se a realidade tivesse sumido e só houvesse Evan e ela, e seus corpos emaranhados, Randi sentindo que queria entrar mais nele, e nunca mais sair. Seu cheiro a envolvia, inebriando-a. O pau imenso batia no fundo, a pele molhada roçava na sua, mas isso não bastava.

- Mais forte – ela pedia, precisando de mais.

As unhas dela estavam cravadas nas costas dele, tentando puxá-lo mais para dentro.

- Porra! Que tesão – ele rugia, entrando cada vez mais fundo, mais forte.

O desejo carnal envolveu os dois, e seus corpos batiam um no outro, com força, depressa, num ritmo que deixou Randi se retorcendo embaixo de Evan, num poço de desejo.

- Goza para mim, Miranda. Goza comigo – Evan mandou, antes de colar os lábios nos dela.

O rodamoinho na barriga dela foi se desfazendo, enquanto o corpo de Evan começou a se retesar, a sensação de sua boca invadindo a dela, foi a última gota. Ela agarrou as nádegas dele, querendo segurá-lo dentro dela, enquanto ele gemia em sua boca.

Ela gozou num mar de desejo que quase a fez desfalecer; a única coisa que a mantinha ali era o olhar hipnotizado em Evan, enquanto ele recuava a boca e dava um gemido visceral, feroz. Ele jogou a cabeça para trás, os músculos do pescoço saltando, gotas de suor escorrendo em seu rosto, junto com seu gozo.

Naquele momento, ambos num só, eles explodiram, e Randi soube que jamais se esqueceria do rosto de Evan, quando eles gozaram juntos.

Tomado de paixão, ele era um quadro sensual e glorioso de se ver, digno de ser lembrado.

Ele só pousou seu peso sobre ela por um instante, antes de levantar e jogar o preservativo fora.

No mesmo instante em que ele levantou, ela sentiu a sua falta. O calor febril de seu corpo era sublime e preencheu parte do espaço vazio e escuro que ficaram após a sua perda.

Ele voltou antes mesmo que ela tivesse recuperado totalmente o fôlego, erguendo-a do sofá e despencando numa poltrona reclinável, com ela no colo. Ela se aninhou a ele, inebriada pelo cheiro de Evan e do sexo. Os dois estavam molhados de suor pelo esforço, embora a nevasca provavelmente ainda castigasse as paredes de fora da imensa mansão. Ele afagava seus cabelos como se ela fosse especial, e ela afastou um cacho de cabelo da testa dele.

Sua mente tentava repreendê-la pelo que tinha acabado de acontecer, mas ela tentava afastar o pensamento negativo. Ela recusava-se ao arrependimento pelo que tinha feito. Evan preencheu alguns vazios dentro dela e fez seu corpo vibrar de sensação. Nem de longe, ela nunca tivera um sexo tão bom quanto o que acabara de vivenciar e não ia se odiar por desfrutar tanto disso, com um homem que ela nem gostava, realmente. A vida era curta demais para esse tipo de arrependimento. Ela ia se deleitar exatamente pelo que estava fazendo agora, nesse exato momento, e que se dane o futuro.

- Eu tenho um problema – disse Evan, com remorso.

Randi deu uma risadinha do tom sério. Ela estava começando a se acostumar com sua postura austera. Começava a achar que sua personalidade não era inteiramente arrogante e que, às vezes, ele dizia as coisas de maneira séria porque nunca tivera a oportunidade de rir. – Eu achei que nós tivéssemos cuidado do seu problema.

Ele sacudiu a cabeça. – Não esse. Outro problema.

- O quê? – ela perguntou curiosa, recuando para olhar seu rosto.

O olhar dele cruzou com o dela e ela notou um brilho adorável e travesso em seus olhos. – Acho que estou começando a gostar de você.

Seu tom era sombrio, mas Randi sabia que ele estava tentando provocá-la. Sua tentativa foi adorável e doce, pois ela instintivamente sabia que isso que ele tentava fazer não era algo fácil para um homem como Evan.

Randi explodiu numa gargalhada e o abraçou junto ao peito. Ela ficou séria e tentou imitar seu tom sério, mas falhou terrivelmente. – Acho que também gosto de você.

Capítulo 8

Caro S.,
Desculpe por eu não ter respondido antes, mas fiquei sem energia em minha casa. Tive que vir para a cidade, para passar um ou dois dias, até a nevasca passar. Moro a cerca de dez milhas da cidade. Espero que você esteja em segurança e bem aquecido.

Prezada M.,
Espero que você esteja bem. Você tem um amigo com quem ficar na cidade?

Caro S.,
Não é bem um amigo. Na verdade, eu estou ficando com o cara de quem estava lhe falando, aquele de quem você achou que eu deveria me manter longe. Antes que você me alerte outra vez, ele não é tão ruim. Na verdade, acho que gosto dele. Ontem ele foi bondoso comigo, e me acolheu em sua casa. Acho que eu talvez o tenha interpretado mal.

Prezada M.,
Então, decididamente não o descarte. Talvez você deva tentar entendê-lo um pouquinho melhor. E, sim, eu estou muito bem aquecido. Eu conheci uma pessoa que está me ajudando a espantar o frio.

R andi hesitou, quando viu a resposta de seu companheiro de correspondência. Ele conheceu alguém? Como exatamente ela se sentia em relação a isso? Ela gostava muito de seu misterioso S. e queria que ele fosse feliz. Sempre soubera que eles nunca se conheceriam e não poderia ser egoísta e desejar que ele ficasse tão terrivelmente sozinho como ela, só para que ele pudesse lhe escrever para sempre.

Caro S.,
Fico feliz por você. Então, imagino que você não vá mais passar as noites de sexta sozinho?

Prezada M.,
Não sei. Ainda estamos bem longe de sexta.

Randi riu alto. Era só segunda-feira.

Caro S.,
Torço para que você não me escreva na sexta-feira. Espero que ela seja boa o suficiente para você.

Prezada M.,
Na verdade, ela é boa demais para mim. Então, e quanto a você? Vai estar disponível nas noites de sexta, futuramente?

Randi suspirou e espreguiçou seu corpo dolorido na poltrona, segurando o laptop sobre as coxas. Na noite anterior, ela tinha exercitado alguns músculos que não testava havia anos.

Evan a levara para sua cama, onde eles se deleitaram com o corpo um do outro, o que os deixou exaustos, até que finalmente pegaram no sono.

Essa manhã, ela havia acordado e ele não estava. Depois de tomar um banho, ela desceu e procurou seu laptop e suas roupas. Ela havia encontrado ambos, e agora estava sentada na poltrona reclinável onde ela e Evan tinha ficado, na noite anterior. Ali, ela conversava com o misterioso S., enquanto esperava para ver onde Evan tinha ido.

Onde quer que tenha ido ele havia levado Lily junto. Sua cadela era treinada para vir, quando ela chamava, e Randi tinha procurado por toda parte. – Talvez ele a tenha levado para passear – ela murmurou consigo mesma, ainda perplexa, em relação ao paradeiro dos dois.

Caro S.,
Inevitavelmente, eu estarei disponível.

Prezada M.,
E o seu cara? Acho que você deve tentar conhecê-lo melhor. Talvez você o tenha interpretado mal, inicialmente. Você disse que ele foi legal com você.

Randi hesitou, sabendo que não podia falar muito sobre Evan. Quem quer que fosse o misterioso correspondente, ele provavelmente trabalhava para os Sinclair.

Caro S.,
Ele está só visitando. Não é nada sério.

Prezada M.,
Será que não pode se tornar algo mais?

Caro S.,
Infelizmente... não.

Prezada M.,
Por quê? Eu achei que você estivesse começando a gostar dele.

Caro S.,
É uma longa história. Nós somos de mundos completamente
diferentes.

Prezada M.,
E se ele quiser mais e não ligar por vocês serem de planetas
distintos?

Randi deu uma gargalhada com seu comentário.

Caro S.,
Acho que isso não virá a ser problema. É só um casinho, para
nós, um modo de superarmos algo que se arrasta entre nós,
há muito tempo.

Evan podia desejá-la e talvez até viesse a gostar dela, mas ela
não se iludiria quanto à possibilidade de uma professora com seu
passado turbulento e um bilionário terem alguma chance de um
relacionamento duradouro. Depois que a nevasca passasse, Evan
partiria para cuidar de seus negócios e ela voltaria ao seu emprego.

Prezada M.,
Eu estou aqui, se você quiser falar a respeito.

Randi respirou fundo, tentada a lhe contar tudo. Mas ela não podia.
Ainda havia muito em sua vida pessoal que ele não sabia e essa ligação
com os Sinclair era incerta. Ela podia até compartilhar sentimentos
com o cara misterioso, mas ainda havia algumas coisas que ela não
se atreveria a escrever.

Caro S.,
Obrigada por sempre estar presente para mim. Isso sempre
foi muito importante. Boa sorte para continuar aquecido. Vou
sair para procurar minha cadela. Não imagino para onde ela
foi. Falamos em breve.

Randi saiu do e-mail e desligou o computador, fechando a tampa e colocando-o no chão. Ela tentou desesperadamente não sentir a pontada de tristeza que vinha por S. ter uma nova mulher em sua vida, alguém de quem ele obviamente gostava. Embora quisesse se sentir feliz por ele, ela havia passado a contar com sua amizade, seus conselhos, o bom senso e a compaixão, ao longo do último ano. Houve momentos em que ela se sentia completamente ligada a ele, por algo mais profundo que a amizade, mas ela não fazia ideia do que era especificamente. Às vezes, era quase como se eles fossem espíritos afins, entendendo um ao outro, em um nível completamente diferente de amizade. Infelizmente, ela provavelmente jamais saberia.

Ela quisera conhecê-lo, mas uma mulher vivida, com seu passado, tinha o bom senso de que conhecer um estranho que só conhecera por e-mail poderia ser algo além de perigoso. Na verdade, poderia acabar sendo um desastre de proporções épicas, se eles não se dessem bem pessoalmente. Os dois perderiam uma amizade na qual ambos passaram a depender, no último ano.

- Bem, não importava mais. Agora ele tem sua mulher – ela sussurrou baixinho, consigo mesma, torcendo para que a mulher desconhecida percebesse o cara maravilhoso que tinha. Se ela não percebesse, a própria Randi daria uma surra na desconhecida. Ela podia não conhecê-lo em pessoa, mas ele havia passado um bocado de noites solitárias com ela, confortando-a, depois da perda de Joan, e ela sabia que ele tinha um coração enorme.

Randi bocejou, ao levantar da poltrona.

Preciso de café. Urgente.

Ela foi perambulando pela casa imensa, procurando pela cozinha, notando que embora a casa e a mobília fossem lindas, pareciam... sem uso, frias. Provavelmente por raramente ser usada, e realmente não havia uma sensação pessoal na residência.

Pensando se deveria continuar procurando por Lily, ela se surpreendeu quando Evan entrou por uma porta da cozinha, que ela nem tinha visto. Lily vinha logo atrás dele.

- Oi, meu docinho – Randi disse, agachando para deixar que Lily lhe desse seus beijos matinais. Ela acarinhou a cadela entusiasmada, enquanto olhava Evan, acima. – Bom dia – ela disse, cautelosa, ficando vermelha, ao lembrar-se de tudo que havia acontecido entre eles, na noite anterior.

- Agora está bem melhor ainda – Evan disse, devorando-a com os olhos.

Randi reconheceu que Evan estava tão lindo de roupa casual quanto ficava, de terno e gravata. Embora ele estivesse trajando outro jeans justo no traseiro, e um suéter verde, ele ainda exalava poder. Era uma aura que ele carregava, independente da forma como estivesse vestido.

- Eu estava preocupada com a Lily – Randi disse a ele, ao afagar o pelo dourado da cadela. – Eu não sabia que ela tinha se tornado uma traidora comigo. Achei que você não gostasse de cachorros.

Honestamente, ela confiava no julgamento de sua cadela e Lily aparentemente gostava de Evan. A cachorra desviava o olhar de um para o outro, com expressões adoráveis.

- Eu nunca disse que não gostava de cachorro. Só que nunca tive um. Ela é legal. Eu a levei lá fora para fazer suas necessidades – disse Evan, apropriadamente. – Depois ela me seguiu lá para baixo, até meu escritório.

Lily lambeu-lhe o rosto, mais uma vez, antes que Randi ficasse de pé.

- Por que ela faz esse negócio de ficar lambendo? Eu lhe dei comida, mas ela ainda continuou fazendo a mesma coisa, depois que lhe dei mais comida. Achei que ela talvez estivesse com fome, mas acho que não. – Ele parecia honestamente perplexo.

Randi riu. – Ela está demonstrando afeição. Ela gosta de você.

Ela encontrou a cafeteira e as cápsulas individuais para colocar dentro da máquina. Posicionou uma, fechou a tampa e apertou o botão para fazer o café, depois de achar uma caneca e colocar embaixo.

- E a dona dela, ainda gosta de mim hoje? – Evan perguntou cauteloso, abraçando sua cintura, por trás.

Randi virou e passou os braços em volta dele. – Depende. Você vai me beijar?

- Sim. Sim, acho que vou. Acho que não consigo evitar. Você está linda hoje – Evan respondeu, com os olhos mais tempestuosos que o clima lá de fora.

Randi estremeceu de expectativa, enquanto Evan começava a baixar a cabeça. Ela não estava com nenhuma maquiagem e seus cabelos compridos ainda estavam molhados do banho. Com um jeans e uma blusa de moletom, ela tinha certeza de estar bem bagunçada, mas Evan parecia não ligar.

Ela assentiu e sorriu. – Lisonja sempre ajuda – ela provocou.

Os cantos dos lábios dele começaram a se curvar num ligeiro sorriso, e ele estava abaixando a cabeça, quando fungou... ruidosamente.

- O que é esse cheiro horrível?

Com uma breve inalada, Randi soube exatamente o que estava deixando a cozinha fedorenta. – O que você deu para Lily comer?

- Eu não tinha certeza de quanto você dá para ela, então, apenas dei algumas sobras do que comi ontem. Ela pareceu gostar, então, eu achei que ela ficaria bem, até que você acordasse. – Evan parecia preocupado. – Por favor, me diga que não fiz nada errado.

Ele parecia tão apreensivo pelo bem-estar de Lily que Randi quis rir, mas não o fez. – Por favor, não me diga que você lhe deu carne.

Carne de bife era o pior, mas hambúrguer também não era bom. Lily adorava os dois, mas ambos lhe davam muitos gases e não pareciam concordar com sua digestão sensível.

Ele imediatamente assentiu. – Bife. Mas ela pareceu gostar tanto.

O pior medo de Randi. – Ah, ela adora. Mas se comer mais que um pedacinho, ela fica com muitos... gases.

- Eu lhe dei um monte. Ela vai ficar doente? – Evan elevou o tom de voz.

Ouvindo o pânico na voz dele, Randi ergueu uma das mãos. – Ela não vai ficar doente. Carne não irá matá-la. Mas ela vai ficar soltando pum o dia todo.

Ele pareceu completamente inabalado pela notícia. – Então, está tudo bem. Só espero que ela não fique desconfortável. Eu não sabia.

Randi enrugou o nariz, quando uma nova rodada de bombas explodiu na cozinha. Ela observou Lily caminhar até Evan e se sentar bem ao seu lado, olhando-o acima, com seus olhos castanhos expressivos, louvando-o como se ele fosse um herói. Evan provavelmente não sabia que havia conquistado sua afeição eterna, com o primeiro pedaço de carne. Em vez de se afastar do fedor, Evan se abaixou e afagou a cabeça da cadela, parecendo aliviado.

- Desculpe, garota – ele cantarolou baixinho, numa voz suave.

Randi rapidamente colocou creme e açúcar em seu café, para poder escapar da cozinha fedorenta, percebendo que o jeito como Evan tratava os animais era apenas mais um motivo para gostar dele.

Droga!

Capítulo 9

—Porra! Evan nunca mencionou sua infância para nenhum de nós. Não se admira que nós raramente o víssemos. – A pegada de Jared Sinclair foi mais forte, segurando a caneca de café que estava em sua mão. – Por que ele não nos contou?

- Talvez, porque todos nós estivéssemos envolvidos demais com nossos próprios problemas, para notar que ele tinha suas dificuldades. Para ele, foi mais fácil simplesmente ficar quieto – Grady comentou, de sua posição no sofá de couro. – Sempre foi ele, a cuidar de nós, e eu posso apostar que ele não está acostumado a falar sobre seus problemas com ninguém. Não estou dizendo que isso seja justo. Apenas não é confortável para o Evan, *não* estar numa posição de controle.

- Não brinca – Jared admitiu, possivelmente, por estar se lembrando da época sombria que ele talvez não tivesse sobrevivido, se não fosse pelo Evan.

Micah Sinclair sentia um ligeiro remorso, ao se lembrar dos gracejos que fizera com Evan, tentando fazer o primo pomposo ser menos esnobe. Ele gostava de Evan, até o compreendia um pouquinho, já que também era o filho mais velho, mas ele nunca resistiu a dar um cutucão, implicar com seu lado arrogante e empinado. Sem dúvida,

Evan era arrogante, mas, talvez, não exatamente tanto quanto Micah tinha acreditado que ele fosse. Ora essa, seu primo era um cretino metido, sim, mas não pelos motivos que ele imaginava.

Ele olhou para os três homens sentados com ele, na sala de estar de Jared, todos um tanto melancólicos por conta das revelações que Hope fizera mais cedo, relativas a Evan, coisas que nenhum deles sabia. As duas mulheres subiram para concluir os planos para a festa de Hope. Os homens ainda estavam tentando dar sentido ao silêncio de Evan.

Hope dissera que Evan não pediu que ela não contasse nada, e ela achou que todos deveriam saber sobre os problemas que ele tivera que enfrentar, quando era pequeno. Micah estava bem certo que a omissão de Evan não significava que ele quisesse que a irmã contasse à família inteira sobre os seus problemas. Na verdade, conhecendo Evan, ele nunca quis que ninguém soubesse. Micah podia se identificar em sentir-se assim. Mas Hope havia aproveitado a oportunidade para contar o que soube sobre Evan, porque ela gostava dele.

Hope apenas quer sua família inteira novamente unida, depois de tudo que eles vivenciaram, quando pequenos.

Micah sabia como ela se sentia. Nesse momento, sua própria família direta estava tão arrasada que ele estava bem certo que nada poderia reuni-los.

Vendo o quanto seus primos se esforçaram para voltar a ser uma família unida, Micah os invejava. Ele raramente via Julian, porque ele estava em Hollywood havia tanto tempo, tentando construir um nome. E Xander... seu irmão caçula parecia desejar morrer; parecia que ele simplesmente não ligava se vivesse ou morresse.

Ele sentia falta, lamentava a ausência do tempo em que todos eles eram próximos, achando que não haveria distância que algum dia pudesse separá-los. Verdade, a distância não havia sido a única coisa que os havia separado; uma tragédia era o maior fator. Todos eles lidaram com isso de maneiras diferentes e separadamente. O que saiu pior foi Xander, e Micah ainda não tinha certeza se o irmão mais novo conseguiria se recuperar de seus ferimentos emocionais e físicos.

Olhando ao redor da sala, ele notou que esses homens, e agora o cunhado, Jason, estavam profundamente envolvidos numa conversa quanto à forma de poderem ajudar Evan. Grady e Jared estavam numa conversa inflamada, com Jason dando opiniões ocasionais. Dante fazia ligações para checar como a comunidade idosa estava, pois, apesar de ser detetive de polícia, a corporação em Amesport era relativamente pequena. Micah não tinha dúvidas de que a conversa ficaria ainda mais caótica com Dante ali.

Micah levantou, sabendo que tinha de voltar à casa de hóspedes e dar alguns telefonemas. Ele tinha decidido ficar até a festa, na noite do sábado, mas ainda precisava conduzir seus negócios, mesmo que longe da empresa.

Por um lado, ele queria muito ficar, continuar conversando com seus primos. Ele se sentira mais relaxado ali, com seus familiares, como não se sentia há muito tempo. Mas ele tinha responsabilidades próprias e não podia mais ignorá-las.

Julian havia adiado sua chegada, pois não conseguira vir, em virtude do clima ruim, mas deveria chegar até a noite de sexta-feira. Mesmo assim, Micah sabia que ele não compartilharia muito de seu fardo com Julian, que estava finalmente conseguindo realizar tudo que ele sempre sonhou, na indústria cinematográfica. Ele merecia esse tempo para aproveitar os holofotes, sem se preocupar com a família.

Despedindo-se dos caras, num raro momento de silêncio, Micah passou pela porta de correr dos fundos e deu uma corrida até a casa de hóspedes, o vento frio batendo com força, enquanto ele percorreu a curta distância até a casa menor.

Rapidamente fechando a porta ao entrar, ele bloqueou o vento e recostou na porta, ainda admirado com a tempestade de inverno que eles estavam vivenciando.

Isso deveria deixá-lo melancólico, ou pelo menos ligeiramente aflito. Em lugar disso, ele estava animado, a adrenalina percorria seu corpo com mais força. Ele era um cara que encarava riscos, um viciado em adrenalina. Embora tivesse parado com as maluquices que fazia quando era mais jovem, ele ainda corria riscos calculados. Para ele, não havia sensação melhor do que realizar algo antes considerado impossível.

Tirando a blusa de moletom pela cabeça, ele seguiu em direção ao banheiro, sabendo que realmente precisava tomar um banho. Ele tinha vindo para a casa de Jared, porque Hope pedira que ele viesse, por alguns minutos, para que participasse da conversa sobre Evan. Ele tinha tomado um café na casa deles, mas não tivera a chance de tomar um banho, antes de ir lá para a casa grande.

Ele abriu a água, tirou a roupa toda e fez um bolo, depois arremessou ao outro lado do banheiro, erguendo os braços em comemoração, pois elas caíram diretamente no cesto. – Dois pontos – ele anunciou a si mesmo, sorrindo, ao abrir a porta do boxe entrar.

Tentado a ficar mais tempo, porque a água quente estava tão boa, Micah se forçou a encurtar o banho, porque precisava começar a trabalhar. Ao terminar, ele desligou a água e virou para abrir a porta, parando de repente, antes de abrir totalmente.

Completamente nu, com a água pingando de seu corpo, Micah ficou totalmente imóvel, ao ouvir alguém cantando bem perto do chuveiro.

Mas que diabo é isso?

Aguçando os ouvidos, ele notou que a voz era claramente uma soprano, e que ela estava ligeiramente desafinada. Isso parecia não importar para o pássaro cantor. A voz dela foi ficando mais alta e determinada, quando ela chegou ao ápice da composição.

Mas. Que. Porra. É. Essa.

Será que tinha alguém maluco tentando roubar a casa? Quantos ladrões atacavam durante uma nevasca e cantavam tão mal, a plenos pulmões?

Mais curioso que assustado, Micah abriu lentamente a porta e saiu silenciosamente do chuveiro.

Ali estava ela, bem à sua frente, sua bunda bem moldada para o ar, enquanto ela limpava o vaso. Ele estava olhando diretamente para o seu traseiro, com ela de costas para ele.

Ele pegou uma toalha no porta-toalhas. – Você poderia esperar até que eu termine? – ele disse, imaginando o que se apossara dela, para limpar o banheiro com ele dentro do chuveiro. Ele não a conhecia. Micah nunca se esquecia de uma bela bunda e não se lembrava de ter visto ninguém com um cabelo tão espetacularmente louro. Eram vários tons, desde o tom de mel até o platinado.

Ela não respondeu, nem hesitou, com o som da voz dele.

Micah ficou irritado, enquanto rapidamente secava o corpo. – Você me ouviu? Jesus, mulher. Você é surda?

Injuriado pela falta de resposta, ele estendeu a mão e segurou-a pelo braço, girando-a. – Eu estou tentando falar com você. Não me ignore. Você é surda, porra? – Ele não sabia quais eram as suas intenções, mas não podiam ser boas.

Estranhamente, ele ficou desapontado, quando ela parou de cantar e começou a gritar, com os olhos focados em sua boca.

- Pare com isso. Não estou machucando você. *Você* que invadiu a *minha* casa.

Ela parou de gritar, depois do choque inicial de vê-lo e começou a olhá-lo, de cima a baixo, arregalando os olhos ao percorrer seu corpo nu.

Sem acanhamento por estar nu, ele a deixou olhar, antes de enrolar a toalha na cintura. – Que porra você está fazendo aqui? O que você quer? – As mulheres sempre queriam alguma coisa dele.

Ela olhou-o, por um instante, antes de falar, cuidadosamente. – Sim, por acaso, eu sou surda, porra. – Ela fez a linguagem dos sinais, enquanto falava, provavelmente, pelo hábito. – Eu não sabia que você estava aqui. Não pude ouvi-lo.

Micah olhou o vidro jateado do boxe e percebeu que ela não teria como detectar sua presença. Olhando-a diretamente, para que ela pudesse ler seus lábios, sentindo-se um idiota, ele respondeu – Desculpe por ter assustado você. Por que você está aqui? – ele também falou com a linguagem de sinais, enquanto falava em voz alta.

Um de seus melhores amigos era deficiente auditivo e embora estivesse meio enferrujado, Micah conhecia a linguagem dos sinais relativamente bem.

- Eu limpo aqui. O Jared me paga para conservar as casas da Península, quando elas não estão ocupadas. Meu irmão e eu somos donos de um restaurante na cidade, mas é bem devagar, durante o inverno. Eu faço isso como um trabalho extra. – Ela tirou as luvas de borracha e colocou-as no balde, no chão, depois estendeu a mão.

– Sou Tessa Sullivan.

Micah apertou a mão dela e segurou um pouquinho mais tempo que deveria, com os olhos fixos nas feições delicadas e belas, nos cabelos encaracolados. Deus, ela era deslumbrante, agora que ele a via claramente. – Micah Sinclair. Primo do Jared.

Por algum motivo, agora que ele podia ver seu rosto, ela parecia conhecida, no entanto, ele sabia que eles nunca tinham se encontrado. Ele não teria se esquecido dela, se já tivessem se visto.

- Desculpe. Eu não sabia que você tinha conseguido chegar antes da tempestade. Geralmente limpo os banheiros primeiro, ou provavelmente teria visto seus pertences. Você é o temerário ou o ator de cinema famoso? – Ela recuou a mão e sorriu para ele, um sorriso sincero, sem qualquer traço de falsidade ou fingimento. – Ainda não vi o filme que tornou um dos primos de Hope famoso.

Pela primeira vez na vida, Micah se viu atordoado. O sorriso franco deixou seu pau em estado de alerta e ele subitamente teve o ímpeto de tirar-lhe a roupa e atacá-la ali mesmo, na bancada do banheiro. Ele queria absorver a ternura que sentia em seu sorriso.

Sentia-se um imbecil completo por ter gritado com ela. Claro que ela não ouvira – nem sua irritação, nem sua presença. – Esportes radicais – Micah corrigiu, ficando ainda mais excitado, enquanto ela olhava seus lábios, inocentemente.

Claro que ela está olhando meus lábios. É seu único modo de me entender.

Micah não se considerava mais um temerário, de modo algum. Na verdade, ele nunca se considerara. Ele ainda corria alguns riscos, mas seu foco principal agora era nos negócios. Os esportes radicais eram lucrativos e sua empresa fornecia os melhores equipamentos para as pessoas, em seus campos de atuação. Ele tinha orgulho do fato de que tornava mais seguros, alguns dos esportes mais perigosos.

Ela assentiu para reconhecer a correção. – Você é caçador de emoções. Eu ouvi falar muito sobre você e de seus irmãos, da Mara.

- É uma profissão que me deixou muito rico – Micah respondeu bruscamente, irritado por estar, de fato, defendendo a sua empresa.

E o que me importa?

Ele não se importava. Na verdade, não. Ele já tinha sido classificado de forma bem pior, pelas coisas que havia feito no passado e a expressão dela não era de quem estivesse debochando de sua empresa. Ainda assim, vê-la descartando o que ele fazia o deixou injuriado. Ele não tinha certeza do motivo... mas ele ficava.

- Existe algum Sinclair que não seja rico? – ela perguntou, com um brilho nos olhos.

- Provavelmente, há, de sobra, mas ninguém com o nosso DNA – Micah admitiu, ainda olhando para ela, como um adolescente cheio de tesão.

Ela fungou dando um pequeno ronco, um som que provavelmente era uma risada. Micah sorriu porque, vindo dela, o barulho era encantador.

- Como você chegou aqui? – O clima estava terrível e ele não gostava da ideia de pensar nela na estrada, quando estava tão brutal lá fora.

- Vim dirigindo. Sou surda, mas não estúpida ou incapaz de tarefas simples. – Colocando as mãos nos quadris, ela o encarou, resoluta.

- Não foi isso que eu quis dizer. Caso você não tenha notado, há uma nevasca lá fora – Micah informou, sarcástico, percebendo só depois, que ela não notaria o tom de sarcasmo em sua voz.

Ela sacudiu os ombros. – Eu morei aqui a minha vida inteira e tenho um apartamento perto da Península. Eu sabia que as estradas estariam boas, já que os Sinclair têm seu próprio serviço de limpeza da neve.

- E você ainda me chama de temerário – ele murmurou, sem entender como ela poderia enxergar para dirigir nas estradas, nesse momento. Ela estava certa. As estradas eram constantemente limpas, mas a visibilidade era quase zero.

- Conheço as estradas daqui como a palma da minha mão. Eu provavelmente conseguiria dirigir nelas se fosse cega.

Ela já estava dirigindo surda e ele estremeceu ao pensar nela, nessas estradas, nesse momento.

- Não é seguro estar lá fora, nesse momento – ele disse, irritado.

- Não estou lá fora, nesse momento – ela respondeu, sensata.

- Eu vou me vestir e depois levo você para casa. A casa está ótima. Você não precisa limpar agora. – Tê-la ali o deixaria totalmente distraído.

- Tudo bem. Eu vou. – Tessa rapidamente recolheu seus produtos de limpeza e disparou porta afora.

Micah saiu correndo até o quarto e vestiu um jeans limpo e um velho moletom. Ele estava domando os cabelos com os dedos, quando voltou para a sala.

Tudo estava quieto; o único som que ele ouviu foi o assovio do vento.

- Tessa – ele berrou, zangado, antes de se dar conta de que ela não ouviria. – Porra!

Micah enfiou as botas e correu lá para fora, saindo pela porta da frente. Não havia nenhum veículo diferente na entrada de garagem de Jared.

Tessa tinha partido.

Capítulo 10

Eu tenho que contar a ela. Eu vou contar... muito em breve. Evan sentou no escritório, no andar de baixo, com a cadela *peidona* campeã de Randi, imaginando quando ele poderia lhe contar que era seu correspondente misterioso. Ele queria contar, precisava contar, mas, e se eles não conseguissem se comunicar tão bem, cara a cara, como faziam via e-mail?

E se ela entrasse em pânico? E se ela o achasse um babaca, por não contado, há muito tempo, que ele, S., era, na verdade, Evan Sinclair? Talvez ela se sentisse traída por ele não ter corrigido sua suposição de que S. era apenas alguma pessoa que trabalhasse para a Fundação Sinclair. Certo... talvez ele tivesse até mentido para deixar que ela continuasse a pensar que ele era um cara normal. Ele perderia ambas, sua melhor amiga e a mulher que queria mais que jamais quisera alguma mulher em sua vida. Certo, sim, elas eram a mesma pessoa, mas isso tornava as coisas bem mais difíceis, para que Evan contasse a verdade. O dobro estava em jogo.

Evan já tinha mesclado as duas mulheres, vendo muito da Randi que ele conhecera pessoalmente, em seus e-mails misteriosos.

Dando um suspiro frustrado, ele recostou na poltrona confortável de seu escritório e pôs a mão na cabeça de Lily, afagando o pelo sedoso sem nem pensar a respeito. Randi tinha pegado no sono no sofá, depois de trabalhar em algumas coisas para seu emprego de professora e Lily o seguira até lá embaixo, em seu escritório. Ele estava começando a ficar acostumado em ter um cão na casa e, para sua surpresa, ele começava a gostar da companhia de Lily. Era engraçado como o animal parecia extremamente feliz, só porque ganha afeto e comida. Realmente, os cães eram bem fáceis de agradar.

Evan não queria admitir que passara tempo demais apenas observando Randi dormir, lutando contra a tentação de tocá-la, de ir para o sofá e tirar-lhe a roupa para extinguir os ímpetos animalescos que sentia em possuí-la, feroz e completamente.

- Em breve, eu contarei a ela – ele sussurrou para Lily. A cadela olhou-o, acima, com os olhos escuros e sérios, inclinando a cabeça de lado, como se tivesse entendido. – Ela vai ficar zangada? – ele perguntou ao cão, enquanto Lily o olhava com uma expressão de empatia.

Porra! Não posso acreditar que eu esteja falando com um cachorro.

Evan sabia que estava bem maluco por ela, se já estava a ponto de usar um golden retriever como conselheiro. Mas, naquele momento, ele estava totalmente fora de sua zona de conforto e incerto quanto ao que fazer.

Ele podia conversar com seus irmãos, mas eles provavelmente iriam infernizá-lo e, com razão. Quando eles estavam paparicando suas mulheres, ele não tinha exatamente apoiado e sido solidário. Ele tinha desencorajado tanto Dante quanto Grady de se casarem tão depressa, e ele fora realmente um cretino com Jared, quando quis que ele ficasse com Mara.

Hope lhe dissera para confessar logo para Randi e ver como as coisas seriam, a partir dali. Ela disse que se eles já tinham uma boa comunicação, as coisas iriam evoluir.

Ele não tinha seguido o conselho da irmã e ficou protelando em contar a verdade à Randi. Quanto mais ele adiava, mais difícil seria contar o segredo. Ele sabia, mas sua preocupação com a reação dela o impedia.

Talvez a parte sexual do relacionamento tivesse avançado depressa demais, mas Evan não podia se arrepender da noite mais avassaladora de sua vida, mesmo que tentasse – e ele não queria tentar. Ele e Randi já tinham se cercado, com faíscas voando, desde a primeira vez que se viram. Honestamente, ele achou que talvez depois que eles transassem bastante, o aperto visceral que ele sentia toda vez que a via, pudesse passar.

Não passou.

Agora ele estava certo de que tinha uma úlcera que o comia por dentro, toda vez que olhava para ela.

Ele abriu a gaveta da escrivaninha, pegou um pacote de pastilhas para azia e colocou um punhado na boca. Do jeito que ele vinha consumindo as pastilhas, seria melhor se tornar acionista da companhia.

- Ela é bonita pra cacete – ele disse a Lily, baixinho, enquanto engolia a pastilha que parecia giz, torcendo para que a substância eliminasse a queimação que sentia por dentro.

Ao afastar sua fixação por Randi, pelo tempo suficiente para desligar seu computador, Evan concluiu que ele não conseguiria trabalhar. Ele estava distraído demais. Ele iria checar o clima e ver se Randi estava acordada. Estava ficando tarde e ela ainda não tinha comido nada.

Ele levantou e alisou o jeans claro que estava usando. Realmente, as roupas informais que Hope lhe comprara, depois que eles tinham ido ao mercado, não eram tão ruins. Para dizer a verdade, ele se sentia bem confortável. O suéter era quente e era bom não estar de camisa e gravata em volta do pescoço. Sim, era uma sensação estranha, mas não chegava a ser desagradável. O único momento em que ele detestava o jeans era quando seu pau ficava duro, o que era quase o tempo todo em que ele via ou pensava em Randi. O tecido não cedia em nada e para um homem de seu tamanho, uma ereção era altamente desconfortável.

Hope o havia levado para fazer compras depois que eles foram ao mercado, dizendo que ele precisava se soltar um pouco, e tentar se mostrar mais acessível, com uma roupa mais informal. Ele estava disposto a fazer praticamente qualquer coisa para que Randi se comunicasse melhor com ele, mesmo que isso significasse abrir mão de seus trajes habituais. As peças não eram tão bem feitas quanto suas roupas habituais, mas se isso fosse necessário para Randi notá-lo de alguma forma que não fosse um babaca, ele vestiria.

Ele estava abrindo a porta de seu escritório, quando ouviu um grito terrível, vindo lá de cima.

Miranda!

Um arrepio gélido percorreu sua espinha e ele disparou escada acima, como se fosse um campeão olímpico, com o coração disparado em imaginar que alguém a estaria machucando... ou pior.

Ele parou sem jeito, de repente, quando viu que ela ainda estava dormindo no sofá, mas seu corpo estava se debatendo.

- Eu não sou piranha. Não sou piranha – ela ficava repetindo, numa voz abafada. – Não. Por favor. Eu não posso.

Agora ela estava choramingando e o som de sua aflição foi uma pontada no coração de Evan. Ela estava sonhando, mas que diabo de pesadelo era esse?

Como se já tivesse vivenciado os pesadelos da dona, Lily se aproximou cautelosamente de Randi e começou a lamber seu rosto.

- Nãããããão! – O som torturado que escapou dos lábios de Randi foi uma mistura de grito e apelo.

Evan inspirou dolorosamente ao se aproximar, bem na hora em que Lily pulou sobre as pernas de Randi e sua dona sentou ofegante. – Ai, Deus. Ai, Deus, de novo não.

Evan esperou que ela o notasse, receando assustá-la. Ela segurou a cadela junto ao peito, e segurou seu pelo com o punho fechado, pousando a testa em cima do corpo da cachorra.

- Lily – disse ela, ainda em pânico, com uma voz ofegante, soltando a cadela, quando aparentemente percebeu que estivera sonhando.

Finalmente, ele disse baixinho – Você está bem?

Randi continuou afagando a cadela, alheia, como se isso a confortasse.

- Sim. – A voz de Randi soou trêmula.

Sem conseguir conter seu medo, sua preocupação e o desejo implacável de confortá-la, Evan delicadamente puxou a cadela para o chão e pegou Randi, para que ele pudesse sentar e colocá-la em seu colo. Ela automaticamente passou os braços em volta de seu pescoço e Evan pousou a cabeça dela em seu ombro, enquanto afagava seus cabelos escuros e sedosos.

- O que aconteceu? – ele perguntou, confortando-a. – Eu a ouvi gritando, lá de baixo.

- Pesadelo – ela disse, junto ao suéter dele. – Desculpe, se eu o perturbei. Eu costumava tê-los quando era adolescente, mas achei que tivessem passado. Fiquei sem ter durante anos, até que a Joan morreu. Essa é a segunda vez que acontece. Acho que começou porque eu fiquei sozinha de novo.

Ela não está sozinha. Ela tem a mim.

Ele tentou acalmar o anseio voraz de fazê-la entender que ela não estava sem alguém que se preocupasse com ela, só porque sua mãe adotiva agora se fora.

- Com que você estava sonhando? – Evan tentou manter seu tom equilibrado, mas ele detestava qualquer coisa que a deixasse assustada, mesmo que fosse só um sonho. – Por que você estava dizendo que não é piranha?

- É uma longa história – ela disse ansiosa. – Os sonhos são restos de muito tempo atrás. Acabou.

- Fale comigo, Randi. Por favor. – Evan intencionalmente usou seu apelido, sentindo que aquilo que incomodava estava ligado à sua infância, ou talvez à mãe verdadeira. Se suas lembranças eram assustadoras, ele jurou que nunca mais a chamaria de nada, a não ser pelo seu apelido. – Conte-me sobre a sua vida, antes de vir para Amesport.

- Minha mãe fazia coisas ruins. Eu fazia coisas ruins – Randi disse a ele, num tom de alerta.

- Não dou a mínima para o que a sua mãe fazia. Você não é sua mãe e você era só uma criança. Conte-me – Evan incentivou.

- Minha mãe era uma prostituta.

Evan sentiu o corpo de Randi estremecer, quando ela fez a confissão.

Randi continuou, num tom apressado – Ela foi prostituta pelo tempo que me lembro. Ela só tinha dezesseis anos quando eu nasci e eu nunca soube quem foi meu pai – provavelmente, um de seus... clientes. Nós tínhamos um apartamentinho perto da esquina de onde ela trabalhava, mas eu não a via muito. Havia um bocado de outras prostitutas que moravam no mesmo prédio e trabalhavam na mesma área, e elas se revezavam me visitando. Às vezes, elas me levavam comida. Eram bondosas comigo, quando não precisavam ser. Eu não era filha delas.

Evan segurou os cabelos de Randi com mais força, seu corpo inteiro estremecendo de raiva, ao pensar numa criança sendo criada nessas condições. – O que aconteceu?

Eu tenho que ficar calmo. Isso tem a ver com ela, não comigo. Ela precisa de mim agora.

E ele obviamente queria que ela precisasse dele.

- Uma das moças me ajudou a me matricular na escola e eu ia, todos os dias. Não me lembro de nada, antes da escola primária.

- Sua mãe levava homens para o apartamento de vocês?

- Não. Ela saia, às vezes, antes que eu chegasse da escola, e às vezes, ela não estava em casa, quando eu saía, de manhã.

Evan sentiu seu temperamento ainda mais fervilhante, algo incomum para ele. Randi tinha basicamente se criado sozinha, com a ajuda ocasional de algumas prostitutas? – Como você veio parar em Amesport? Com que você estava sonhando? Algo que realmente aconteceu?

Ela assentiu devagar, junto ao ombro dele. Sua voz estava instável, quando ela continuou. – Eu tinha treze anos, minha mãe me deixou e nunca mais voltou para casa. Acharam o corpo dela, uma semana depois. Ela foi assassinada, provavelmente, por um de seus cafetões, mas nunca encontraram o criminoso.

A raiva de Evan aumentou mais um pouco – Então, você ficou sozinha?

- Quando o serviço social descobriu que eu existia, eles me levaram para um abrigo.

Confuso, ele perguntou – Então, você foi adotada pelos Tyler?

- Não. Eu fui para uma família adotiva no sudeste da Califórnia. Depois eu fugi.

Evan sabia que algo estava faltando nessa história. – O que aconteceu? – Ele sabia que ela tinha tido um motivo para fugir. Se ela tivesse alguma sensação de estabilidade, depois de sua infância caótica, ela não teria partido.

- Meu pai adotivo sabia que eu era filha de uma prostituta. Ele imaginou que eu tivesse as mesmas habilidades da minha mãe – Randi disse baixinho.

Evan sentiu uma ira por dentro, uma fúria que nunca havia sentido. – Ele a forçou? Você era uma criança.

- Minha mãe era uma fugitiva. Algumas das moças começam muito cedo, geralmente são produtos de lares desfeitos, de abusos – Randi explicou, pacientemente. – Ele tentou enfiar o pênis na minha boca. Eu tive que relutar para fugir da casa. Fui embora sem nada... não que eu tivesse muito, no que diz respeito a pertences.

- Eles poderiam ter encontrado outro lar para você...

- Eu fiquei com medo. Achei que seria melhor tentar viver na rua do que como adotada.

Evan podia entender o motivo. Mas isso não abrandava em nada a intensidade de sua fúria por Randi e suas circunstâncias, quando criança. – Conte-me como você veio parar aqui. – Ele não queria mais que ela tivesse de reviver o passado. Ela podia aparentar ter superado a infância, mas se ainda tinha pesadelos, ela ainda guardava parte da dor. Se ele pudesse encontrar o homem que tentou violá-la, ele próprio mataria o cretino.

- Eu vivi na rua um tempo, sem teto. Parei de ir à escola. Fiz o que tinha que fazer para sobreviver. Um dia, eu estava com tanta fome, tão desesperada, que eu tentei roubar a carteira de um turista. A última coisa que eu queria fazer era vender meu corpo, mas eu sabia que eu estava me aproximando do momento de voltar às moças e implorar que elas me aceitassem. Eu teria acabado fazendo o que fosse preciso para sobreviver. – A voz de Randi estava trêmula, conforme ela relatava o desespero que ocorrera em sua vida.

Evan respirou fundo tentando focar em Randi, não em seus próprios sentimentos. A ideia de Randi chegar tão perto de precisar vender seu corpo para sobreviver quase o fez perder a cabeça. – Você conseguiu arranjar o dinheiro que precisava? – ele perguntou, sem ligar se ela havia sido obrigada a enganar cem pessoas para sobreviver. Ela merecia uma vida melhor do que tivera, quando criança... essa vida que parecia ter sido um verdadeiro inferno.

- Não. – Seu tom mudou, sua voz foi ficando melancólica e reflexiva. – A carteira que tentei roubar pertencia a Dennis Tyler.

- Seu pai adotivo? – Evan perguntou incrédulo.

Ela assentiu. – Dennis e Joan estavam de férias, era o aniversário de casamento deles. Ele me pegou no flagra.

- Ele não a entregou à polícia – Evan imaginou, torcendo para que estivesse certo.

- Não. Ele e Joan me levaram ao restaurante mais próximo e me compraram algo para comer. Quando eles souberam que eu era sem teto e o que havia me acontecido, eles me trouxeram para casa com eles, em Amesport. Joan era professora aposentada e ela me ajudou a recuperar o tempo perdido nos meus estudos. Eu levei um verão inteiro estudando para me preparar para começar a escola aqui, no outono.

- Mas você conseguiu – Evan respondeu, com admiração na voz, pela realização dela. – Como foi que Dennis e Joan lidaram com a distância do local de origem para adoção?

- Eles mentiram – Randi explicou. – Alegaram que eram parentes distantes que tinham a guarda. Dennis era diretor escolar aposentado e Joan era professora. Eles queriam muito que eu ficasse aqui, a ponto de fazerem o que fosse preciso para que eu ingressasse na escola. – A voz de Randi falhou e as lágrimas começaram a correr pelo seu rosto.

– Duas pessoas que tiveram uma postura de cidadãos impecáveis, a vida inteira, mentiram e inventaram o que foi preciso para manter uma adolescente fora das ruas. Eles não queriam correr o risco de que eu voltasse ao sistema. Já tinham mais de setenta anos, à época. Nenhum de nós tinha certeza do que aconteceria se eles dissessem a verdade e tivessem que passar pelo sistema legal de adoção.

Evan imaginava que provavelmente nada teria acontecido, já que ela era uma criança mais velha e difícil de ser adotada. Muito provavelmente, os Tyler poderiam tê-la adotado, se tivessem forçado o sistema. Mas ele imaginava que Randi teria que continuar num orfanato, durante o processo, já que eles a levaram ilegalmente para fora do estado. Ele se viu grato pelo sacrifício dos Tyler e suas mentiras. – Como você obteve o nome deles?

- Mudei legalmente, quando me tornei maior de idade. Eles foram os únicos pais que eu tive e eu queria ter o sobrenome deles – Randi respondeu resoluta.

- Eu gostaria de tê-los conhecido – Evan pensou, ainda zangado que alguém tão especial como a mulher em seus braços tivesse tido uma infância tão dura. Mas ele estava admirado pela força e a vontade que ela teve de sobreviver e prosperar. Quantas crianças como ela acabavam como uma professora respeitada? Evan não tinha as estatísticas, mas ele imaginava que eram bem poucas.

Randi suspirou. – Você teria gostado deles. Eles eram pessoas sensíveis, mas me deram tanto amor – ela respondeu saudosa.

- Por que você acha que os pesadelos voltaram? – Evan mal conseguiu fazer a pergunta, sua ira quase o deixando mudo, no momento.

- Acho que é porque a Joan se foi. Ela foi minha rocha, por tanto tempo que eu não percebi o quanto eu ficaria sozinha sem ela. Meus pais adotivos me deram a educação e os recursos para viver uma vida melhor, mas eu sinto tanta falta deles – disse Randi, com a voz pontuada pela tristeza.

Evan sabia que ela não estava sem ninguém que se importasse com ela, mas sua perda estava incitando as suas inseguranças de infância. Embora ele nunca tivesse conhecido o medo de não ter um lugar onde dormir, ou alguma coisa para comer, ele entendia que alguns medos foram entranhados durante aqueles anos e jamais seriam totalmente deixados para trás. Ele era um exemplo perfeito para provar essa teoria.

Não se admirava que ela adorasse comida e comesse como se fosse uma experiência religiosa. Ele imaginava que quando não se sabe quando será sua próxima refeição durante a infância, você saboreia cada coisa que come.

Ele sentiu um aperto no peito ao pensar em Randi passando fome.

Vinha um nó por dentro, em pensar em algum cretino imundo tentando forçá-la a fazer atos sexuais, quando ela ainda era uma criança.

Eu sempre vou protegê-la, fazer com que ela se sinta protegida.

Ela agora tinha a ele, e se ele a abraçasse forte, talvez ela se sentisse mais segura.

Ele a enlaçou pela cintura e jurou ficar com ela, pelo tempo que ela o deixasse, e garantir que ela estivesse segura.

Randi podia não saber disso agora, mas, até que ele desse o último suspiro, ela jamais voltaria a ficar assustada, sozinha ou solitária.

Será que ela vai me deixar ficar, quando descobrir que eu sou seu confidente por e-mail?

Sem querer arriscar a chance de perdê-la agora, Evan racionalizou que precisava esperar mais um pouquinho para contar-lhe a verdade.

Capítulo 11

—O que foi? Você não gosta de bolo?

Randi olhava horrorizada para Evan, que encarava o bolo de cenoura em seu prato como se fosse uma cobra venenosa. Primeiro, ele pareceu ficar descontente, quando eles iam comer espaguete, no jantar, mencionando que tinha muito carboidrato. Mas ele comeu como um faminto, e ao deixar todas as reclamações de lado, Evan limpou o prato. Agora, ele estava olhando o bolo duvidoso.

- Eu tento controlar meu consumo de açúcar – Evan respondeu indiferente.

Randi deu uma imensa garfada em seu bolo e fechou os olhos, só por um instante, quando o sabor do glacê de creme penetrou em suas glândulas salivares. Quando ela abriu os olhos novamente, ela olhou para Evan como se ele estivesse falando outro idioma. Ela tinha trapaceado no espaguete, usando um pouco de molho pronto. O bolo foi feito a partir do zero. – Você é diabético? – Ela nunca tinha conhecido um homem que tivesse um porte tão espetacular e observasse cada coisa que colocava na boca.

- Não, eu fui um garoto gorducho. Eu fui colocado numa dieta rigorosa e, desde então, não como muito açúcar – ele resmungou hesitante.

Seus pais o colocaram de dieta, sem nenhum doce? Havia meios de se incentivar alimentos saudáveis para as crianças, mas um doce, de vez em quando, não o deixaria acima do peso. – O que você comia?

- Peixe, carnes magras, legumes. As mesmas coisas que como agora, na maior parte.

- Você era muito acima do peso? – Era uma dieta quase impossível para um garoto manter, e ela não podia imaginar a necessidade tão drástica, a não ser que ele tivesse um verdadeiro problema.

Evan sacudiu os ombros. – Não muito. Mas eu estava ficando gorducho. Aos olhos do meu pai, eu era gordo. Eu não participava das refeições e se estivesse acima do esperado, ao me pesar, eu não comia.

O coração de Randi partiu, enquanto ela olhava a expressão de desejo nos olhos dele, vendo o pedaço de bolo no prato à sua frente. Ele estava preso em seu próprio medo de comer qualquer coisa fora de seu normal. Ela já tinha percebido como ele era obcecado, em sua rotina. – Evan, você obviamente se exercita e não tem um grama de gordura no corpo. – *Isso*, ela podia atestar. – Não vai matá-lo, viver um pouquinho, de vez em quando.

Ela levantou de seu lugar, ao lado dele, na imensa mesa de jantar, e pegou seu garfo e lentamente espetou uma bela garfada de bolo. – Abre.

Ele abriu a boca avidamente, dando a ela a chance de alimentá-lo de bolo. Ela observou enquanto ele mastigava e engolia, com os olhos fechados, para saborear a gostosura.

- Bom? – ela perguntou cautelosa.

Ele mastigou e engoliu, antes de responder. – Porra, é incrível.

Randi sabia o que era experimentar comida excelente, depois de ser privado disso, por tanto tempo. Talvez Evan nunca tivesse precisado se virar para arranjar comida, como foi com ela, mas ele decididamente havia sido forçado a abrir mão de comer qualquer coisa só por prazer.

Ela o fez afastar a cadeira da mesa e sentou-se em seu colo, comendo uma garfada também. – É receita da Joan – ela disse a ele, depois que engoliu.

Ela ofereceu outra garfada, dividindo o pedaço de bolo com ele. Os olhos dele estavam acesos por uma chama azul; seu olhar intenso estava fixo no rosto dela, conforme ele aceitava sua oferta, sem hesitar. Randi sorriu para ele, sentindo-se vitoriosa, porque ele obviamente queria o doce, mas estava com medo de interromper sua rotina rígida.

Eles comeram em silêncio por alguns momentos, antes que Evan pegasse o prato vazio e o talher das mãos dela e pusesse ambos na mesa.

- Isso estava fantástico. Mas agora eu preciso desesperadamente saborear você – ele rosnou, contorcendo o rosto de tesão.

Uma onda elétrica percorreu a espinha dela, quando ela se sentiu erguida do chão, nos braços dele, quando ele levantou. Ele não hesitou ao levá-la escada acima, carregando-a como se ela não pesasse nada.

Ela não iria fingir, não com Evan. Ela precisava dele agora, tanto quanto ele a queria. O desejo estava aumentando em sua barriga, e ela já se sentia molhada, na expectativa de seu toque.

- Preciso de você – Randi admitiu, quando ele a pôs de pé.

Evan podia ser determinado em quase tudo, mas ele também a aceitava do jeito que era, com seu passado horrendo e tudo. Ele não pestanejou, quando ela confessou que a mãe havia sido prostituta e ele tampouco se afastou. Delicadamente, com carinho, ele tentou confortá-la, fazer com que ela voltasse a se sentir protegida depois de seu pesadelo, e em momento algum ela vira qualquer sinal de que ele pensasse menos dela, após sua confissão.

- Eu sei, meu benzinho. Também preciso de você. Preciso lhe mostrar que agora você é minha – ele disse. – Dispa-se para mim, ou vou acabar rasgando sua calcinha.

Suas palavras possessivas e dominadoras aumentaram o desejo dela, como nada poderia fazer. Isso deveria ser assustador e provavelmente teria sido, se viesse de qualquer um, exceto Evan. Porém, nesse momento, as palavras eram uma declaração da mesma carência que reverberava no fundo de sua alma.

Ela queria ser dele; ela queria que ele pertencesse a ela. Os sentimentos eram primitivos e predatórios, estranhamente parecendo tão natural quanto respirar, naquele momento.

Randi geralmente gostava mais de tons delicados e claros em sua roupa íntima, em lugar de lingerie sexy, que inspirasse cobiça, mas Evan parecia não ligar. – Não são tão sexy – ela respondeu, subitamente nervosa.

Não que ela não confiasse em Evan, mas ela nunca tinha visto aquela expressão tão selvagem em seus olhos, como agora ele tinha, olhando para ela. Ele parecia... completamente em estado bruto e era de tirar o fôlego. Com os dedos no próprio zíper, ela ficou olhando, enquanto ele tirava a própria roupa, até ficar totalmente nu.

- Ai, Deus. Você é lindo – ela sussurrou sem fôlego, olhando cada músculo torneado e o que parecia uma extensão imensa de pele apetitosa. Em plena luz do dia, ela via várias cicatrizes em seus ombros e peito. – Vire – ela disse, ao sair de seu jeans, agora já sem qualquer constrangimento.

- Prefiro não virar – Evan disse, contraindo o maxilar, seus olhos azuis faiscando raiva e uma excitação intensa.

Talvez ela devesse temer sua ferocidade, mas não temia. Ela sabia que sua raiva não era com ela e ele era homem o suficiente para não descarregar na pessoa errada. Evan era contido e cauteloso. O que ela via, nesse momento, não era algo que ele mostrasse a qualquer pessoa. Ele estava se expondo para ela porque confiava nela, pelo menos, um pouquinho. Isso incentivou Randi a prosseguir.

- Por favor – ela suplicou, sabendo que isso era algo que o próprio Evan tinha de superar, outro obstáculo que ele precisava enfrentar. Infelizmente, ela desconfiava que fosse bem mais difícil que comer doce ou usar uma roupa mais informal, quando não estivesse trabalhando.

Ela puxou seu suéter pela cabeça e esperou, na expectativa.

Ele olhou-a faminto, antes de virar e Randi soltou o ar, num ofego.

As cicatrizes não eram horríveis; olhando de relance, nem dava para notar. Mas quando Randi se aproximou, ela tracejou cada linha desbotada nas costas e nádegas, e notou que também marcavam a parte de trás de suas coxas. Seus músculos pesados se retraíram sob seus dedos, conforme ela tocava cada marca.

Por quê? Não entendo por que um pai tem que bater num filho. Sei que o pai dele foi um homem horrendo, mas a Hope nunca havia mencionado ter apanhado. Eu presumi que ele fosse abusivo só verbalmente e tratasse todos eles mal.

Como o Sinclair mais velho, obviamente, todo foco tinha sido em Evan, e das formas mais cruéis com uma criança.

As lágrimas começaram a correr rapidamente pelo rosto dela, mas ela ignorou seus próprios sentimentos. Como teria sido a vida de Evan, quando criança? Ele tinha sido mal alimentado e, aparentemente, surrado tão brutalmente que as marcas ainda estavam presentes, anos depois. Que tipo de monstro fazia isso a uma criança? Seu pai havia separado Evan do resto de sua família, para usar como ferramenta para sua própria brutalidade.

- Cretino! – Randi gritou algo, com a voz rouca, por conta das lágrimas. – Se o seu pai ainda não estivesse morto, eu cortaria seu saco e enfiaria goela abaixo. – Quanto mais cicatrizes ela encontrava, mais zangada ela ficava. Sua infância havia sido bem dura, mas não assim.

- Você está realmente... aborrecida por mim? – Evan perguntou num tom de voz baixo.

Sim. Talvez, ele não soubesse o que seria ter alguém indignado pelo que havia acontecido com ele, mas ela estava defendendo inteiramente a criança que ele havia sido um dia. – Sim.

- Isso foi há muito tempo – ele respondeu calmamente, estranhamente parecendo querer confortá-la.

Randi ajoelhou e descobriu cada cicatriz em suas coxas e panturrilhas. – Isso não importa. Ele era um monstro maldito. Fazia isso a todos os filhos?

- Não. Não tanto. Mas o abuso mental que ele causava em todos era pior que o físico.

Randi ouviu a hesitação na voz dele, ao responder, deixando-a desconfiada. – Você fazia isso de propósito. Deixava que ele o espancasse para não fazer isso com os outros. – Ela sabia que estava certa. Evan era um protetor dedicado. Ele não faria nenhuma outra coisa diferente disso.

- Não posso negar que me ocorria, que se eu fosse o alvo de seu descontentamento, ele deixaria os outros em paz – ele concordou relutante.

Claro que sim. – E dava certo?

- Na maior parte do tempo. Ele era um babaca e depois que eu saí de casa, para ir à faculdade, ele começou a implicar mais com o Grady, bem mais que antes. Eu notei, quando voltei para casa, no Natal, e ia discutir com ele, mas depois ele morreu.

Ela sentiu o alívio na voz dele, sabendo que Evan provavelmente planejava mais que discutir com o pai, sobre o tratamento ao irmão mais novo. Teria sido bom se Evan tivesse tido a chance de dar uma surra no pai, mas foi melhor que o cretino tivesse morrido. Um confronto físico entre Evan e seu pai teria sido difícil para a família inteira.

- Agora acabou, Evan. – Ela não queria que ele revivesse nenhuma dessas lembranças. – Você é forte e deslumbrante. – Randi segurou sua nádega rija e levou a boca a algumas linhas claras no fim de suas costas.

- Não! – Evan reclamou, virando para olhá-la. – Não sinta pena de mim.

- Não estou sentido – ela disse a ele honestamente, olhando-o acima. – Eu só... me importo. – Evan detestaria ser alvo de pena de qualquer pessoa, motivo pelo qual ele provavelmente nunca falou de seu passado.

A expressão em seu rosto abrandou ligeiramente. – Então, tudo bem – ele finalmente respondeu, parecendo um tanto perplexo.

Ela levou os lábios à nádega rija, tracejando os músculos delineados com a língua.

A pele lisa de sua barriga ficou incrivelmente retraída, sob a mão dela. Inclinando-se para trás, ela tracejou a trilha sexy de pelos escuros que levavam à ereção gigantesca.

Chegou a hora.

Esse era um momento em que ela não poderia deixar passar para superar alguns dos fantasmas de seu passado, e mostrar ao Evan que ele era o homem mais desejável que ela já conhecera.

Ela lentamente abriu a boca e passou a língua na ponta de seu membro, lambendo uma gota, deleitando-se com o sabor de Evan.

Não era assustador.

Não era repugnante.

Era divino.

Todos os pensamentos de sua experiência traumática de infância sumiram, quando ela sentiu toda a força da essência de Evan Sinclair. Ele tinha um gosto inequívoco. Ela abriu mais a boca e deslizou a língua por baixo do pau enorme, segurando com a mão direita, em sua base. Ele parecia feito de aço, coberto por uma suavidade de seda, impossível não tocar.

- Randi – Evan gemeu. – Não. Você não vai gostar disso.

O coração dela deu um aperto, quando ela ouviu as palavras torturadas, a disposição dele de abrir mão de algo obviamente tão gostoso, por conta do medo dela. Isso aumentou ainda mais a excitação dela, levando-a a um nível que ela nunca vivenciara. Ao tirá-lo da boca, por um instante, ela respondeu, olhando diretamente em seus olhos. – Talvez, com você, eu queira. Deixe-me fazer, Evan. É muito gostoso.

Ela o observava ao abocanhá-lo de novo, dessa vez, mais fundo. A cabeça dele pendeu para trás e ele fechou os olhos, no que parecia um êxtase carnal.

- Você está me matando – ele disse, com a voz rouca.

Randi rapidamente ganhou confiança em algo que tinha muito pouca experiência. Seguindo as palavras de Evan, ela usava a mão e a boca para saboreá-lo, imitar o ato sexual chupando e usando a língua na cabeça sensível de seu pau.

A respiração dele estava ofegante, quando ela segurou seu saco com uma das mãos e suas nádegas rijas com a outra, para mantê-lo bem perto. Os sons eróticos, baixinhos e animalescos que escapavam dos lábios dele inundaram os sentidos dela, falando com uma parte de sua alma que ela sentia ligada a ele e à dor de seu passado.

Ela não recuou quando ele mergulhou as mãos em seus cabelos e guiou-lhe a boca como queria, no ritmo que parecia precisar.

- Eu. Não. Consigo. Parar. – As palavras pareciam desesperadas de tesão.

Não pare, Evan. Pela primeira vez, solte-se.

Randi fechou os olhos e saboreou a ligação sensual que tinha com Evan, naquele momento, sabendo que ele estava quase gozando.

- Porra, gata! Eu vou gozar – Evan alertou-a.

Sim. Sim. Sim.

Randi estava em êxtase enquanto o segurava, embora ele tentasse recuar. O gozo quente jorrou em sua garganta, e ela avidamente recebeu, deleitando-se com o fato de conseguir fazer esse homem grande, forte, orgulhoso, quase cair de joelhos.

Ela vagarosamente sugou até a última gota de seu orgasmo, saboreando os gemidos de aprovação.

Finalmente, ele agarrou-lhe os braços e puxou para cima.

- Por quê? – ele perguntou, rouco, com os olhos tão tempestuosos quanto o mar.

Ela não fingiu não entender, porque ela entendeu muito bem. – Eu senti que quis. Você é delicioso. – Ela lambeu os lábios, só para ver o que aconteceria.

Ela não se decepcionou. Ele ousadamente a pegou, com um olhar faminto e soltou-a na cama.

- Me chupar te deu tesão? – ele perguntou sério.

- Mais do que eu poderia imaginar – Randi admitiu.

Ele subiu na cama. – Vou fantasiar com essa boca linda no meu pau pelo resto da minha vida – disse Evan, meio admirado, mas com um toque de autocensura.

Randi sabia que ela se lembraria de tudo que eles haviam feito juntos, a proximidade que estavam vivenciando. Nenhuma experiência sexual em seu passado jamais se assemelhara ao êxtase que ela havia descoberto com Evan. Ficar com ele era perigoso e altamente viciante.

- Eu preciso de você – ela sussurrou baixinho, olhando Evan, com olhos suplicantes.

- Você me tem – ele respondeu imediatamente.
- Pode me mostrar mais do que é ter esse sexo arrebatador? – ele pediu baixinho. – Nunca foi assim para mim – ela revelou sinceramente.

Evan deu uma risada meio enferrujada. – E você acha que eu sou especialista? Também nunca foi assim para mim. Mas eu vou admitir que treinei um bocado. Acho que eu só estava esperando você.

O coração dela deu um pulo, quando Evan pegou o fecho da frente de seu sutiã de renda.

Ele olhava a peça ao delicadamente tirar, puxando as alças pelos braços dela, antes de jogar no chão. – Você está errada, sabe – ele disse. – A lingerie que você usa é a mais sexy que eu já vi. Eu adoro essas cores suaves e a delicadeza da renda. Tão doce, mas eu sei que o que está escondido por baixo é mais doce ainda.

Ele a deitou em seu travesseiro e ajoelhou no meio das pernas dela, devorando-a com os olhos. Inclinando-se à frente, ele segurou seus seios. Ela não tinha seios grandes e ele segurava um deles em cada mão.

- Perfeito – ele disse, num som gutural.

Ela estremeceu, quando seus polegares tracejaram seus mamilos e murmurou o nome dele, quando ele deslizou sobre ela, pousando os lábios num dos mamilos. – Evan. – Ela disse seu nome com um suspiro erótico.

Randi levou as mãos aos cabelos dele, arqueando as costas, enquanto Evan mordiscava o mamilo esquerdo e passava a língua em cima.

Ele passava de um seio para o outro. Mordiscando, lambendo, acariciando.

- Evan, por favor – Randi pediu, quando sentiu que não aguentava mais, adorando o jeito como ele fazia com que ela sentisse, mas querendo mais.

Ele pousou um dedo sobre os lábios dela e chegou seu corpo grande para o lado, de um jeito que pudesse tocá-la. – Eu quero ver você gozar – ele lhe disse, com uma voz embargada de tesão.

Ela sentiu o sexo molhado, sua pele estava toda vermelha, enquanto a mão dele desceu por sua barriga e deslizou para o meio de suas coxas. Randi logo se abriu para ele, precisando desesperadamente de seu toque.

Deleitando-se por baixo do elástico da calcinha, ele provocava o clitóris com dedos hábeis, circulando, antes de dar o que ela precisava, depois começava tudo outra vez. Antes que ela gozasse, ele recuou novamente, para deixá-la totalmente excitada. Seus lábios continuavam a torturar eroticamente os seus seios.

Randi remexia a cabeça, sentindo o tormento e o desespero para gozar. Ela fechou os olhos, vendo um caleidoscópio de cores por baixo das pálpebras. – Sim. Por favor. Não pare.

Evan substituiu a boca com seus dedos, provocando os mamilos, levando os lábios até a orelha dela. – Goza para mim, Randi. Você está linda quase gozando. Eu quero ver. Quero saber que fui eu que coloquei essa expressão linda no seu rosto – ele disse, numa voz rouca, sedutora, um sussurro quente soprando na orelha dela.

Ele brincava com perfeição em seu corpo, com maestria, soberbamente despertando uma corrente elétrica em seu âmago. Seu clímax não veio depressa, porque Evan não quis. Ela jogou a cabeça para trás e respirou ofegante, sentiu que vinha chegando.

Dessa vez, seu orgasmo foi diferente, seu corpo tremulava da cabeça aos pés, em ondas de prazer que a varriam. Pareceu durar para sempre e não foi longo o bastante. Randi gemia descontroladamente, enquanto se soltava, roçando o sexo nos dedos dele.

- Linda – Evan disse, rouco. – Você é linda pra cacete.

Ela se sentia como se estivesse flutuando, até que seu corpo se recuperou, e Evan ainda acariciava entre suas dobras molhadas.

Seu sexo latejava de expectativa, quando ele ajoelhou entre suas pernas. Sem dizer nada, ele puxou as calcinhas pelas pernas dela e jogou no chão. Virou-a de bruços e ergueu-lhe os quadris, mergulhando o pau inteiro, bem fundo dentro dela.

Randi o recebeu, sentindo estender para acolhê-lo, seus músculos primeiro protestando, pela invasão brusca, num ângulo diferente.

Ela resfolegou e ficou de quatro para acomodar Evan, o coração aos pulos, ao perceber que ele a tomava como um homem das cavernas.

Foi o maior tesão que ela já tinha sentido. Ela o queria exatamente assim: com força, animalesco, selvagem.

Ele começou a se mexer, suas investidas foram ficando mais fortes e sua respiração mais ofegante, de tão excitado.

- Você é minha. Diga. – Evan mandava, enquanto mergulhava nela, repetidamente.

Randi estava muda, em silêncio porque não conseguia articular as palavras. Seu corpo estava tão agitado, pronto para pegar fogo a qualquer momento, e ela só conseguia empurrar os quadris para trás, implorando, em silêncio, para possuí-la ferozmente.

- Diga – ele mandou novamente, dessa vez, deslizando a mãos entre as coxas dela, para instigar seu clitóris.

- Sim, sim. – Randi sabia que estava gritando, mas seu corpo chegava a um ápice que ele precisava, desesperadamente. As investidas ferozes e carnais de Evan a deixavam louca.

Ela queria mais. – Mais forte – ela insistiu, batendo os quadris para trás, enquanto ele mergulhava nela. – Mais.

Ele se curvou e mordeu levemente a pele sensível de sua nuca, onde os cabelos estavam divididos, pendendo abaixo, em seu rosto.

Seu clímax veio com uma eletricidade cegante que a fez abaixar a cabeça e gritar no travesseiro de Evan.

- Não – ele mandou, erguendo-lhe a boca do local onde lhe mordiscava e puxando-a levemente pelos cabelos. – Eu quero ouvir o seu prazer.

Ela se contraiu com ele por dentro, sentindo seu membro bater lá no fundo, num ritmo quase impossível.

- Porra. Randi. – Evan soltou um som estrangulado, algo entre um grito e um gemido, antes de relaxar acima dela, se apoiando nos braços, antes que ela desabasse na cama.

Ela quase ronronou, quando ele foi para o seu lado e puxou-a para junto de seu corpo molhado, aninhando-a junto a ele.

- Merda! Eu não usei camisinha. – A voz de Evan pareceu estranhamente em pânico.

Randi chegou um pouquinho para o lado, para que pudesse ver seu rosto. Seu coração murchou, quando ela viu a expressão aterrorizada nos olhos dele. – Eu tomo anticoncepcional. Pode ficar tranquilo. – Ela tinha começado a tomar na faculdade e como ajudava a regularizar sua menstruação, continuou tomando pílula.

Ao notar a expressão de alívio no rosto dele, seu coração murchou ainda mais.

É claro que ele não quer engravidar a filha da prostituta. Ele é um bilionário. Há muito em jogo *para ele*.

- Eu estou limpo – ele disse, rapidamente. – Já fiz exames e essa é a primeira vez que transo com uma mulher, sem preservativo.

- Você está seguro comigo – Randi respondeu secamente. – Eu também fiz exames e não fiquei com mais ninguém, desde então.

- Eu não estava tão preocupado com isso, como em engravidar você – Evan respondeu baixinho.

Depois do que eles tinham compartilhado, ouvi-lo dizer isso magoou. Logicamente, Randi compreendia sua preocupação, mas isso foi como um tranco que a trouxe de volta à realidade.

Isso não passa de um casinho. Aproveite, mas não se envolva emocionalmente. É sexual. Vocês dois só estão matando a vontade.

Ela chegou para o lado da cama e levantou, seguindo ao banheiro.

- Aonde você vai? – Evan perguntou, parecendo descontente.

- Acho que vou tomar um banho em sua banheira enorme – ela respondeu, lembrando a si mesma que queria usar a banheira, antes de partir.

- Quer companhia? – ele perguntou sugestivo, com um tom esperançoso.

- Acho que posso me virar sozinha – ela respondeu, com uma voz seca, precisando manter-se firme até sair do quarto.

Ele não respondeu e Randi nem esperava que ele o fizesse.

Nem uma única lágrima escapou de seus olhos, até que ela fechou e trancou a porta do banheiro.

Capítulo 12

Mais tarde, naquela noite, a nevasca foi perdendo força e Randi foi para casa na manhã seguinte, depois que Dante ligou para dizer que a energia já estava religada na casa dela.

Inquieto, mesmo depois de se exercitar, Evan seguiu até a casa de Grady a pé, precisando extravasar sua mente tumultuada.

- Não sei o que eu fiz de errado – ele disse aos irmãos, enquanto estavam todos em volta da mesa de Grady, com uma caneca de café diante de cada um. Ele havia decidido confessar tudo sobre seu relacionamento com Randi, torcendo para que eles pudessem ajudar. Correra o risco de todos eles fazerem piadas, se ele conseguisse alguma informação sobre o funcionamento da mente feminina. Não havia nada que ele quisesse mais do que fazer Randi feliz.

- Que tal falar com ela? – Grady sugeriu. – Estou começando a aprender que presentes não funcionam de verdade com as mulheres, quando elas estão zangadas.

- Primeiro, ele precisa descobrir o que fez de errado – Jared comentou, franzindo o rosto, ao tentar decifrar o problema.

- O que, exatamente, você disse, para deixá-la injuriada? – Dante perguntou curioso.

Evan olhou ao redor da mesa e seus irmãos não pareciam estar brincando. Eles estavam, mesmo, tentando ajudar... isso o deixou bem surpreso.

Ele tinha ficado meio surpreso, quando todos os seus irmãos apareceram na casa de Grady, logo depois que ele havia chegado. Dante estava vestido para o trabalho, mas disse que tinha que matar um tempo, antes de ir, já que tinha trabalhado direto, durante a crise da nevasca. Jared não dera nenhuma desculpa para ter ido até lá.

Evan podia apostar que Grady tinha ligado e pedido aos seus irmãos que viessem, porque ele estava lá. Ele só não fazia ideia do motivo.

Mas todos eles pareciam prontos para dar conselhos, então, ele não dava a mínima para o motivo de estarem todos ali.

- Eu nem sei que tipo de flores ela gosta e não sei o que fiz de errado. Ela simplesmente... mudou. – Ele havia pensado em mandar flores e ficou irritado por nem saber quais eram as suas preferidas.

- O que aconteceu, antes da transformação dela? – perguntou Grady, sério.

- Nós fizemos um sexo incrível, sem camisinha – Evan admitiu, relutante, detestando ter que contar algo tão pessoal entre ele e Randi. Mas ele estava desesperado.

- E depois? – Dante perguntou, depois de dar uma golada no café.

- Eu disse a ela que fiquei aliviado por ela tomar pílula, porque não queria engravidá-la. – Até onde Evan sabia, isso era uma resposta normal.

- Ah, não!

- Puta merda!

Dante disse – Era melhor dizer logo que você só queria transar.

- Bem, eu queria... – Evan respondeu, inquieto em sua cadeira, constrangido. – Mas só porque eu realmente gosto dela e me sinto atraído por ela. Mas nunca quero ter um filho.

- Por quê? – Jared perguntou baixinho. – Por sua deficiência?

Evan ergueu a cabeça como um raio, com uma expressão ansiosa. – A Hope contou para vocês. – Ele não tinha dúvidas de que todos os esclarecimentos deles vinham disso.

- Ela nos contou tudo. Você poderia ter contado, Evan. Porra, eu aturei um monte de baboseiras do velho. Ele deve ter feito da sua vida um inferno – Grady resmungou.

Eles não faziam ideia de como tinha sido ruim e Evan não entraria em detalhes. – Eu sobrevivi. Mas o problema parece ser hereditário.

- Seu filho não terá o nosso pai – Dante lembrou. – Ele ou ela terá você. – Ele hesitou, antes de acrescentar – Randi adora criança. Talvez ela não queira ter agora, mas ouvir você aliviado, pode ter sido mal interpretado como a falta de interesse em qualquer coisa, além de sexo. Você explicou?

Evan sacudiu lentamente a cabeça, contrariado por talvez, sem querer ter passado a ideia de que ela não seria adequada para ser mãe do filho dele. Ela teria interpretado completamente errado, se esse tivesse sido o caso. Na realidade, ele tinha pavor de ter filhos com qualquer mulher, e não queria falar a respeito. Tentando mudar de assunto, ele perguntou – Algum conselho para como posso fazê-la entender?

- Rastejar? – Jared sugeriu.

- Converse com ela. Conte a verdade sobre tudo – Grady falou.

- Faça com que ela entenda que você se importa com ela, mais que apenas querer transar – Dante respondeu. – Você gosta dela, certo?

Evan olhou para Dante e assentiu devagar. Não havia mais motivo para negar. Só em pensar no fato de que ele obviamente teria magoado Randi com seus comentários, deu um nó tão forte por dentro que ele enfiou a mão no bolso e pôs algumas pastilhas para azia na boca. Ele estava chegado ao ponto de não ir a lugar nenhum sem ela.

Sim, ele quis transar com ela, mas tinha muito mais que isso, no que ele sentia por ela. Os sentimentos se misturavam com seu desejo e ela não tinha compreendido seu óbvio descontentamento por ser pai.

Ela não entendia que não era ela; era ele.

Dante acrescentou – Porque se você não está pensando em nada sério com ela, alguns detetives andaram me perguntando sobre ela. Todos os caras da delegacia acham que ela é gostosa.

Evan ficou furioso e bateu o punho fechado na mesa. – Ela é minha. Diga a eles para darem o fora, porra, ou vou quebrar todo mundo, sendo ou não polícia.

Ele saiu completamente da linha, ao pensar em Randi com alguém que não fosse ele, e sua fúria o cegou para o fato de que ele jamais perdia a cabeça completamente. Não que ele desse a mínima se estava sendo racional para pensar nisso.

Seus irmãos apenas sorriram.

- Você viu o artigo que Elsie escreveu no jornal hoje querida?

Randi tinha dado uma passada na Natural Elements, para ver como Beatrice tinha enfrentado a nevasca. Obviamente, ela estava ótima. O entusiasmo da idosa era contagiante.

- Ela escreveu um artigo hoje? – Randi perguntou curiosa, enquanto olhava a eclética coleção de itens à venda na loja. – Estou surpresa, já que a neve só parou ontem à noite.

Beatrice balançava a cabeça empolgada. – Ãrrã. Ela intitulou "Astro de Cinema Está Chegando a Amesport".

Randi riu, enquanto ouvia o drama na voz de Beatrice, que falava do artigo de Elsie.

- Ele é solteiro – ela lembrou à ela, que se proclamava casamenteira, e deu uma piscada. Julian Sinclair vindo para Amesport era realmente importante, porque ele se tornara uma sensação do cinema, mas Randi imaginou que sua família estivesse tentando manter sua chegada na maior discrição possível. Elsie Renfrew – ou Elsie, a Informante, como a maioria chamava, quando ela não estava presente – era a grande amiga do peito de Beatrice, e ainda escrevia para o jornal de Amesport. Randi não tinha certeza de como elas tinham ficado sabendo sobre a vinda dos primos Sinclair para Amesport, mas, o fato é que de alguma maneira, elas souberam. Sem dúvida, elas haviam tirado a informação de alguém da família. Beatrice e Elsie podiam parecer duas senhorinhas meigas, mas eram implacáveis, quando se tratava de descobrir um furo de notícia sobre as fofocas da cidade.

Randi as conhecia havia muito tempo para ignorar suas perguntas aparentemente inocentes.

- Eu sei, querida, mas ele não ficará solteiro por muito tempo – Beatrice lhe disse, em confidencia. – O destino dele está aqui.

Randi passou o dedo na pedra Apache que trazia no bolso, pensando no quanto Beatrice estivera errada em sua previsão para ela. O único homem que Randi realmente queria estava totalmente indisponível para uma mulher como ela. Sua raiva de Evan já estava passando. O que ela esperava? Ela queria que ele dissesse que não faria mal, se ela engravidasse? Isso não seria lógico, nem razoável. Na verdade, ela não queria ser mãe solteira, mas queria filhos, algum dia.

Ela havia entrado no relacionamento sexual, sabendo que mais nada jamais poderia acontecer com Evan. Era *ela* que queria algo mais, não *ele*. Ela realmente não tinha direito de esperar nenhuma outra reação, além de alívio. Randi sabia que deveria se sentir da mesma forma. Estranhamente, ela não se sentia.

- Você acha que ele não gosta de você? – Beatrice perguntou, enquanto passava um espanador nas prateleiras.

- Eu sei que ele não gosta – Randi disse, recostando no balcão da loja.

- Você está errada – Beatrice disparou. – Ele esconde muita coisa, mas a verdade vai acabar vindo à tona.

- Ele não é para mim, Beatrice.

- Isso não é um dos meus erros. Meus espíritos guias parecem fortes, em relação aos Sinclair – Beatrice disse, firmemente.

Randi sorriu. Ela não ia dizer que achava que os espíritos guias de Beatrice estava com demência.

- Preciso correr – ela disse, afetuosamente. – A Lily está no carro.

Ela ainda não tinha ido para casa, então, estava andando com a cadela.

Beatrice e olhou Randi diretamente. – Não desista. Ele vale a espera. Ele sempre será dureza para ganhar.

Randi assentiu, embora não acreditasse nas previsões de Beatrice. Pelo menos, não nessa. – E quanto aos primos? – ela perguntou, imaginando o que Beatrice iria prever para eles.

- O lugar de todos eles é aqui e eu já sonhei com o primeiro.
Pobrezinhos. Os primos Sinclair nem imaginavam o que vinha pelo caminho.

Ela duvidava muito que algum dos primos se mudaria para Amesport. Micah gostava de esportes radicais, o lugar de Julian era em Hollywood, e Xander era o *bad boy* que precisava estar pintando o sete na cidade grande, para ficar feliz. Nenhum deles parecia se encaixar ali.

- Cuide-se, Beatrice – Randi disse, afetuosamente, ao chegar à porta da frente.

- Você também, meu bem, e lembre-se do que eu disse. Vocês dois são destinados um ao outro.

Abrindo a porta, Randi gritou – Obrigada, Beatrice.

Lá fora, Randi deu uma corrida até seu carro, sacudindo a cabeça. Pobre Beatrice, estava destinada a fracassar em sua previsão. Ela apenas não sabia ainda

No fim daquela tarde, Randi tinha uma aula particular no Centro. As aulas começariam na escola amanhã, mas ela tinha se comprometido e estava contente que a mãe de Matt não havia cancelado.

Ela vinha trabalhando com ele na leitura, um dos problemas da terceira série.

- Não faz sentido – a criança reclamava, enquanto tentava ler uma passagem de um livro de histórias.

- Mas vai fazer – Randi incentivou. – Você só precisa continuar tentando. Entoe a palavra – ele disse a ele, com um sorriso paciente. – Você vai conseguir.

Matt era esperto, mas, infelizmente, ele precisava de mais tempo exclusivo, algo que ela não poderia conceder-lhe, em aula. Ela tinha pedido aos seus pais para que começassem a mandá-lo para aulas particulares gratuitas, no Centro, e ela tratou de arranjar uma tarde para trabalhar sozinha com ele.

Notando um breve movimento, de canto de olho, Randi virou a cabeça e viu Evan observando-a com Matt, enquanto eles se esforçavam para continuar lendo o livro. Ele estava com o ombro confortavelmente encostado ao portal, portanto, estava ali havia algum tempo.

Estava novamente vestindo um terno poderoso e sua expressão era sombriamente melancólica. Enfiando as mãos nos bolsos do casaco de lã, ele entrou na sala, enquanto falava. – Ele irá levar pelo menos quatro vezes o tempo comum, para o reconhecimento das palavras. O que ele vê não é o mesmo que as outras crianças vêem. Seu cérebro tem conexões diferentes. Às vezes, ele não irá conseguir ligar uma palavra a um objeto, ou ao seu significado. Sarcasmo pode ser difícil de entender ocasionalmente, e ele pode ter problemas para encontrar as palavras certas para dizer. Brincadeiras nem sempre serão compreendidas, então, ele pode se sentir constrangido com isso. Mas ele pode ser tão bem-sucedido quanto qualquer outra criança.

Randi olhava Evan, aturdida pelas palavras, antes que a luz se acendesse em sua cabeça. Ela vira os sinais sutis: sua necessidade de extrema organização e uma rotina rígida, ele pedindo que ela ligasse para o seu telefone, em vez de ele mesmo fazê-lo, sua peculiaridade de às vezes levar as coisas à sério, quando, na verdade, eram provocações de brincadeira, e seu ímpeto e determinação para ser bem-sucedido, quando já era mais realizado que a maioria dos homens do mundo.

Evan tinha compensado excessivamente por sua incapacidade.

- Você tem dislexia? – Era uma pergunta quase desnecessária. Depois que Evan havia afirmado os fatos com precisão e ela juntara outras coisas, ela estava certa de sua conclusão.

Ele assentiu lentamente, sem jamais desviar seus olhos turbulentos do rosto dela. – Sou. – Ele assentiu na direção de Matt e perguntou – Você sabia que ele também é?

Ela engoliu em seco, antes de responder. – Sim. Eu tenho mestrado em educação com especialização em pedagogia para deficiência em aprendizado.

Matt estava olhando acima, para Evan, com os olhos arregalados. – Você também tem os problemas que eu tenho? – Ele perguntou curioso.

Evan sentou-se ao lado de Matt, à mesa, ambos sentados de frente para Randi.

- Tenho – ele disse honestamente à criança. – Nós somos diferentes, mas isso não significa que não podemos ter sucesso. Muita gente famosa tem dislexia.

- Eu sei – Matt papeava entusiasmado. – A Randi me disse. Mas é difícil ler e, às vezes, eu me confundo com os números.

Evan assentiu solenemente. – Seu cérebro vai calcular de um jeito diferente. Apenas lembre-se de que você é especial, não é burro. Você tem maneiras de descobrir as coisas de um jeito que ninguém mais consegue fazer.

As mãos de Randi estavam tremendo, conforme ela fechou o livro que eles estavam lendo e ficou ouvindo à conversa honesta que Evan estava tendo com Matt. Era difícil imaginar que Evan tinha dislexia, mas depois de pensar nisso, por um instante, enquanto ele conversava com Matt, tudo fazia sentido.

Ele tinha tentando compensar suas fraquezas intensificando os seus pontos fortes. Às vezes era obcecado por organização, porque tudo tinha de estar perfeitamente arrumado para que ele funcionasse melhor. Às vezes, ele realmente não entendia, quando alguém estava provocando, então, ele não dizia nada. Ele provavelmente nunca a ignorou de propósito. Ele não tinha mencionado que não sabia o que dizer? Então, ele não disse nada. Se ele nunca tivera a chance de estar perto de gente brincalhona, era natural que nem sempre se sentisse à vontade com alguém que o provocasse.

Toda criança com dislexia tinha seu próprio caminho ao sucesso e aprendizado. Ela podia apostar que o caminho de Evan tinha sido longo e difícil, com seu histórico de abuso. Mas mesmo assim, ele conseguiu vencer, ainda alcançou um nível de sucesso que a maioria das pessoas nem sonha em conseguir.

Sim, ele havia nascido abastado, mas suas sociedades e mega sucesso nos negócios quase sempre desde a concepção, o tornaram ainda mais rico.

- A mamãe chegou – Matt exclamou feliz, tirando Randi de seus pensamentos.

Randi viu a mãe de Matt em pé, perto da porta, com a jaqueta do filho na mão. Por sorte, sua mãe era cuidadosa e compreendia a deficiência de Matt.

- Vai – Evan disse ao Matt, dando-lhe um tapinha carinhoso nas costas. – E lembre-se do que eu lhe disse.

Randi estava triste por ter perdido parte da conversa, por ter ficado perdida em pensamentos.

Matt assentiu para Evan com um sorriso alegre e uma expressão de louvor ao herói. Randi olhou seu pupilo sair e virou para Evan, incerta quanto ao que dizer.

Finalmente, ela encontrou a voz. – Por que você não me disse?

Ele sacudiu os ombros. – Eu não digo a ninguém.

- Por quê?

- Eu sei que não sou burro, nem preguiçoso ou lerdo, então, o que isso importa a alguém? – Evan comentou, erguendo uma sobrancelha para ela.

- Isso que o seu pai achava? Que você era preguiçoso e lerdo. Por isso que ele te batia? – Randi fechou os punhos sobre a mesa, torcendo a Deus que ele negasse as suas desconfianças.

Mas ele não negou.

- Sim. Assim que começou – Evan explicou, desviando o olhar dela. – Ele esperava que fosse um gênio na escola. Eu era o Sinclair herdeiro. Qualquer outra coisa era impensável para ele. Eu não deveria ter defeitos. – Evan deu um longo suspiro. – Eu fui a maior decepção do meu pai. Eu era lento para ler e tinha problemas com números, um problema inconcebível para um Sinclair. Às vezes, eu ainda me confundo com números. Preciso que minha equipe se assegure de que o que está em minha cabeça esteja no papel, de forma correta. Eu faço muito ditado de relatórios, para que eles possam organizar apropriadamente por escrito, para evitar erros.

O jeito como ele escondia sua deficiência, quando deveria se orgulhar dela, deu um aperto no coração de Randi. Ela levantou e contornou a mesa, se erguendo para sentar-se na mesa, ao lado da cadeira dele. – Como você aprendeu? – ele ainda não estava olhando para ela e ela estava com vontade de cair em prantos, pelo menino que ele havia sido um dia. Evan era brilhante, mas lhe foi imposto que ele se sentisse menos inteligente, por um idiota insensível.

- Depois que o meu pai descobriu que me bater até cansar não me tornaria milagrosamente mais inteligente, ele me arranjou um professor particular. O professor era um nojento, mas deu certo. A repetição e a fonética funcionaram; memorizar as palavras que ligavam a um objeto tangível ou a uma pessoa era algo mais fácil. Conceitos mais difíceis vieram depois. Eu trabalhava com um professor particular todas as noites da semana e nos finais de semana, quando não tinha aula na escola.

- Você é incrível. Sabe disso, certo? – Randi estendeu a mão e virou a cabeça dele para ela.

- Na verdade, não. Esse foi o jeito que meu cérebro funcionava. Eu tive que aprender a lidar com isso.

Evan era tão indiferente que o coração dela desmanchava. Deve ter se magoado e muito, quando ele era criança. Obviamente, isso o tornou ainda mais determinado a encontrar um jeito de superar seus problemas, e ele conseguiu. A dislexia nunca podia ser curada, mas ele havia encontrado seu modo próprio de compreender.

Ela tinha estudado exemplos de como as crianças com dislexia viam palavras escritas ou livros, ou as melhores formas de superar problemas. Isso lhe abrira os olhos em relação às crianças com deficiência de aprendizado e a levou a querer se capacitar para ensiná-las. Havia gente famosa de sobra que tinha dislexia, incluindo algumas das mentes mais brilhantes e criativas da história.

- Eu discordo – ela comentou, tentando fazer com que ele a olhasse, mantendo a palma da mão em seu rosto.

- Então, você leciona para crianças com deficiência de aprendizado? – ele perguntou, obviamente tentando mudar de assunto.

Randi sacudiu a cabeça. – Não. Eu leciono para uma turma comum, de terceira série. Sou voluntária aqui, para necessidades especiais. Amesport não tem um programa organizado para alunos talentosos ou com necessidades especiais.

- Então, você é excessivamente qualificada?

- Na verdade, não. Só não consigo usar todas as minhas habilidades em minha função atual. Eu não me importo em ser voluntária aqui. – Geralmente, essa era a melhor parte de seu dia. – Isso me faz feliz. Você sabe o que é ser feliz, Evan?

Randi ficou imaginando se ele algum dia conseguiu sair de sua zona de conforto do passado. Ele se considerava o cuidador de seus irmãos, responsável pela felicidade deles. Mas, e quanto a ele? Ele tinha uma mente brilhante, que funcionava de maneira ímpar, e ele havia compensado sendo sério e super organizado. Certo... ele era brutalmente ordeiro, mas tinha razão para ser. Sua deficiência de aprendizado não explicava sua arrogância, mas Randi imaginava que isso era tudo de Evan. Ele havia ganhado confiança ao longo dos anos, e não se intimidava quanto a compartilhar sua falta de insegurança em relação à sua inteligência.

Ele levantou e olhou para ela, tremulando as narinas, com os olhos faiscando um fogo azulado. – Acho que compreendo a felicidade. Talvez eu não conhecesse, na semana passada, no ano passado, mas acho que agora eu estou começando a entender o conceito.

Randi recuou a mão que estava em seu rosto e pousou em seu ombro, olhando em seus olhos intensos. – Por que, agora?

- Porque eu acho que sou feliz, quando estou com você e a vejo gozar – ele disse, rapidamente erguendo a mão para segurá-la pela nuca e levar os lábios até os dela.

Capítulo 13

Randi se perdeu completamente no beijo dele, a força do abraço envolvente e voraz. Ela se equilibrou segurando em seus ombros fortes, deixando que os sentidos se afogassem no domínio de Evan.

Ela perdeu toda a vontade de lutar contra sua atração indomável por ele. *Isso* era o Evan. Poderoso. Incrivelmente sexy. Completamente irresistível, quando estava fora de controle.

Ofegante, ao recuar os lábios dos dela, Randi olhou para ele, com os olhos arregalados.

- Eu a magoei, quando disse que não queria que você ficasse grávida? – ele perguntou, numa voz falhada.

Ela assentiu devagar. – Não é que eu quisesse engravidar. Foi só fato de que você ficou tão horrorizado por talvez acontecer comigo.

- Você sabe que a dislexia é hereditária. Ela passa entre os membros de uma família. Eu tive receio pelo Grady, quando ele começou a ter problemas na escola, mas as questões dele acabaram sendo completamente diferentes. E quando eu fui embora para a faculdade, as coisas ficaram ainda piores para ele. Eu odiava aquilo.

Não era culpa de Evan que ele tivesse de partir para a faculdade, mas ela já descobrira o suficiente a respeito dele para saber que ele assumia os problemas do mundo em seus ombros. Ele não via isso como um fardo; era simplesmente sua responsabilidade. – E daí? – Randi o desafiou. – Você veria algum filho seu como defeituoso, se tivesse o seu problema?

- Claro que não – Evan negou, veementemente. – Mas não é fácil.

- Evan, você não é o seu pai. Ele não o define – ela disse baixinho. – Você seria um bom pai e seu filho seria especial. Crianças com dislexia podem aprender e elas podem ser incrivelmente inteligentes e criativas como você. Você conversou com o Matt de maneira brilhante. – Tudo bem... ela não tinha ouvido a conversa inteira, mas ele tinha deixado o Matt feliz.

Ele sacudiu a cabeça. – Ele me disse que queria ser um tubarão como eu.

Randi deu uma risada, com a referência da criança a um conhecido programa de televisão. – Você é um tubarão?

- Não. Eu só olho as coisas de maneira diferente e provavelmente tenho um pouco de sorte. Sou um investidor e pareço conseguir enxergar fora da caixa, para decidir o que terá sucesso ou não. Às vezes, isso é um talento, porém, é mais uma boa intuição – ele admitiu. – Além disso, eu tenho mais dinheiro que o tubarão habitual.

Randi teve vontade de rir de sua menção presunçosa de seu saldo bancário superior, mas não riu. Ela precisava terminar sua afirmação.

- Você é brilhante. – Randi estava afirmando o óbvio, mas ela não ligava. Mesmo com as provações terríveis que a dislexia trazia a uma criança, o fato era que crianças com dislexia tinham, mesmo, um pensamento diferente e isso fazia com que elas tivessem talentos criativos que outras não tinham. Obviamente, a disfunção afetou Evan ao deixar que ele enxergasse um panorama geral de um possível negócio, em lugar de apenas focar em um ou dois pontos negativos que pudessem ser resolvidos. Ele tinha um dom especial de escolher os negócios certos, por mais que ele tentasse explicar de outra forma.

- Eu tenho esperteza para negócio – Evan corrigiu, aparentemente sem querer acreditar que era brilhante. – E tenho uma intuição natural para o que pode decolar e o que não pode. Já escolhi empresas que ninguém mais chegaria perto, e fiz com que dessem certo.

- Você vendeu os negócios do seu pai? – Randi sabia que ele o fizera. Evan tinha liquidado tudo, quando seu pai morreu, e distribuiu a fortuna dos Sinclair igualmente, entre todos os filhos. Depois, ele seguiu em frente e montou outro imenso império só dele.

- Na verdade, os negócios não eram do meu pai. Foram iniciados pelo meu avô. Ele, sim, era um velhinho careca e astuto que farejava um bom negócio do outro lado do mundo. Vendi tudo depois que meu pai morreu, para dividir a fortuna da família. – Ele franziu o rosto, ao prosseguir – Para ser honesto, eu quis me livrar de tudo. Eu queria provar a mim mesmo que poderia escolher minhas próprias empresas e fazer minha própria fortuna. Obviamente, eu tive sorte e tinha o dinheiro para começar, mas eu multipliquei a minha herança inicial, em várias vezes. – Ele não estava se gabando; só estava afirmando um fato.

- Qual é a sensação de ser tão rico assim? Eu sempre imaginei como se sente alguém abastado assim – ela perguntou curiosa. Para ela, não importava que ela não fosse rica, nem nunca viesse a ser, mas ela honestamente imaginava como teria sido não ter que seguir um orçamento, todo mês.

- Não é diferente do que ninguém sente, eu imagino. Nós temos as mesmas preocupações, os mesmos medos do fracasso. Apenas temos carros mais bacanas, casas mais bacanas, e mais zeros no saldo. – Evan deu um sorrisinho para ela.

- E isso o faz feliz? Um monte de dinheiro é o suficiente? – Uma vez que uma pessoa fica tão rica assim, o quanto ela tem realmente ainda importa?

- Eu lhe disse o que me faz feliz e, para mim, não tem tudo a ver com dinheiro – ele respondeu. – Mas acho que eu sempre quis provar que poderia construir algo meu. Eu quis acumular mais que o meu pai.

Ela sabia o que ele queria dizer. Ele vinha se afirmando há anos, tentando ser melhor que o pai para provar que era digno e negar os rótulos que seu pai lhe dera, quando criança. – Mais dinheiro não significa melhor – Randi explicou. Ela tinha certeza de que as pessoas podiam ser abastadas e absolutamente infelizes. – Há muito mais para ser feliz do que dinheiro.

- Acho que estou descobrindo isso. – Ele ergueu a mão até a cabeça dela e afagou seus cabelos, carinhosamente. – Desculpe se eu a magoei, Randi. Essa nunca foi minha intenção.

Ela não deixou de notar que ele ainda estava atenciosamente usando seu apelido, para evitar lembrá-la de sua infância. Sua sensibilidade a comoveu mais que qualquer coisa.

Agora ela entendia sua reação violenta quanto à possibilidade de engravidar qualquer pessoa. Não era exatamente pelos motivos que ela tinha imaginado. Honestamente, nem era racional. Só porque ele tinha dislexia não significava que seu filho também tivesse a deficiência de aprendizado. Com sua fortuna, ele poderia pagar pelas melhores escolas para ajudar seu filho, e as crianças com dislexia frequentemente têm um intelecto acima da média. Mas, talvez na cabeça de Evan, ele não quisesse um filho que sofresse o que ele sofreu. Ele não percebia conscientemente que a maneira como o problema era conduzido fazia toda a diferença. – Você poderia ter simplesmente me contado. – Ela lhe deu um soquinho de brincadeira no ombro. – Achei que você estivesse começando a gostar de mim – ela provocou.

- Acho que eu fui além de só começar – Evan disse. – Mostre-me como é ser feliz, Randi. Acho que você é a única pessoa que pode.

O coração dela acelerou, enquanto ela pensava no que ele estava pedindo. Evan estava pensando em termos amplos, ao pedir algo que ele não compreendia direito. Ela sentia o coração apertar ao pensar que ele nunca teria vivenciado uma felicidade que o ajudasse a entender o que era o contentamento. – Primeiro, você terá que confiar em mim.

- Eu confio – ele imediatamente respondeu.

Ela fez uma careta, sabendo que estava se comprometendo a passar a maior parte de seu tempo livre com Evan, durante os próximos dias. Era tentador, mas perigoso. – Não terá somente a ver com sexo – ela alertou. Ora, ela adorava o sexo tanto quanto ele, mas isso não era tudo na felicidade e no contentamento.

O rosto dele murchou e Randi mordeu o lábio para não sorrir. Jesus, como era bom ter um homem que a quisesse tanto assim, mas isso não era o suficiente para Evan. Ele precisava aprender que não iria encontrar o que estava procurando trabalhando todas as horas que passava acordado. Obviamente havia pouca frivolidade no que ele fazia, ou nas pessoas com quem ele trabalhava diariamente.

- Tudo bem – ele concordou, parecendo relutante.

- Não vai doer nada. Eu prometo – ela garantiu, com um sorriso, o coração aos pulos porque Evan confiara nela o bastante para baixar sua guarda de arrogância com ela.

- Então, me mostre. – Ele se inclinou à frente e pousou os lábios na testa dela.

Sua disposição em deixar sua vulnerabilidade nas mãos dela foi o que a derrubou. Randi mostraria ao Evan que há mais na vida do que apenas trabalho e dever, nem que isso a matasse... e, a julgar pela expressão sensual nos olhos dele, ela concluiu que talvez não conseguisse sair ilesa da experiência.

Prezada M.,
Qual é a sua flor predileta?

Randi olhou o pequeno e-mail de seu correspondente e ficou imaginando o que teria provocado a pergunta. Eles faziam perguntas estranhas, um para o outro, mas geralmente era sobre algo irrelevante, algo que estivessem discutindo, num momento, ou outro. Essa foi uma pergunta totalmente aleatória.

Balançando a cabeça para o laptop, ela respondeu.

Caro S.,
Eu adoro copos de leite. Minha mãe adotiva costumava plantar alguns dos grandes, uma variedade dos brancos, perto do riacho, em nosso terreno, toda primavera. Os copos de leite geralmente não se dão bem no clima do Maine, então, ela

costumava retirá-los, todo ano, e mantê-los abrigados pelo inverno, para que pudesse replantá-los na primavera.

Randi tinha dado o nome de sua cadela em homenagem às flores, porque o miolo era da mesma cor dourada do pelo de Lily.

Ela sentiu uma pontada de dor no peito, ao lembrar-se de que não haveria copos de leite gigantes e brancos, perto do riacho, esse ano. Joan estivera doente demais para cuidar deles e Randi nunca aprendera a fazê-lo.

Será triste não ver as flores brancas gigantes perto do riacho, esse ano.

Randi acrescentou a frase, à sua mensagem anterior, antes que S. pudesse responder.

Querida M.,
Ainda está sofrendo?

Randi respondeu, honestamente.

Caro S.,
Acho que sentirei falta dela e de meu pai adotivo pelo resto da minha vida. Agora já faz mais de um mês que ela faleceu, mas ainda dói tanto, que às vezes nem consigo respirar. Eu sei que tive sorte em tê-los em minha vida, mas nosso tempo juntos foi curto demais.

Randi apertou "enviar", já sabendo que o amigo compreenderia. Ele sempre compreendia.

Prezada M.,
Eu gostaria de ter as palavras para fazer tudo ficar bem, mas acho que o tempo irá ajudar. Não posso dizer que já passei por

isso. Só posso imaginar o quanto doeria perder alguém que amo tanto assim.

Randi suspirou. De alguma forma, S. sempre fazia com que ela se sentisse melhor, talvez por ter uma capacidade fantástica de se solidarizar.

Caro S.,
Acho que você apenas terá que me aturar amuada, por um tempo.

Ela vinha abrindo seu coração para ele desde que a mãe morrera.

Prezada M.,
Você não está amuada, você está pesarosa, nesse momento.
Ter um cara em sua vida está ajudando?

Randi pensou nessa pergunta, por um instante. Evan não era exatamente o que ela chamaria de um homem em sua vida, mas eles compartilharam segredos profundamente ocultos, um com o outro, coisas que nunca tinham divido com ninguém. Ela nunca tinha contado seus segredos a um homem de quem gostasse, exceto S., e ele era uma fantasia. Ele não sabia de seu passado e Randi não fazia ideia de como seu amigo de correspondência era pessoalmente.

Ela podia apostar que Evan compartilhava muito pouco com os outros.

Caro S.,
Acho que ajuda sim, embora não seja nada permanente. Mas tira minha cabeça da minha própria tristeza.

Pensar nas dificuldades que Evan tinha passado, a deixaram determinada a ensiná-lo a ser contente e viver o momento, só por um tempinho. Sua missão ajudava, sim, a abrandar sua tristeza.

Prezada M.,
Pode se tornar permanente. Nunca se sabe.

Ela rapidamente escreveu duas palavras.

Caro S.,
Não vai.

Ele escreveu duas palavras de volta.

Prezada M.,
Por quê?

Havia muitos motivos, mas o fato era que Evan estava indo embora e esse era o maior.

Caro S.,
Ele não vai ficar por aqui muito tempo. Nós vamos passar um tempo juntos essa semana, depois ele vai embora.
Como vão as coisas com a nova mulher em sua vida? Acho que estou com um pouquinho de ciúme.

Era inverno em Amesport, não era a melhor época para mostrar ao Evan como se divertir. Mas ela daria um jeito.

Prezada M.,
Não fique enciumada. Eu tinha você primeiro e acho que realmente gosto dela, por se parecer tanto com você.

Randi ficou ligeiramente surpresa com as palavras dele. S. ainda não a conhecia de verdade, no entanto, conhecia. Ela tinha contado muita coisa sobre seus pensamentos, sentimentos e emoções, embora eles nunca tivessem se encontrado pessoalmente. De certas maneiras, ela tinha inveja da mulher desconhecida. Se S. gostasse dessa mulher, ele iria atrás dela. Se fosse atrás dela, ele a ganharia. Randi nunca o conhecera, mas alguém tão inteligente, atencioso e perspicaz sem dúvida era um cara ótimo. Ele jamais fugiria dela, e isso dizia algo, já que ela não fizera nada além de despejar seu coração para ele, desde o falecimento de Joan.

Caro S.,
Estou feliz por você. Ela é uma mulher de sorte.

Os dois saíram do e-mail, depois de mais algumas trocas.

Ela foi até a cozinha, imaginando o que cozinhar. Cansada demais para grandes coisas, ela colocou comida na vasilha de Lily e encheu uma tigela de pasta de queijo e pegou os salgadinhos no armário. Rindo, junto à bancada da cozinha, ela só ficou imaginando o que Evan diria de seu jantar.

Evan.

O que se apossara dela, para aceitar seu desafio de ajudá-lo a conhecer a felicidade? O que nesse mundo ela sabia sobre ser uma pessoa animada, nesse momento? Ela estava um caco, uma mulher ainda pesarosa, com um pedaço de sua alma faltando.

Eu já fui feliz. Só preciso me lembrar de como era, antes de perder a última pessoa que me amaria como filha, para sempre.

Talvez, se ela tivesse muita sorte, ela e Evan poderiam ajudar a curar um ao outro. Ela poderia ter sua alegria de volta e Evan poderia encontrá-la, pela primeira vez.

Ela não se arrependia de reafirmar que iria à festa de Hope com ele, quando o vira mais cedo no Centro, na aula de Matt. Seria a última noite que ela passaria com ele, antes que ele entrasse em seu avião caro e voasse para longe, para o outro lado do mundo, atrás de um bom negócio.

Não pense nele indo embora. Apenas pense em amanhã. Viva o agora.

Ela comeu mais alguns chips, mergulhando na tigela imensa de creme de queijo morno.

Já que ela não tinha alternativa, a não ser viver o momento, ela não lutaria contra. Pensar no fato de que Evan logo iria embora não estragaria sua chance de fazê-lo ver que a vida era muito mais que trabalho.

Se alguém merecia ter um pouquinho de felicidade, era Evan Sinclair.

Afastando os pensamentos negativos da cabeça, Randi pensou em como, exatamente, ensinar um homem que não conhecia nada além de trabalho a ser feliz.

Capítulo 14

Na noite seguinte, Micah Sinclair se viu sentado no Sullivan's, Filé e Frutos do Mar, pensando em que diabos estava fazendo ali. Ele estava sozinho, sentado numa mesa de canto, completamente obcecado em observar Tessa Sullivan.

Então, ele fez exatamente isso. Ele a observava.

Obsessivamente.

Compulsivamente.

Constantemente.

Ele a observava andando pelo salão com a graciosidade de uma dançarina, decepcionado por não ser ela a pegar o seu pedido. Em vez disso, tinha sido um homem com cara de zangado, bem mais velho que ele, com os cabelos quase da mesma cor dos cabelos de Tessa.

Você é um tolo patético, Sinclair. Levante e vá embora.

Micah lembrara a si mesmo, várias vezes, que não estava ali por acaso, e que realmente estava espreitando Tessa, mas não conseguia evitar. Quando ele descobriu que ela tinha ido embora, ele precisou se tranquilizar, ter certeza de que ela tinha chegado bem em casa. Tudo bem, talvez ele pudesse ter pedido seu número para a Hope, ou pedido a ela que mandasse uma mensagem a Tessa, em vez de aparecer no restaurante.

Ele não o fez.

Porque queria vê-la de novo, pessoalmente.

Ele tinha ido ao Sullivan's só para vê-la e acabou comendo o melhor pãozinho de lagosta que já tinha experimentado na vida. O lugar podia até parecer uma espelunca, mas a comida era fenomenal.

Ele ainda estava tomando uma cerveja, quando viu o cara que tinha pegado seu pedido, vindo em direção à sua mesa.

- Está tudo bem? – ele perguntou, ao parar junto à mesa de Micah. E agora, a porcaria do cara estava bloqueando sua visão de Tessa.

Micah ergueu a mão. – Estou satisfeito. Valeu.

- Aqui está sua conta – respondeu o garçom, praticamente socando o papel na mesa.

Micah assentiu e pegou a nota, imaginando por que o grandalhão parecia subitamente menos amistoso. Isso queria dizer alguma coisa, porque ele não tinha sido exatamente divertido. – Valeu.

- Você passou a noite olhando a Tessa. Nem pense a respeito, cara. – O rosto do estranho ficou ameaçador e irritado.

- Ela é uma mulher atraente – Micah respondeu, com educação.

- E por acaso, ela é minha irmã. Fique longe dela. Ela passou por muita coisa nos últimos anos. Não precisa de um Sinclair para embolar sua cabeça. – O homem corpulento cruzou os braços e lançou um olhar perigoso a Micah, uma expressão que dizia que se Micah ficasse de sacanagem com sua irmã, ele o mataria.

- Você sabe quem eu sou? – Micah perguntou surpreso.

- Sim, eu sei. Eu o reconheço. Já vi parte de seu trabalho e já usei seus equipamentos.

- Não quero fazer nenhum mal a ela. Só estou olhando – Micah disse, calmamente. – Ela torna difícil não olhar.

- Bem, olhe em outra direção. Ela é surda, deficiente – Liam disse zangado, protetor.

- Ser surda para ela, não é ser deficiente. Ela parece lidar bem com isso – Micah observou, não gostando do fato de que seu irmão parecia achar que a irmã fosse menos desejável por não poder ouvir. – Você deve ser Liam Sullivan, um dos donos aqui do lugar, certo? Faz tempo que o restaurante está aqui? A comida estava boa. – Ele tentou puxar uma conversa para tirar o homem de seu pé.

- Desde a época do meu avô – Liam admitiu. – Não é o ambiente que faz o restaurante. As pessoas sempre voltam pela comida. – Liam hesitou, por um momento, antes de perguntar – Você está tentando mudar de assunto?

Na verdade, Micah estava tentando esquecer o fato de ser um espreitador de carteirinha. – Sim. Olhe, eu acho a sua irmã atraente. É só isso. Eu não iria aborrecê-la.

Liam deu um olhar de alerta a Micah. – Pare de olhar. Ela não vai terminar sendo mais um risquinho no mastro da sua cama, nem em lugar nenhum.

Micah pensou em dizer ao homem que ele não fazia marcações para contar as mulheres com quem dormia, riscando sua cama cara, mas achou que Liam não iria gostar do comentário.

- Desde quando você administra a vida amorosa da sua irmã? – Micah perguntou, levantando para pagar sua conta. Ele precisava ir embora. Tinha trabalho a fazer e ficar ali sentado, espreitando uma mulher surda era bem patético.

- Desde que eu sou o único que ainda está por perto para protegê-la. – Liam empurrou o ombro de Micah com o punho fechado. – Você é problema e a última coisa que Tessa precisa é de questões emocionais, nesse momento. Ela já tem o suficiente com que lidar.

Micah abriu um pouco de distância entre ele e Liam. – Não ponha as mãos em mim, seu babaca. Você se diz preocupado com sua irmã? Como acha que ela se sentiria, se nós saíssemos rolando pelo chão do restaurante? – Micah não tinha medo de Liam. Ele sabia que podia arrebentá-lo, se precisasse, mas ele não queria. O cara era irmão de Tessa, mesmo que fosse um babaca super protetor. Micah não queria ir por aí.

- Você acha que me pega? – Liam perguntou, com um sorrisinho malicioso.

- Eu sei que sim – Micah respondeu arrogante. Liam podia ser alguns centímetros maior que ele, ter alguns quilos a mais, mas Micah era veloz e tinha habilidades para usar sua agilidade.

- Cretino presunçoso – Liam murmurou.

- Não se preocupe; eu estou indo embora. Mas não vou prometer nunca mais voltar. – Micah vestiu a jaqueta e fechou o zíper.

- Apenas fique com os olhos voltados para outra direção – Liam alertou.

Micah não tinha certeza se podia prometer a Liam que não olharia mais para Tessa, se tivesse a oportunidade, então, ele permaneceu em silêncio.

- Pode me dar – Liam disse, ansiosamente, ao pegar a nota e o cartão de crédito que Micah tinha tirado da carteira.

O cara claramente queria que Micah não tivesse qualquer chance de falar com sua irmã. Liam estava sendo bem óbvio em seu entusiasmo em vê-lo pelas costas, pelo menos, por essa noite.

Micah deu um sorrisinho, ao caminhar à frente do restaurante, para observar Liam rapidamente registrar o pagamento.

- Não vou lhe dizer para voltar a nos visitar – Liam disse, num tom descontente.

Micah pegou de volta o seu cartão e recolocou na carteira. – Não precisa. A boa comida e uma bunda como a da sua irmã, sempre me trarão de volta – ele disse ao Liam, com um sorriso arrogante, e virou para sair do restaurante. Ele provavelmente não voltaria, mas não daria ao Liam a satisfação de admitir. Ele teria gostado de ver a cara de Liam, mas conteve o ímpeto de virar de volta.

- Cretino – Liam murmurou zangado.

Micah deu uma risada, enquanto saía do restaurante e voltava ao frio.

Randi estacionou seu carro na lateral da rua de dentro do cemitério, duvidando que alguém fosse se importar. Ela era a única alma viva no local.

Ao tirar uma pá do carro, ela observou Lily pular para fora e sair galopando pela neve até o local exato para onde ela estava indo: os túmulos de seus pais adotivos.

Desde que Joan falecera havia se tornado um ritual para ela, vir limpar as sepulturas. Por algum motivo, ela sempre se sentia melhor, depois que as lápides estavam à vista, não cobertas pela neve, como se eles tivessem sido esquecidos.

Ela trancou o utilitário, embora provavelmente nem fosse necessário, e seguiu pela trilha em direção à área onde Dennis e Joan haviam sido enterrados, lado a lado.

O silêncio reverente foi rompido pelo latido empolgado de Lily.

No instante em que saiu da trilha e seguiu até os túmulos, Randi soube que havia algo errado. Perplexa, ela caminhou pela grama morta do caminho que havia sido limpo, diretamente até as lápides de Dennis e Joan.

Alguém esteve aqui.

Randi percebeu que não havia sido um familiar de outro ente querido que o fizera. A área limpa conduzia diretamente ao ponto onde Lily estava fungando o chão, toda empolgada. Não havia nem um floco de neve sobre as lápides de mármore, com os nomes de seus pais, e datas de nascimento e morte, que estavam totalmente à mostra.

- Mas que diabo? – Randi murmurou para si mesma, pousando a mão enluvada sobre a cabeça de Lily. – Você reconhece o cheiro, garota? – ela perguntou curiosa. Ela havia erguido o focinho do chão e agora estava sentada, olhando para Randi, com a cabeça inclinada ao lado.

Por que alguém limparia um caminho até os túmulos de seus pais, e depois as sepulturas? Ninguém vinha ali, exceto ela e, ocasionalmente, Beatrice e Elsie. As idosas iam aos túmulos para deixar flores pelos entes queridos e amigos falecidos, mas nos principais feriados.

Mas hoje não era feriado.

E Randi sabia que não tinha sido Beatrice e Elsie que haviam removido a neve pesada com a pá.

Um lampejo de cor chamou-lhe a atenção e ela se curvou para pegar algo situado entre as duas lápides.

Ela levantou segurando um copo de leite perfeito. Randi abriu e fechou a boca, surpresa com a pequena etiqueta escrita e presa à flor. Havia duas palavras apenas: *Muito obrigado!*

Segurando a flor, Randi sentou na borda nevada, ao lado do caminho, que havia sido erguida pela escavação pesada da neve. Seu traseiro estava frio, mas ela nem notou. Ela estava ocupada demais tentando entender o que estava acontecendo.

Lily aninhou-se ao seu lado, quietinha, e pousou a cabeça peluda em seu ombro.

- Quem teria feito isso? E, por quê? – Randi sussurrou, girando a flor perfeita em seus dedos. Era um copo de leite menor e tinha pintas coloridas, no interior da flor branca, que lembravam uma ameixa madura. No centro, o miolo tipicamente dourado que combinava com o manto peludo de Lily.

Ainda estava linda, o que lhe dizia que não estava no frio há muito tempo.

- Impossível – Randi disse, maravilhada, ainda confusa. Não havia como alguém simplesmente ter encontrado essa flor na cidade. O florista local não tinha copos de leite. Elas eram raramente vistas na região e certamente, não no inverno.

Passando a pequena etiqueta em volta da flor, ela ficou imaginando quem estaria agradecendo Dennis e Joan... e por quê? Se havia alguém que deveria agradecê-los, esse alguém era ela. Eles a salvaram de uma vida sem esperanças e fizeram com que ela se sentisse uma pessoa de verdade, pela primeira vez na vida.

Seus olhos se encheram de lágrimas que escorriam por seu rosto. Mesmo sendo meio assustador que alguma outra pessoa tivesse visitado seus túmulos, não era. Quem quer que tivesse deixado isso e limpado o local havia sido tocado pela bondade de Dennis e Joan... assim como ela.

Talvez tivesse sido algum antigo aluno de sua mãe, ou um aluno da escola de Dennis. O casal tinha feito tantas coisas boas durante a vida; eles mereciam ser lembrados.

Randi passou os braços em volta da cadela, que começou a lamber seu rosto, lambendo suas lágrimas. – Eu sinto falta deles, Lily. Sinto tanta falta deles. – Desistindo de lutar, Randi abaixou a cabeça e caiu em prantos, no pelo sedoso de Lily, segurando a flor.

Ela chorou pela perda de sua mãe e seu pai, embora eles não tivessem o mesmo sangue.

Ela chorou pelos sacrifícios que eles haviam feito, apenas para tê-la com eles.

Ela chorou porque nunca tinha passado completamente pelo luto da perda, pois era tão difícil se desprender deles.

Finalmente, ela parou e as lembranças das duas pessoas que ela mais amara na vida lhe vieram à cabeça.

Eles nunca terão partido, pois eu vou guardar todas as lembranças vivas e os dois, em meu coração, para sempre. Eles me mostraram o que era verdadeiramente ser feliz e amada. Os dois detestariam se eu ficasse triste, quando penso neles.

- Eles queriam que eu fosse feliz, Lily. Por isso que mentiram para me manter aqui em Amesport – Randi murmurou baixinho, para sua cachorra, ao erguer a cabeça de seu pelo.

Limpando o restante das lágrimas do rosto com a luva, Randi caminhou de volta ao carro e pegou a bela rosa vermelha, no banco traseiro. Ela pegou o copo de leite e amarrou as duas flores juntas, com a etiqueta que o outro visitante havia levado, e caminhou de volta aos túmulos.

Rapidamente, ela deixou as flores enlaçadas entre as duas sepulturas, com o coração bem mais leve do que quando havia chegado.

Ela não sabia quem havia deixado o copo de leite e limpado o caminho e as lápides, mas ela e essa pessoa tinham uma ligação, um amor permanente por duas das pessoas mais bondosas que já existiram.

- Eu espero fazê-los orgulhosos – Randi sussurrou, determinada a fazer com que o sacrifício deles realmente tivesse valido a pena. – Farei o melhor possível.

Lily choramingou baixinho, como se concordasse com Randi.

Ela afagou a cabeça da cachorra. – Vamos, garota. Vamos para casa.

A cadela saiu correndo à frente dela, rumo ao carro. Randi foi atrás, devagar, pensando em algumas lembranças felizes que tinha de Dennis e Joan. Ela teria aqueles tempos tranquilos para sempre em seu coração, mesmo quando fosse deixando a tristeza de lado.

Finalmente, a dor começaria a passar.

— O Evan parece bem mais feliz — Mara Sinclair disse à Randi, enquanto as mulheres guardavam a comida e enchiam a lavadora de louça, na cozinha de Hope. — Eu andei tão preocupada com ele.

Randi embrulhou o restante da torta de chocolate que ela tinha feito e colocou cuidadosamente na geladeira. — Ele estava tão ruim assim? — ela perguntou curiosa.

Hope fungou, ao limpar o fogão. — Sim — ela respondeu, simplesmente.

Uma das tentativas de Randi para deixar o Evan feliz foi reunir toda sua família no mesmo lugar para um jantar. Alguns momentos foram dolorosos de assistir, já que ela via o esforço de Evan para não se afastar deles, pelo hábito arraigado, mas ele estava indo bem. Ela lhe dissera que muita felicidade vinha das pessoas que o amavam, então, ela providenciou para ter o jantar em família, na casa de Hope.

As mulheres tinham posto os homens para fora da cozinha, embora eles tivessem tentado ajudar a limpar. A pobre Hope temia pela integridade do jogo de jantar. Não que fosse preciso sair no braço para mandar os caras para a sala de estar, mas eles foram resmungando, mesmo assim.

Com Randi, Emily, Hope, Sarah e Mara na cozinha, elas logo terminaram de limpar.

- Não posso acreditar que ele realmente comeu a minha lasanha e pão de alho. Ele até aceitou a sobremesa – Mara disse, com a voz aparentando surpresa.

- Ele não apenas comeu. Ele desfrutou – disse Emily, com um sorriso no rosto. – Foi tão legal vê-lo comer, para variar.

Randi sorriu. – Eu estou lentamente tentando apresentá-lo aos prazeres das coisas que ele rejeitava. Sua dieta é entediante e sem graça. Até parece que ele vai engordar. Ele se exercita.

- Graças a Deus que ele está comendo como um cara normal – Mara respondeu. – Eu só gostaria que a gente tivesse ficado sabendo antes, do que ele passou quando criança. Nem posso imaginar alguém com dislexia e um pai como o deles. – Ela estremeceu visivelmente. – Deve ter sido um pesadelo para ele.

Randi sabia exatamente como a infância de Evan o afetara até a idade adulta. – Ele foi muito surrado. Ainda dá para ver as cicatrizes.

A cozinha ficou em silêncio absoluto, todas as mulheres subitamente olhando para Randi.

- Oh, meu Deus. O Grady disse que o pai não batia nele – disse Emily, num tom sombrio.

- O Jared disse a mesma coisa – relatou Mara.

- O Dante também – Sarah acrescentou.

- Nosso pai foi um babaca e abusava verbalmente. Se ele não tinha algo ruim a dizer, ele nos ignorava completamente, na maior parte do tempo – Hope explicou. – Mas, até onde eu sei, ele nunca bateu em nenhum de nós. – Ela olhou diretamente para Randi. – É verdade? O Evan realmente apanhou? Por que ele não me contou essa parte?

Randi sabia exatamente o motivo pelo qual Evan nunca tivesse contado... agora. Ela deveria ter ficado quieta. O Evan se colocava de frente, como alvo do abuso físico do pai para evitar que seus irmãos apanhassem. Mesmo achando que seus irmãos deveriam saber de tudo, não deveria ser através dela. – Eu imaginei que todos vocês soubessem. Ele disse que lhe contou sobre a infância.

- Nós não sabíamos dessa parte – Hope mencionou.

- Talvez ele não quisesse que vocês soubessem. Isso é passado e eu acho que Evan está tentando encontrar seu lugar na família e no mundo. Eu agradeceria se vocês não dissessem a mais ninguém – Randi disse, com um ligeiro tom de súplica na voz.

Todas as mulheres assentiram.

- Não vamos falar. Eu quero que o Evan se sinta à vontade. Mas ainda não entendo. Deus, como meu pai era horrível! – Hope exclamou, parecendo zangada por Evan. – É um espanto que o Evan tenha se tornado tão bem sucedido.

Randi sacudiu os ombros. – Não chega a ser realmente surpreendente. As crianças com dislexia podem ser muito criativas e extremamente inteligentes. Muita gente famosa supostamente tem a doença: Alexander Graham Bell, Albert Einstein, Pierre Curie, Picasso, Ansel Adams, Richard Branson e Thomas Edison. – Ela parou para respirar. – E há muitos outros.

- Evan é tão inteligente como qualquer outro gênio – Mara confirmou. – Como foi que ele aprendeu?

Randi suspirou. – Ele aprendeu trabalhando muito duro. É preciso muita repetição e aprender a entender as coisas de um modo diferente. Ele teve que aprender o conceito da fonética, antes de realmente aplicar isso à leitura. Para o Evan, a dislexia foi um problema de aprendizado, num mar de pontos fortes que ele possui. O tempo e a perseverança o ajudaram a aprender a ler e escrever, quando ele já tinha muitas dificuldades. Toda criança é diferente e tem níveis distintos de dificuldade. Agora nós temos programas de leitura que ajudam, e livros em áudio que são grandes ferramentas, se as crianças puderem ler junto com o áudio.

- O que o torna tão irritável? – Hope perguntou.

- Ele é obcecado por organização – disse Randi. – Mas acho que em sua mente, tudo à sua volta tem de estar funcionando de maneira otimizada para que ele seja funcional. Nada de altos e baixos. Nada de tons de cinza. Isso o mantém organizado e focado. O problema é que Evan nunca teve tempo de ser espontâneo, ou indisciplinado. Agora, não é saudável para ele, embora isso provavelmente tenha sido o seu mecanismo para lidar com a vida, mais cedo. Ele sempre quis provar ao seu pai que podia administrar bem os negócios, ser bem sucedido. Infelizmente, eu acho que ele ainda está tentando provar algo, embora seu pai já tenha partido.

- Nós queremos ajudar. O que podemos fazer? – Mara perguntou ansiosamente.

- Apenas gostem dele e percebam que ele tem um mecanismo de raciocínio diferente de todo mundo. Ele não vai mudar muito, a ponto de nunca ser arrogante às vezes, mas está tentando. Ele quer ser parte da família. Agora que todos vocês são adultos e felizes, ele não está bem certo de onde é seu lugar. – Evan podia reclamar o quanto quisesse, mas ele queria, sim, ser amado.

- O lugar dele é junto com o restante de nós – disse Mara. – Não me importa que ele seja arrogante. Todos os homens Sinclair são arrogantes, a seu próprio modo, mas seus corações são bons. Eu só quero que o Evan seja feliz, assim como todo mundo.

As mulheres assentiram, entusiasmadas.

- Isso apenas vai levar tempo – Randi admitiu.

- Nós não vamos a lugar nenhum – disse Hope, com ênfase.

Randi sorriu, sabendo que essas quatro tigresas da sala se agarrariam ao Evan e não largariam mais. Os Sinclair amavam sua família e Randi sabia que eles o ajudariam a encontrar seu lugar exato. Ele acabaria percebendo que realmente era amado.

- Você vai nos contar o que está acontecendo entre vocês dois? – Sarah perguntou diretamente.

Randi ficou vermelha, desviando o rosto das outras mulheres, fingindo limpar a bancada. – Nada. Ele vai embora logo depois da festa. Disse que tem uma reunião importante na segunda-feira de manhã. Nós só estamos tentando ser... amigos. – Isso pareceu seguro o bastante. – Tivemos um começo ruim, mas eu acho que estou começando a entender e a gostar dele um pouquinho – ela acrescentou.

- Eu sei que isso é papo furado – respondeu Hope. – Dá para ver, pelo jeito que ele olha para você, como a observa, constantemente. Mas obrigada por tentar ajudar o meu irmão.

- Eu não estou fazendo muita coisa, na verdade. Só estou tentando fazer com que ele relaxe um pouquinho e aproveite a vida. – Randi suspirou.

- Bem, ele está mais relaxado e parece que tudo que quer é levá-la para casa e pular no seu pescoço – Mara observou.

Randi não podia negar que ela e Evan tinham uma química incomum, então, ela permaneceu em silêncio. Ela provavelmente tinha a mesma culpa de ficar olhando Evan como uma mulher que só queria despi-lo e devorá-lo.

Hope chegou para salvar Randi. – Vamos nos juntar aos rapazes? Acho que eles já ficaram bastante tempo sem a nossa companhia.

Randi deu um suspiro de alívio, conforme elas saíram da cozinha, para se juntarem aos seus homens.

Na noite seguinte, Randi quis rir, ao observar Evan tentando meditar. Estava claro que essa noite seria um desafio.

Como Evan tinham trazido as compras para sua casa durante a nevasca, ela havia cozinhado para ele essa noite, em sua casa, e ele tinha comido feito um cavalo, inclusive sobremesa.

Depois de passar a noite com a família, na véspera, Evan tinha insistido que ela ficasse com ele, na Península, e que o deixasse levá-la para casa cedo, de manhã, para que ela se arrumasse para ir para a escola.

Ele a fizera tremer nas bases, assim que eles entraram pela porta, na noite anterior, e prontamente anunciou que estava "feliz", no momento em que ela teve seu primeiro clímax.

Ela riu, ambos exasperados e se divertindo, porque Evan só parecia ficar "feliz" quando a fazia gozar.

Essa noite, ela estava determinada a mostrar-lhe que nem toda felicidade ou contentamento revolvia ao redor do sexo arrebatador.

Até agora, ela tinha fracassado terrivelmente.

- Você precisa fechar os olhos e se concentrar em sua respiração – Randi instruiu, sentada de pernas cruzadas, no chão da sala dele.

Ela tinha trazido algumas peças de roupa, incluindo uma calça de ioga e a camiseta surrada que estava usando. – Concentre-se em sua respiração e seja um observador. Você pode reconhecer seus pensamentos, mas não reaja a eles. Apenas os trate como se fossem informação aleatória, não algo ligado a você.

- Não dá – Evan resmungou, sentado de pernas cruzadas, com uma calça de moletom cinza e uma camiseta regata azul marinho.

- Feche seus olhos – ela pediu.

- Não posso – ele insistiu.

- Por quê?

- Meus pensamentos não são algo que eu consiga ignorar e meu pau está duro. Está assim desde que você desceu com essa calça de ioga – ele resmungou descontente.

Randi riu, imaginando o que ele via de atraente nela, nesse momento. A roupa de ioga já tinha sido lavada tantas vezes que o tecido rosa já havia desbotado para um tom pastel e ela havia puxado os cabelos e prendido num rabo-de-cavalo. Em sua cabeça, ela não estava exatamente uma visão provocante.

O homem sentado de frente para ela era outra história. Evan parecia incrivelmente tentador, com os cabelos ligeiramente molhados, os músculos dos braços e peito contraindo, toda vez que ele se mexia.

Tudo que ela precisava fazer era se debruçar à frente e lamber cada pedacinho dele, depois, ela poderia...

Pare. Isso é para o Evan. Eu quero ensiná-lo a relaxar! Posso manter meus hormônios sob controle, por uma hora. Certo... talvez, trinta minutos.

Randi fechou os olhos com força e engoliu em seco, sem conseguir impedir sua reação ao olhar sedutor que ele estava lhe dando, como se quisesse devorá-la, como mais uma porção de sobremesa. – Feche os olhos – ela mandou. – Eu lhe disse que isso não seria só sobre sexo.

Era a última noite que ela tinha para passar com ele, fora a festa. Amanhã à noite, ela tinha aula particular. Ela e Evan iriam à festa de Hope juntos, depois ele iria embora.

Eu consigo fazer isso. Posso passar uma noite com Evan sem querer que ele transe comigo.

Ela sentiu a respiração quente em sua orelha, antes que ele falasse.
– Não é só sexo, Randi. Com você, nunca foi e nunca será.

Ela estremeceu, ao sentir seus lábios passando em sua orelha, mas não abriu os olhos. – Então, o que é? – ela sussurrou trêmula.

- Eu não preciso explicar para você. Você já sabe. Você quer isso, tanto quanto eu – ele disse, com um tom baixo, levando a mão forte por trás do pescoço dela. – Eu preciso fazer tudo ao meu alcance para garantir que você jamais se esqueça dessa sensação, fazer com que você se lembre que é minha. Tudo relativo a estar com você me deixa feliz.

Tinha a ver com a ligação, a euforia viciante de vê-lo se apossar dela, como se fosse a coisa mais natural do mundo. Até parece que ela se esqueceria de Evan, não? Ela sabia que isso jamais aconteceria.

- O homem que tentou atacá-la está morto – Evan disse, descontente, como se estivesse decepcionado por não poder fazer que o agressor de Randi sofresse. – Ele morreu de ataque do coração, alguns anos atrás.

- Você tentou encontrá-lo? – Randi perguntou, arregalando os olhos de incredulidade.

- É claro. Se o babaca já não estivesse morto, ele iria desejar ter morrido quando eu o encontrasse – Evan respondeu, com a voz vibrando de raiva.

- Você o localizou, por mim? – Ela não tinha dúvidas de que Evan estivera buscando vingança pelo incidente que acontecera anos antes. Randi sabia que ele não seria capaz de matar a sangue frio, mas havia maneiras de sobra para que um bilionário destruísse completamente a vida de alguém.

- Não há nada que eu não fizesse por você – Evan respondeu, com a voz séria. – Se o cretino ainda estivesse molestando crianças, ele teria que ser impedido.

Randi estava aliviada porque o homem estava morto. – Como foi que você descobriu?

- Há muito poucas coisas que eu não posso fazer – Evan disse, com um ar presunçoso.

Ela deu um gritinho, quando suas costas pousaram no chão, com Evan por cima dela, com uma expressão voraz no rosto. Ela perguntou ofegante – Então, isso é o que realmente o faz feliz?

- Isso me deixa em êxtase, porra – ele sussurrou, abaixando a cabeça para capturar os lábios dela com os seus.

Randi passou os braços em volta do pescoço dele, estremecendo, quando a pele aquecida dos dois encostou.

Que se dane a meditação. Eu preciso mais disso. O Evan me deixa maluca e eu não consigo me concentrar.

Randi recuou os lábios da boca de Evan, com determinação, virando a cabeça e empurrando seus ombros. – Levante – ela disse, ao empurrar o que parecia uma parede de pedra. Evan era pesado e musculoso, decididamente forte o suficiente para que ela só conseguisse se mexer se ele deixasse.

Ele deixou.

Imediatamente.

Ajudando-a para sentar, ele olhou para ela, confuso. – Você está bem?

O desejo ainda revolvia em seus deslumbrantes olhos azuis, mas estava misturado à preocupação.

Randi estendeu a mão até a bainha da camiseta regata e puxou para cima, fazendo-o erguer os braços, para tirá-la. Ela jogou a camiseta para trás e disse a ele, séria – Eu prometi a mim mesma que lhe ensinaria a afrouxar as rédeas de seu controle, quando você não está trabalhando. – Ela segurou a bainha da própria camiseta e tirou pela cabeça, depois mandou voando na mesma direção que a de Evan.

Ela estava sem sutiã e seus mamilos estavam rijos e sensíveis, motivo pelo qual Evan provavelmente não tirara os olhos de seu peito.

- Nós vamos meditar nus? – Evan perguntou calmamente, com um olhar interrogador, enquanto seus olhos famintos percorriam os seios dela. – Se vamos, eu estou fatalmente fadado a fracassar.

- Não – Randi disse firmemente. – Só vamos fazer de maneira diferente.

Ela empurrou Evan para deitar de barriga para cima e ele o fez. – Essa é a sua persona de professora travessa? – Evan disse, com a voz rouca. – Se é, fica bem gostosa.

Mordendo o lábio para evitar rir de seu comentário, Randi levantou e começou a descer a calça de ioga. – Já que você parece não conseguir ficar feliz a menos que esteja transando, talvez possa abrir mão do controle, dessa forma. – Ela chutou a calça de tecido fino para o lado, o que a deixou completamente nua. Olhou-o abaixo e lambeu os lábios, nervosamente.

Evan era um macho dominador e era obcecado em fazê-la chegar ao clímax. Será que ele aguentaria, se ela assumisse completamente o controle? Ele confiaria o bastante?

- Você confia em mim? – Randi perguntou a ele, ao descer e ficar de joelhos, puxando o cadarço da calça de moletom dele.

- Sim – ele respondeu rapidamente, com sinceridade.

Ele ergueu o traseiro, conforme ela puxou sua cueca samba canção, ajudando a ficar nu, do mesmo jeito como ela já estava.

- Que bom. – Ela assentiu para ele, conforme passou a perna por cima do corpo dele. – Então, deixe-me ficar no controle dessa vez. Você não precisa pensar em nada, só na sensação.

Ele estava com uma ereção rija como pedra, desde que ela havia tirado a sua roupa. Ela sentia se contrair por dentro, na expectativa, ao segurá-lo pelos ombros largos e cruzar com seu olhar voraz.

- Por quê? – ele disse, parecendo ter dificuldades com a ideia de não fazer praticamente nada.

- Porque eu quero – ela respondeu simplesmente, esfregando seu sexo molhado ao longo do pau imenso.

Balançando os quadris, ela usou o membro rijo de Evan para roçar em seu clitóris escorregadio, dando um pequeno gemido, quando sentiu a fricção no ponto sensível.

- Certo. – Evan não parecia feliz, mas ele estava observando o rosto dela e parecia hipnotizado por cada um de seus movimentos.

Ela sentia os olhos dele, quando ergueu as mãos e soltou os cabelos, deixando que caíssem em seus ombros. – Feche os olhos – ela pediu, numa voz profunda e excitada, enquanto continuava a mexer os quadris em cima dele.

- Eu quero ver você...

Randi pousou dois dedos nos lábios dele, para silenciá-lo. – Você vai saber, quando chegar a hora. Apenas concentre-se em esvaziar a mente de tudo, menos da sensação de nós dois juntos.

Ele fechou os olhos apertados, mas murmurou, descontente. – Como se eu conseguisse pensar em outra coisa?

Randi sorriu, porque ela sabia que Evan não estava vendo. Ela sabia que ele fazia questão de deixá-la feliz e fazê-la gozar, quando eles estavam juntos. Ela achava que ele não percebia que isso aconteceria naturalmente. Ele não precisava pensar a respeito, porque ele era o Evan. Ela podia gozar só de pensar nele.

Ela se inclinou à frente e passou os lábios no pescoço dele. – Você é tão lindo, Evan. Tudo em você me dá tesão – ela sussurrou baixinho, permitindo-se estar no comando, e com um homem tão dominante, isso era bem inebriante.

Ele deu um gemido baixo, quando ela mordiscou o lóbulo de sua orelha.

- Porra! Tenha um pouco de piedade, mulher – Evan disse. – Transe comigo. Agora.

Está bem... talvez ele não conseguisse ser completamente submisso a ela, mas já bastava. Ela mergulhou uma das mãos em seus cabelos e puxou sua orelha até os lábios. – Eu pretendo fazer isso, grandão. Quero que a gente goze juntos, um orgasmo arrasador. Eu quis isso desde a primeira vez que o vi.

- Pode começar a qualquer momento – Evan respondeu, num tom desesperado. – Jesus, que tesão você é, Randi. – Ele ergueu os braços e deslizou lentamente as mãos pelas costas dela, e segurou suas nádegas. – Não existe outra mulher com essa pele e esse cheiro.

Ela sentia a angústia de Evan, a dificuldade que ele estava tendo em não tomar o que queria, o que precisava. Mas ele não o fez. Ele confiou nela.

- Também não existe um homem como você – ela confessou, passando levemente os lábios nos dele.

Erguendo os quadris, ela posicionou Evan junto ao seu sexo e foi lentamente deslizando, sentando em cima de seu membro.

- Ai, porra, sim! – Evan gemeu, arqueando as costas para ajudá-la. Randi estava pronta para galopar com ele. Ela não aguentava mais esperar. Ela sentou totalmente nele, o que o fez entrar inteiro nela, que deu um gemido de satisfação.

Ela começou a se mexer devagar, mas Evan não queria nem saber disso. Ele não abriu os olhos, mas agarrou os quadris dela e segurou no lugar, enquanto subia e golpeava para dentro dela, com força... repetidamente.

No fim, foi Randi que se perdeu na sensação, focando somente na ligação dos dois, sentindo Evan permeando todo o seu ser e tirando o seu fôlego, enquanto eles se mexiam, rumo a um objetivo comum: um gozo estrondoso.

Apoiando-se nos ombros dele, ela batia contra cada investida dele, descendo, conforme ele erguia os quadris e a preenchia inteira, deixando-a louca.

- Está chegando – ela disse ofegante, ao sentir o orgasmo se aproximando.

- Eu sei.

Olhando abaixo, ela viu que os olhos dele estavam abertos e ele a observava, antes que ela começasse a sentir as ondas violentas de seu gozo. Evan agarrou as mãos dela e a segurou sentada, enquanto ela o apertava por dentro, tragando todo o leite de seu pau, enquanto jogava a cabeça para trás e gritando o nome dele.

Ele gemeu e cravou dentro dela, mais uma vez, enquanto gozava.

Randi caiu por cima de Evan, ainda segurando as mãos dele. Ele desenlaçou os dedos e passou seus braços fortes em volta dela, mantendo-a grudada nele.

Quando eles finalmente recuperaram o fôlego, Evan murmurou junto ao ouvido dela – Você está certa. Meditação é, mesmo, estimulante para o corpo e a mente. Eu acho que deve ser praticada várias vezes por dia.

Randi conseguiu dar uma risadinha. Não era sempre que Evan fazia uma piada, mas ele parecia estar fazendo com mais frequência, nos últimos dias. – Isso é o que eu chamaria de uma versão bem modificada do que eu queria ensiná-lo – ela ralhou.

- Eu acho que gosto da versão modificada – Evan concluiu, afagando os cabelos dela. – Estou me sentindo bem relaxado.

Randi se apoiou para se erguer e olhar para ele. – Você realmente não quer meditar de verdade, não é?

- Achei que você quisesse me fazer encontrar a felicidade. Nesse momento, eu estou feliz. Estou em êxtase, sempre que estou com você, não importa o que nós estivermos fazendo.

O coração de Randi deu um salto, pois ela via a expressão séria em seus lindos olhos. A verdade era que... ela também sentia isso.

Não faça isso com você, Randi. Não se apaixone por Evan Sinclair. Mesmo que ele goste de você, ele nunca vai querer ter um filho e você sabe que adora criança. Pode ser gostoso agora, mas vocês dois, juntos para sempre, não é uma opção. Ele está indo embora e você vai continuar aqui em Amesport, lecionando.

Sem conseguir responder, Randi só mergulhou a cabeça no pescoço de Evan e saboreou seu cheiro único, a sensação de seu corpo junto ao dela.

Nesse momento, ela não queria pensar no que poderia acontecer no futuro. Esse momento era tudo que ela tinha.

Capítulo 16

Randi tentava afastar os sentimentos estranhos que ficaram, após sua visita ao cemitério de Amesport, a caminho de casa, naquele dia.

Era estranho saber que outra pessoa aparentemente estava visitando os túmulos de seus pais, quase que diariamente. O caminho continuava limpo, apesar de ter caído um pouquinho de neve, desde que ela estivera lá pela última vez, e o copo de leite e a rosa ainda estavam no meio das lápides. O problema era que... elas estavam perfeitas. De forma alguma eram as mesmas flores. As duas que ela havia posto ali estariam congeladas e mortas. A única explicação era que alguém ia lá diariamente, tirava a neve e deixava novas flores nas sepulturas.

Estranhamente, estavam duplicando o que ela havia feito com as duas flores enlaçadas, e deixando-as ali diariamente, com a mesma etiqueta que só dizia duas palavras: Muito obrigado!

Ao abrir seu e-mail, Randi ficou imaginando a identidade da pessoa desconhecida.

Uma vez não fizera com que ela realmente pensasse a respeito, mas agora que parecia estar acontecendo todos os dias, isso a deixava curiosa, quanto ao que seus pais adotivos teriam feito a quem aparentemente os estava homenageando.

Uma mensagem de S., a distraiu de seus pensamentos.

Prezada M.,

Só checando para ver como você vai indo.
Como está seu novo relacionamento? Você mudou de ideia quanto a torná-lo algo permanente?

Randi sorriu triste, ao ler o bilhete de S. Ela já tinha desistido de escrever para ele só do Centro. Ele sabia de sobra a respeito dela, o suficiente para encontrá-la, se desejasse. De alguma forma, ela sabia que ele jamais se intrometeria em sua vida, a menos que ela quisesse conhecê-lo. Além disso, ele agora tinha uma mulher.

Caro S.,
Não. Nada de novo. Ele tem que ir embora amanhã de manhã.
Negócios importantes.

Ele respondeu.

Prezada M.,
Você está bem, em relação a isso?

Ela não estava nada bem, mas era a realidade e ela sabia que seu relacionamento com Evan jamais poderia ser algo além de temporário. Ela respondeu.

Caro S. ,
Sim. Estou bem. Eu sempre soube que nunca seria nada além de um breve encontro. Eu nunca poderia me apaixonar por um homem como ele. Como vão as coisas com seu novo relacionamento? Por que você não saiu? Hoje é dia de sair.

Randi sabia que estava mentindo, mas não poderia dizer a S., que já estava apaixonada por Evan Sinclair e que seu coração estava lentamente partindo em pedacinhos porque ele estava de partida amanhã. Evan talvez não fosse o chefe imediato de S., mas era o chefão que mandava em tudo. Embora ela confiasse em S. com seus segredos, ela não podia falar com ele a respeito de Evan.

Ela esperou, tamborilando os dedos na mesa, de expectativa por uma resposta. Ele nunca demorava tanto para responder, quando eles estavam conversando.

Ela precisava se vestir e se aprontar para a festa de Hope. Ela tivera um almoço com suas melhores amigas hoje, então, não houvera tempo para ver Evan. Além disso, ela se sentiria culpada ocupando o pouquinho tempo que ele tinha para ficar com seu primo Julian. O famoso ator tinha acabado de chegar num vôo, vindo da Califórnia, na noite anterior.

Passou mais um tempo e ela recebeu a resposta de S.

Preciso ir andando.

Randi franziu para a resposta, receando tê-lo magoado, por não querer falar de Evan. Talvez ele visse sua falta de comunicação como presunção. Ela mandou uma última mensagem, incerta de como explicar que não podia dividir seus sentimentos com ele.

Tenha um ótimo fim de semana.

Ela saiu do e-mail com uma sensação de perda esmagadora, ao fechar o laptop. De alguma maneira, ela estava perdendo sua ligação com S. e essa noite seria a última vez que ela veria Evan. Ah, ele voltaria algum dia, para ver sua família, mas Randi sabia que nunca mais poderia ficar com ele, intimamente.

Ela estava emocionalmente envolvida demais, em todo esse caso com Evan, e isso doía. A melhor coisa que ela podia fazer era tentar esquecer o que havia acontecido com Evan e seguir em frente. Ela queria ter filhos, algum dia. Seu amor por crianças tinha sido todo o motivo para que ela viesse a lecionar e tentasse fazer uma diferença na vida delas.

Eu vou acabar me esquecendo dele. O vazio que sinto agora vai passar.

Evan tinha aparecido no Centro, na noite passada, depois de sua aula particular com Matt, dando à criança seu e-mail pessoal, para que eles pudessem manter contato. O gesto quase levara Randi às lágrimas. Pensar num homem tão ocupado e importante como Evan, dando a um garoto as suas informações de contato, para saber de seu progresso, era tão comovente que ela teve vontade de chorar. A sinceridade na expressão de Evan, seu interesse pessoal no garotinho com a mesma deficiência que ele tinha era tão... doce.

Depois, ela e Evan foram tomar um café na Brew Magic. Randi ainda podia ouvir sua voz dizendo que ele estava feliz só porque tivera a chance de vê-la. Eles não fizeram nada além de falar do dia, mas pareceu quase tão íntimo quanto fazer sexo.

Evan pareceu desapontado quando teve de deixar o encontro improvisado para se encontrar com Julian, que estava prestes a chegar em Amesport.

Eu estou totalmente, completamente e inegavelmente viciada nele. E foi muito triste vê-lo ir embora, ontem à noite.

Confusa, Randi levantou e seguiu até seu quarto para se aprontar para o baile de Hope. Por estar indo com Evan, ela gostaria que essa noite durasse para sempre, mas a mulher pragmática dentro dela sabia que iria terminar.

Ela olhou para o computador, pensando na distância que parecia crescer entre ela e S. Randi estava contente por ele ter uma mulher em sua vida, mas também sentia falta das conversas descomplicadas.

Nada de Evan.

Nada mais de S. para consolá-la.

- Será solitário – Randi murmurou para Lily, enquanto afagava a cabeça da cadela, imaginando onde uma mulher com a sabedoria de rua como ela acabara sendo tola a ponto de se apaixonar totalmente por Evan Sinclair.

- Estou preocupada com o Evan – Mara Sinclair disse ao marido, Jared, enquanto se olhava no espelho e trocava de brincos. Ela estava quase pronta para sair para o baile de Hope, mas tinha um mau pressentimento sobre como as coisas terminariam para o Evan, depois dessa noite.

Jared estava ali, mais alto que ela, ajustando sua gravata borboleta.

– Por quê? – ele perguntou curioso.

Mara quase ficou sem ar, quando olhou acima, para o belo reflexo do marido, no espelho. Ela ainda não estava acostumada a ser casada com um homem tão incrivelmente deslumbrante. Suspirando ao pegar o batom, ela não se perguntava o motivo para que eles tivessem se apaixonado tão profundamente, um pelo outro. Apenas sentia-se grata por esse amor, todos os dias.

- Todas nós estamos preocupadas – Mara confessou. Ela, Hope, Sarah e Emily tinham conversado sobre a preocupação delas, durante um café. – Ele está apaixonado pela Randi. Eu sei que está. O que vai acontecer, quando ele for embora? Será que ele vai se voltar para dentro dele, novamente, perder todo o avanço que fez, ao sair de sua casca protetora? Mara estava bem certa de que Randi era o motivo por essa mudança em Evan. E ele tinha, mesmo, mudado. Ela duvidava que algum dia ele perdesse seu jeito de sabichão arrogante. Isso era simplesmente parte de Evan. Mas ele estava diferente, menos na defensiva, mais ligado à família. Ela não queria que ele perdesse isso agora.

- Eu sei que ele está apaixonado por ela – Jared respondeu, indiferente. – Só não sei se *ele* já sabe disso. É bem evidente para o Grady, o Dante e eu, porque nós passamos pelo que ele está passando agora. Depois do jeito que ele meteu o nariz no meu relacionamento com você, eu não deveria ter pena do babaca, mas tenho.

Mara virou e deu-lhe um soquinho na barriga. – Isso é uma coisa terrível de se dizer. Você adora o Evan e sabe disso.

- Eu te amo mais – ele respondeu prontamente. – Eu te amo mais, a cada dia.

O coração de Mara derreteu. Não havia um único dia em que Jared deixasse de declarar que seu amor era maior que ontem. – Você ama seus irmãos também.

Jared sacudiu os ombros. – Eu os amo sim, Evan salvou minha vida. Mas não vou me intrometer nas coisas dele.

Mara sorriu, sabendo que Jared certamente iria intervir com Evan, se necessário, enquanto dava uma última olhada no espelho e levantava. Ela até que não estava feia para uma mulher comum. Ela nunca foi um arraso como Randi, ou linda como a Sarah, mas o jeito que Jared a olhava era tudo que importava.

Jared assoviou, ao pegá-la pela cintura. – Você está deslumbrante.

Mara passou os braços em volta do pescoço dele. – Você também não está nada mal, bonitão. – Ela parou, antes de olhar para ele, acima. – Você sabe que vai intervir, se o Evan estiver sofrendo. Ele merece ser feliz.

A expressão de Jared mudou para uma fisionomia de arrependimento, ao responder – Ao Evan, eu devo a minha vida e agora, a minha felicidade. Mas acho que ninguém sabe o que fazer. Nenhum de nós realmente sabe como a Randi se sente, e o Evan guarda tudo num lugar onde ninguém consiga saber que ele está sofrendo. Eu estou torcendo para que eles resolvam isso sozinhos.

- Ela o ama – disse Mara, confidenciando. – Ela não estaria dormindo com ele, se não amasse. Ela não ficou com ninguém desde a faculdade. Tentei arrancar alguma informação dela, durante nosso almoço, hoje, mas ela não fala.

Randi tinha chegado atrasada ao almoço das amigas, naquele dia, depois que as outras tinham terminado de falar sobre o quanto estavam preocupadas com Evan.

Mara só estava receosa com Randi. Se ela amasse Evan, o que Mara estava bem certa que sim, a partida dele a deixaria arrasada. Randi já tinha passado por tanta coisa na vida. Ela merecia ser amada por um bom homem.

- Ela está dormindo com ele? – Jared perguntou, num tom de falso choque.

Mara revirou os olhos. Seu marido sabia muito bem que Randi e Evan estavam se pegando. – Eu também não sei o que fazer. Randi perdeu Joan há tão pouco tempo; acho que ela não está totalmente recuperada disso. Seu relacionamento com Evan pode magoá-la muito.

Jared afagou o rosto dela e disse baixinho – Ei, meu benzinho, não se preocupe tanto. Nós não sabemos se eles vão resolver tudo por conta deles.

- Eu não tenho uma boa sensação sobre isso – Mara respondeu triste. – O Evan não está aqui a tempo suficiente para baixar totalmente a guarda e ele passou por muita coisa. Acho que estou preocupada que ele vá embora antes de se dar conta de como realmente se sente.

- Ele está aprendendo depressa. – Jared passou novamente os braços em volta da cintura dela e afagou suas costas. – O Dante fez uma pressão, para saber se ele estava ou não interessado. Ele disse ao Evan que se não fosse sério, ele queria apresentar a Randi a alguns amigos da delegacia. Eu pensei que o Evan fosse ter um ataque do coração, ou algo.

Mara ergueu uma sobrancelha. – Então, o Dante está jogando uma isca, do mesmo jeito que o Evan fez com você?

- Aquilo foi diferente. O Evan fez pessoalmente – Jared resmungou.

Mara riu. – Por que eu tenho a impressão de que você se divertiu um pouquinho? – ela perguntou, depois que parou de rir.

- Foi mesmo – Jared admitiu, descaradamente. – Mas isso não significa que eu não queira vê-lo feliz. Ora, eu me sinto culpado por não saber de seus problemas. Sinto-me um cretino egoísta. Eu sei que a Hope, o Grady e o Dante também se sentem assim.

Mara ergueu a palma da mão e pousou carinhosamente no rosto de Jared. Ele já tinha sofrido bastante por culpa e ela não queria que ele ficasse assumindo nenhuma culpa que não precisasse carregar. – Você não sabia. Ninguém sabia. O Evan queria assim. Você sabe que ele é super protetor de todos vocês, do seu próprio jeito. – O mais velho dos Sinclair era hiper protetor, mas provavelmente nunca admitiu.

- Eu gostaria de ter sabido, mas sei que não é culpa minha. Por causa de você, Mara, eu parei de carregar o meu fardo – ele disse. – Se eu precisar, farei o que tiver que fazer para que o meu irmão teimoso encare seus próprios fantasmas do passado e aprenda como é muito melhor ser feliz.

Ela sorriu para ele, orgulhosa do quanto Jared tinha caminhado sendo brutalmente honesto sobre tudo em sua vida. – Eu sei que você o fará.

- Fico imaginando como a Randi encarou a notícia de que Evan era seu correspondente secreto. Ela falou? – Jared estava curioso.

- Ela não mencionou – Mara respondeu pensativa, ela própria imaginando como Randi teria se sentido, ao descobrir que estava falando com Evan, todo esse tempo. – Tenho certeza de que ela ficou chocada. A Hope mencionou que eles eram amigos anônimos há mais de um ano, mas a Randi achou que ele fosse um funcionário da Fundação Sinclair.

- Isso teria importância para ela? – Jared perguntou, com uma expressão preocupada. – Você acha que ela ficaria injuriada?

- Não tenho certeza. Não sei exatamente como eles se relacionavam, mas ela não vai ficar feliz que ele tenha mentido todo esse tempo.

- Ele disse que não mentiu, exatamente. Ele só não a corrigiu, quando ela mencionou que ele era funcionário da nossa fundação. – Ele hesitou, antes de acrescentar – E talvez tenha admitido isso como verdade, uma ou duas vezes.

Mara lançou um olhar de repreensão ao Jared. – Ele mentiu.

- Eles concordaram em não revelar suas identidades – Jared argumentou.

- Ele é Evan Sinclair. Poderia ter dito a ela a verdade, uma vez que eles se conheceram. Eu duvido que a Randi tenha mentido descaradamente para ele.

- Acabou. Agora ela sabe e obviamente o perdoou – Jared disse confiante. – A Hope disse para ele contar tudo e ver o que aconteceria a partir daí.

Mara assentiu. – Eu espero que tudo corra bem essa noite. Espero que eu esteja vestida de acordo. A festa não era para ser formal, mas quando a Hope começou a chamar de baile, todos pareceram achar que precisariam se vestir para um evento elegante. – A cunhada dela ainda estava dizendo ser traje informal, mas ela sabia que os participantes estavam empolgados em colocar seus melhores trajes para se divertirem. – O salão de festas está lindo. Nós todos passamos por lá, para dar uma olhada de último minuto, antes de voltarmos para casa.

Jared puxou-a para perto. – Você está linda, Mara. Não dá para notar?

Ela estremeceu ao sentir a ereção feito aço, junto ao seu corpo.

– Você sempre acha que eu estou linda – ela disse a ele, num tom provocador.

- É porque você sempre está – ele respondeu imediatamente, com as mãos deslizando para acariciar-lhe as nádegas, por cima do tecido sedoso do vestido de festa azul.

Mara suspirou quando ele se aproximou mais, inebriada com o cheiro dele, o timbre profundo de sua voz. Jared sempre a afetava assim. Assim, tão depressa, ele conseguia atear fogo em seu corpo, com um desejo tão forte que era incontrolável.

- Eu te amo – ela disse a ele baixinho, olhando em seus olhos.

- Eu também te amo, meu benzinho – ele disse, levando os lábios aos dela, mergulhando as mãos em seus cabelos, desfazendo o trabalho difícil que ela teve em domar a cabeleira para compor um penteado mais sofisticado.

Qualquer arrependimento que ela tivesse pelo cabelo desfeito desapareceu, quando ela se derreteu nos braços de Jared.

Eles iriam se atrasar para o baile, mas até esse pensamento se apagou de sua mente.

Depois de alguns segundos, ela só conseguia pensar em Jared.

Capítulo 17

E u nunca poderia me apaixonar por um homem como ele. Evan ainda podia ver aquelas palavras de Randi, repetidamente, escritas em seu e-mail. Claro que ela não estava falando de um cara desconhecido. Se fosse, Evan ficaria muito feliz, sabendo que ela estaria dispensando outro cara. Porém, saber que era a ele que ela estava se referindo, deixava quase um atestado.

Evan raramente se zangava e ele ainda não conseguia descobrir por que estava tão injuriado. Afinal, será que ela realmente achou que uma mulher como Randi iria se apaixonar por um homem tão defeituoso como ele? Ele não era romântico, era um cara todo ferrado, com mania de organização, focado nos negócios, mais que qualquer coisa em sua vida.

Eu ainda estou tentando provar que sou digno de sua amizade, que dirá de seu amor.

Porra, isso não importava, e não aliviava a dor angustiante que ele sentia no peito, quando pensava que ela havia escrito que nunca poderia amar um homem como ele.

Eu farei com que ela me ame. Ela vai me amar.

Evan ficou pensando se isso sequer seria possível, mas ele não aceitava derrota muito bem. Talvez, isso não tivesse a ver com negócio, mas havia se tornado igualmente importante para ele.

É mais importante.

Mesmo quando a ideia ainda chegou inconscientemente, ele admitiu que era verdade. Pela primeira vez em sua vida, alguém, fora sua família, tinha prioridade antes de seu portfólio.

- Qual é o nome do seu motorista?

Evan ajustou os punhos de seu smoking – que realmente não precisavam ser arrumados – enquanto a voz de Randi o tirou de seus pensamentos turbulentos. Ele estava sentado ao lado dela, no banco traseiro do Rolls Royce, a caminho do baile.

Ela estava com um lindo vestido vermelho que exibia todas as suas curvas e revelava demais de sua pele perfeita, para o gosto dele. Para ele não precisava do decote enorme nas costas e na frente. Não que ele não gostasse de vê-la com o vestido que ela estava usando; ele só preferia que ninguém mais visse.

Minha!

Foi preciso todo seu esforço para não trancá-la em casa com ele e deixá-la lá. Seu pau tinha ficado duro no momento em que ela sorriu para ele, quando abriu a porta.

Seu sorriso matador acabava com ele. *Toda. Vez. Porra.*

Finalmente, ele respondeu sua pergunta. – Seu nome é Stokes.

- Qual é o primeiro nome? – ela perguntou baixinho, obviamente sem querer que o idoso ouvisse.

- Não faço ideia – ele respondeu honestamente. Evan raramente sabia o primeiro nome de qualquer um de seus empregados.

- Ele é um motorista novo?

- Ele já está comigo há anos – ele disse.

- E você não sabe o seu primeiro nome? Ele tem esposa e filhos? – ela sussurrou, insistente.

- Eu não me preocupo com os assuntos pessoais dos meus empregados. Se o fizesse, nunca conseguiria fazer mais nada.

Evan sabia que estava encrencado, no instante em que viu a reprovação no rosto dela. – Isso não é verdade e você sabe disso. Ele é um funcionário particular. Ele cuida de *você*. Talvez seja verdade que você precise ser impessoal com algumas pessoas, mas não com gente que você permite em sua vida pessoal.

Evan sacudiu os ombros. A verdade era que ele não deixava ninguém entrar em sua vida pessoal. Ora, ele nunca tivera uma vida pessoal. Era tudo negócio.

Stokes dirigia o carro.

Evan trabalhava no banco traseiro, até que chegasse ao seu destino. Eles não trocavam comentários pessoais.

Ele observou, conforme Randi se debruçou na direção do banco da frente. – Qual é o seu primeiro nome, Stokes?

Justiça seja feita com Stokes, ele ficou completamente imperturbável.

– Gerald, senhora. Minha família me chama de Jerry.

- Você é casado? – Randi perguntou, puxando conversa.

- Sim, senhora. Minha esposa e eu acabamos de comemorar cinquenta anos de casamento – Stokes disse a Randi, com uma voz séria.

- Tem filhos? Netos? – Randi o incitou a falar.

- Três filhos maravilhosos, seis netos e até agora, três bisnetos – respondeu Stokes, com a voz enternecendo, ao falar de sua família.

- Você não quis se aposentar? – Randi mudou de posição, para que pudesse se aproximar mais do motorista, do banco de trás.

Evan detestava isso.

- Não, senhora. Eu perdi meu emprego, quando estava quase na idade de me aposentar. O sr. Sinclair foi bondoso em dar uma chance a um velho, em lugar de contratar alguém mais jovem. À época, eu precisava trabalhar. Minha filha estava doente e precisava de ajuda. Ele tornou possível que eu a ajudasse com uma renda mais que justa, como seu motorista. Serei um empregado leal, até o dia em que eu não possa mais dirigir – Stokes respondeu, com a voz ligeiramente mais emotiva, ao falar de seu empregador e de seu passado.

Evan se remexia inquieto em seu lugar, imaginando por que nunca soubera sobre Stokes e sua família. Não que seu motorista não estivesse disposto a conversar. Evan percebeu que ele simplesmente nunca se deu ao trabalho de perguntar.

Ele jurou descobrir se Stokes estava financeiramente preparado pelo resto de sua vida. O homem geralmente viajava para todo lugar com seu carro, sempre presente, aguardando o chamado de Evan. Se ele tinha família, talvez estivesse na hora de desfrutar algum tipo de aposentadoria.

- Eu o contratei porque você era qualificado. E o mantive porque você é um dos melhores funcionários que eu já tive – Evan afirmou alto o bastante, para que fosse ouvido por Stokes.

- Obrigado, senhor – o motorista respondeu humildemente, com a voz repleta de orgulho. – Chegamos ao seu destino.

Evan olhou pela janela e viu que eles estavam estacionados diante do Centro. As pessoas entravam devagar, todas trajadas para a festa.

- É uma festa aberta, Jerry – Randi disse, radiante. – Você gostaria de entrar e comer alguma coisa?

Stokes virou e sorriu para ela. Era a primeira vez que Evan tinha visto seu motorista realmente sorrir.

Stokes sacudiu a cabeça. – Não... mas, obrigada, senhora. Eu vou dar um pulo naquele restaurantezinho que tem os pães de lagosta. Tem uma comida ótima lá.

- Sullivan's – Randi respondeu, com um sorriso bondoso, assentindo. – Tenha um bom jantar.

Evan esperou, enquanto seu motorista desceu e abriu a porta para ele. Ele levantou e disse baixinho a Stokes – Fale comigo quando você estiver pronto para se aposentar. Eu vou providenciar para que você seja bem cuidado, Stokes.

Seu motorista assentiu. – Eu sei disso, senhor. Obrigado. – Ele parou, antes de acrescentar – Essa moça é muito bacana, senhor. Essa é para ficar.

- Eu estou planejando ficar com ela – Evan disse, num tom voraz. – Ela só não sabe ainda.

Ele viu Stokes sorrir sob a luz fraca. – Muito bom, senhor.

Evan seguiu até a lateral do veículo, mas Randi já estava do lado de fora do carro, seguindo na direção dele. Ela parecia totalmente despreocupada em ter que abrir a porta do seu lado do carro. A maioria das mulheres que ele conhecia teria ficado sentada esperado que alguém abrisse para elas.

Essa mulher, não. Ele tinha que ser mais veloz, se quisesse acompanhá-la.

Randi tinha sido independente a maior parte de sua vida e não conhecia nada dos rituais dos super ricos.

Essa era uma das coisas que Evan gostava nela. Randi era despretensiosa e tão real quanto uma mulher poderia ser.

Ela acabou de descobrir mais sobre o meu funcionário, em dois minutos, do que eu soube a respeito de Stokes, durante anos que ele trabalha para mim.

Ele ofereceu-lhe o braço, quando ela chegou até ele, e dispensou Stokes, para que ele fosse jantar.

- Não doeu, certo? – Randi perguntou baixinho, enquanto eles caminhavam de braços dados, até a frente do Centro.

- O quê?

- Descobrir algo sobre seus funcionários. Ele o idolatra.

- Eu pago seu salário – Evan respondeu solenemente. – Mas você está certa. Eu estou contente em saber dessa situação. Posso providenciar sua aposentadoria, assim que ele estiver pronto.

Randi assentiu. – Não há nada de errado em querer cuidar, Evan.

Ele não respondeu. Obviamente havia, sim, um problema em querer cuidar. Ele queria Randi, mas ela só o queria pelo breve período de tempo que ele estava ali.

Pela primeira vez, ele se importava com alguém e doía pra cacete, porque ela não.

Eu nunca vou poder amar um homem como ele.

Levaria muito tempo para que Evan conseguisse se esquecer que leu essas palavras, e exatamente como ele se sentia, quando pensava nelas.

Micah a vira, no instante em que ela entrou no salão de festas. Sem chance, ele deixaria de vê-la.

- Você está indo embora amanhã? – Julian perguntou-lhe, enquanto devorava outro prato de comida do bufê.

- É. Eu tenho que ir. Tenho reuniões logo cedo na segunda-feira – Micah respondeu.

Micah gostava de Amesport e não gostava da ideia de realmente ter que ir embora. Ele não voltara no Sullivan's, desde sua rusga com Liam, mas tinha ficado tentado.

- Eu também. Tenho uma entrevista em Los Angeles – Julian admitiu.

- Que bom. Então, eu posso pegar meu jato de volta. Agora você pode comprar o seu, sabe – Micah lhe disse, ainda observando Tessa circulando graciosamente pelo salão.

- Eu sei – Julian respondeu, sorrindo. – Mas eu nunca fui a lugar nenhum antes. Eu não precisava ir.

Julian sempre pôde pagar por qualquer jato particular que quisesse. Ele podia ser um "ninguém" em Hollywood, até tirar a sorte grande recentemente, mas ainda era um Sinclair muito rico.

A orquestra aumentou um pouco o som, obviamente pronta para que as pessoas começassem a dançar.

- Eu já volto – Micah disse a Julian, sem tirar os olhos de Tessa.

Se o seu irmão respondeu, Micah não ouviu. Ele estava decidido a ir até a bela moça, do outro lado do salão, antes que alguém o fizesse.

Ele abordou-a, quando ela estava falando com duas senhoras idosas, uma vestida de roxo escuro e outra de um tom bem extravagante de rosa.

Conforme ele se aproximou, ele ouviu Tessa falar. – Beatrice, eu agradeço o presente, mas você sabe que não acredito em milagres.

A mulher de rosa choque olhava radiante para Tessa. – É a sua vez, minha querida. O seu destino.

- Ela sabe – disse a mulher de roxo, animadamente. – A Beatrice viu claramente.

- Você irá ouvi-lo, mas não da forma como você pode esperar – Beatrice disse a Tessa, afagando seu rosto. – Você vai precisar ouvir com tudo em você, para entender o que ele está tentando lhe dizer.

- Olá. – Micah finalmente falou, tocando o ombro de Tessa, para que ela soubesse que ele estava atrás dela.

- Micah Sinclair – disse Beatrice, olhando para ele com uma expressão radiante. – Eu andei procurando por você. Eu sou Beatrice e essa é Elsie. – Ela acenou na direção da amiga.

Tessa virou para ler os lábios.

- Por que estava me procurando? – ele perguntou confuso. Ele nunca vira nenhuma das mulheres.

Beatrice estendeu a mão e Micah automaticamente pegou o item que ela estendia para ele. Ele olhou curioso para a pedra que foi deixada em sua mão, virando-a, de um lado para o outro. – Não posso aceitar. Eu nem a conheço. – Ele não fazia ideia do motivo para que uma idosa que ele desconhecia tivesse acabado de lhe dar uma pedra.

- Não, mas eu o conheço, rapazinho. Esse é seu destino. – Beatrice acenou na direção dos dedos dele.

- Não compreendo. Eu só vim até aqui para convidar a Tessa para dançar. – Ele olhou para as duas mulheres, perplexo.

- Eu danço – Tessa deu um gritinho, pegando a mão dele, para fugir. – Obrigada, senhoras. Foi bom vê-las.

Micah soltou a pedra no bolso e ergueu a mão para as duas senhoras, num gesto de despedida. Tessa o arrastou para longe, como se estivesse fugindo de um incêndio.

- Mas que diabo acabou de acontecer?

Quando ela parou, no meio da pista de dança, Micah perguntou – elas são malucas?

- Não. Mas ambas são excêntricas. Beatrice é a casamenteira da cidade e vidente, e Elsie escreve as fofocas do jornal. Elas são inofensivas, mas eu precisava ser salva. Obrigada.

Ele olhou para Tessa, abaixo. – Você sabe dançar?

Ela sacudiu os ombros. – Não sei. Não tentei, desde que perdi a audição. Você pode me conduzir?

- É claro – ele logo respondeu. – Eu sou bom na maioria das coisas que exigem participação física. – Ele deu uma piscada para ela.

Ela revirou os olhos. – Mostre-me.

Micah segurou uma das mãos dela e pôs o outro braço em volta de sua cintura. – É uma valsa.

Ela assentiu para ele e manteve os olhos em seu rosto.

Surpreendentemente, ela era uma dançarina muito graciosa, melhor que qualquer uma com quem ele já tivesse dançado. Ela o acompanhava facilmente e era incrível em seus braços.

Ele olhou abaixo, para ela e disse – Você é muito boa.

- Obrigada – ela respondeu educadamente.

Micah ficou surpreso quando ela piscou de volta para ele, depois pousou a cabeça em seu ombro. Ele continuou a conduzi-la, e ela o seguiu a cada passo.

Nenhum dos dois falava, enquanto seus corpos se comunicavam sem palavras... e eles dançaram.

Capítulo 18

Evan estava com os punhos fechados, em suas laterais, enquanto seus olhos seguiam Randi na pista de dança. Uma hora depois que eles chegaram, ela tinha concordado em dançar com Liam e Evan não estava lidando muito bem com ninguém abraçado a Randi, exceto ele.

Eu deveria tê-la convidado para dançar primeiro. Eu deveria ter ficado com ela na pista de dança, a noite inteira.

Infelizmente, ele não tinha feito nenhuma dessas coisas, então, estava sozinho, num canto, com um ombro encostado na parede, se esforçando muito para não socar a parede.

Ele cerrou os dentes quando viu Randi erguer a cabeça e sorrir para Liam, aparentemente, gostando tanto de dançar com ele, quanto de sua companhia. Ele quase foi até lá, quando o cara teve a audácia de deslizar a mãos em suas costas nuas.

Só foi impedido de seguir em frente por um corpo bem grande que surgiu à sua frente.

- Você parece estar precisando disso aqui. – Jared entregou-lhe um copo cheio de gelo e o que Evan imaginou ser álcool.

- Eu não bebo – ele respondeu irritado, contornando o irmão para novamente seguir em direção à Randi.

- Talvez você deva, essa noite – Jared sugeriu suavemente, segurando o paletó de seu smoking para impedir que ele fosse em frente. – Não faça isso, Evan. Ele é um cara decente.

- Ele está pegando nela – Evan respondeu rouco.

Jared parou na frente dele de novo e o empurrou para junto da parede. – Tome um drinque e relaxe. Tessa tentou arranjar Liam para sair com a Randi, mas Liam ficou doente. Eu tenho certeza de que ele só quis se desculpar por deixá-la esperando. Ela não está interessada nele.

Evan virou o copo de líquido numa golada e o devolveu ao Jared. Foi preciso um esforço sobre humano para não tossir, quando o álcool desceu queimando sua garganta e suas vísceras. – Você acabou de me envenenar? – ele perguntou, numa voz dolorosamente rouca.

- Uísque com gelo. É de um bom ano e boa marca. Você vai se acostumar. É tipo um gosto adquirido – Jared frisou, com um sorriso malicioso, ao entregar a Evan um segundo copo, que ele tinha pegado da bandeja de um garçom que passava. – Beba devagar – ele alertou.

Evan fez uma cara feia para o copo em sua mão. – Como você sabe que ela não está interessada? Ela está sorrindo para ele.

- Geralmente, se um cara convida uma mulher para dançar, não é apropriado *não* sorrir. Apenas se acalme, porra. É só uma dança – Jared falou. Ele parou para dar um gole em seu próprio drinque, antes de acrescentar – Porra, você está de quatro por ela.

Evan deu um gole inconsciente de seu copo, com a cabeça em outro lugar, conforme o líquido desceu queimando até o estômago. O calor voraz não parecia nem fazê-lo se retrair. – Você está atrapalhando a minha visão – ele rugiu.

- Eu sei – Jared respondeu calmamente, enfiando a mão no bolso da calça do smoking, parecendo estar ficando à vontade. – Acredite, é melhor assim. A música vai acabar em um ou dois minutos.

- Eu detesto me sentir assim – Evan admitiu. Seu controle estava lentamente escapando e ele sabia que estava agindo de forma irracional, mas não dava a mínima.

- Agora você sabe como eu me senti, quando achei que o meu irmão estava interessado na minha mulher – Jared lembrou-lhe, asperamente.

- Eu não dancei com ela – Evan frisou.

- Não, mas você a tocou, pegou no colo, abraçou – Jared disse, casualmente. – E você se interessou por ela.

- Porque eu gostava da Mara – Evan estrilou. – E você estava agindo como um babaca.

- Meio como você está agindo, nesse momento? – Jared disse.

- Sim – ele rosnou, percebendo como Jared havia se sentido, quando Evan tentou fazê-lo cair na real, fingindo estar interessado na Mara. – Certo. Desculpe. Naquela época, eu não sabia qual era a sensação.

- Está perdoado – Jared respondeu calmamente. – Estou pensando que seu carma nesse momento está uma merda.

Evan deu outro gole em seu drinque. – Um bocado – ele resmungou, ao passar a mão no rosto. Ele estava começando a relaxar, mas estava suando. Só podiam ser os efeitos da bebida. Ele não costumava beber e o drinque obviamente estava batendo forte.

- Você está bem, Evan? – Jared perguntou numa voz mais suave, num tom mais preocupado.

Pela primeira vez em sua vida, Evan respondeu a pergunta honestamente. – Não. Acho que não estou bem. – A voz dele estava embargada de sentimento e seu peito doía com uma dor que ele nunca tinha sentido. Muitos sentimentos começaram a bombardeá-lo de uma só vez, e ele não tinha certeza ao que reagir primeiro. – Eu a amo – ele acrescentou, expondo sua vulnerabilidade para que Jared visse, mas isso não parecia importar.

- Eu sei. – A resposta de Jared foi benevolente. – Mas não é o fim do mundo, Evan. É o começo de algo tão bom que você vai acordar todos os dias feliz, só em ver o rosto dela, quando abrir os olhos.

- Eu não vou vê-la. Vou embora amanhã e ela não pode me amar – ele respondeu. Talvez os relacionamentos de seus irmãos mais novos tivessem dado certo, mas Evan não podia *obrigar* Randi a amá-lo, por mais que desejasse.

- Então, não vá – Jared sugeriu.

- Tenho uma reunião importante, em São Francisco, na segunda-feira, com uma empresa da qual venho tentando adquirir o controle acionário, há muito tempo. Acho que eles estão prontos, porque precisam de capital para crescer. Se eu não estiver lá para arrematar a companhia, outra pessoa irá fazê-lo – ele respondeu, automaticamente.

- Então, deixe que façam. – Jared foi direto. – Evan, chega um ponto em que o dinheiro não importa mais. Nós temos tanto que não gastaríamos em doze vidas.

- Não é pelo dinheiro. É sobre ser melhor, ser bem sucedido. O velho nunca achou que eu seria, mas eu posso ser. – Evan estava respirando ofegante, quando virou para dentro o resto do drinque e botou o copo na mesa ao seu lado.

- Você já é – Jared respondeu furioso. – Você não tem mais coisa alguma para provar para ninguém, Evan. A batalha acabou e está ganha. Ela só continua existindo em sua cabeça.

- Está tudo bem? – uma voz feminina interrompeu.

Jared chegou para o lado, revelando Randi e seu parceiro de dança. – Tudo – ele disse, amistosamente. – Evan e eu estávamos só discutindo... negócios.

- Você gostaria de dançar mais uma, Randi? – Liam perguntou educadamente, a mão dele pousada nas costas nuas dela.

- Não, ela não gostaria – Evan rugiu, finalmente explodindo.

Ele deu um passo à frente e agarrou a frente da camisa branca engomada de Liam, que ele estava usando com um terno cinza e gravata. – Tire as suas mãos dela – ele disse, agora com a ira fora de controle.

Jared estendeu a mão e puxou Randi para o lado, fazendo com que Liam perdesse qualquer contato com ela. – Pare com isso, Evan. As pessoas estão começando a olhar – Jared avisou.

Evan não dava a mínima se o mundo inteiro estivesse olhando. Ele estava cara a cara com seu rival, com uma expressão assassina no rosto. Sem soltar a camisa de Liam, ele disse baixinho, num tom perigoso, - Não olhe para ela. Nem pense em tocar nela. Nem se imagine com ela, ou eu vou te pegar.

Jared puxou Evan à frente, forçando-o a soltar Liam. – Randi, você pode levar o Evan para algum lugar para dar uma esfriada? Ele... está meio de cabeça quente. Eu vou falar com o Liam.

Randi pegou Evan pelo braço e sussurrou veemente – Mas que diabo foi isso? – Ela foi andando na frente, se afastando da multidão. Evan foi atrás... bem... só porque ele iria atrás dela para qualquer lugar. Ele deixou que ela o conduzisse por um corredor, para longe do salão de festas, entrando numa salinha menor a alguma distância da aglomeração.

Ela fechou a porta e trancou, depois o empurrou para sentar numa poltrona que parecia pequena demais para ele.

- Que diabo acabou de acontecer? – ela perguntou, parecendo mais intrigada do que zangada.

- Eu não gostei do jeito que ele estava pegando em você. – A resposta de Evan foi com raiva.

- Nós estávamos dançando – ela respondeu num tom sensato e pôs as mãos nos quadris.

- Eu sei. Eu odiei. – A resposta dele foi seca, enquanto ele tentava recuperar o controle habitual.

- Então, *você* deveria ter me convidado para dançar – ela disse baixinho. – Você que é meu acompanhante.

- Isso é outra coisa que eu nunca fiz direito, para um Sinclair. Eu danço mal – ele confessou. – Eu gostaria de ter dançado mesmo assim. Eu não sou perfeito, então, raramente danço. Você iria ligar?

A expressão de Randi abrandou, quando ela olhou-o, abaixo. – Não, eu não iria ligar nem um pouco. Na verdade, isso o tornaria mais humano. Ninguém é perfeito em tudo. Você não precisa ser perfeito em tudo, Evan. Você já chega tão perto que dá até raiva.

Então, por que você não pode me amar? Por que você não pode amar um homem como eu?

Ele queria desesperadamente perguntar, mas a resposta era óbvia. O amor simplesmente... existia. Não havia explicação para ele, nem maneira de racionalizar e nenhuma forma de escolher o parceiro perfeito e ter esse tipo de sentimento.

Ele estava começando a entender que o amor não era uma escolha, ele simplesmente acontecia. Ele decididamente nunca achou que fosse acontecer com ele.

- Acho que você deve um pedido de desculpas ao Liam – Randi afirmou, casualmente. – Ele estava sendo agradável e educado.

- Ele não estava sendo agradável. – A resposta de Evan foi descontente. – Ele quer você nua.

- Como é que você saberia? – ela perguntou.

- Porque eu quero a mesma coisa, porra. Eu reconheço o olhar, mas ele não está tão pateticamente desesperado como eu estou, nesse momento. – Ele levantou e agarrou-a pela cintura. – Eu quero toda vez que a vejo ou ouço a sua voz. Quero quando você sorri para mim. Quero a cada minuto do dia, porra. Se não estou com você, eu quero estar. – Ele estava respirando ofegante e acrescentou – Eu. Preciso. De. Você.

Evan estremeceu, quando Randi passou os braços em volta de seu pescoço e posou seu rosto macio junto ao seu queixo com a barba ligeiramente por fazer. – Eu também preciso de você. Não estou interessada no Liam, Evan. – Ela fungou e depois perguntou baixinho – Isso é o álcool que está falando? Estou sentindo o cheiro. Você andou bebendo?

- Dois drinques. Eu não estou bêbado, Randi. Estou emotivo, algo que nunca me acontece.

- Com ciúmes? – ela perguntou.

- Sim – ele logo respondeu, honestamente. – Eu não quero homem nenhum pegando em você, só eu.

- Você vai embora amanhã de manhã. Não podemos ser tão intensos assim, nesse momento – Randi disse, numa voz embargada.

- Esse momento é o que temos – Evan disse zangado, sem conseguir assimilar a ideia de sair do lado dela, muito menos pôr mais distância entre eles dois. Ele perderia completamente a cabeça.

Ele observou quando o brilho de seus lindos olhos pareceu explodir em partículas cintilantes. Ela olhou-o acima, com uma expressão de desejo que foi como um soco no estômago de Evan.

- Então, transe comigo, Evan. Aqui. Agora. Uma última vez – ela pediu, ofegante. – Eu sei que nós não podemos ter um relacionamento, mas você está certo. Nós temos o agora. Eu aprendi que, às vezes, isso é tudo que uma pessoa jamais terá.

Ele queria para sempre, mas ele precisava dela tão desesperadamente que cuidaria disso depois. Ele olhou rapidamente em volta, percebendo que eles estavam numa ante-sala de toalete. Ele sabia, de visitas anteriores, que havia uma série de banheiros no Centro, mas esse era obviamente um dos que o Grady havia reformado e feito mais bacana, mais luxuoso.

Havia belas poltronas diante de espelhos, provavelmente para que as mulheres pudessem fazer o que elas costumam fazer, quando vão retocar a maquiagem.

Já a mil por hora para ligar para onde eles estavam, ele estendeu a mão atrás dela e checou novamente, para ver se a porta estava mesmo trancada, depois foi até ela. – Vai ser forte e rápido, Randi. Talvez até rude. Nesse instante, eu não tenho um pingo de controle, quando se trata de você – ele alertou, com um tom de voz perigoso.

- Eu não me importo – ela respondeu, deixando que ele a prendesse junto à bancada.

Evan tirou seu paletó do smoking, arrancando-o de seu corpo e virando do avesso, na pressa de se livrar da roupa, para ter mais liberdade de movimento. Ele precisava de seu corpo tão desimpedido quanto sua mente, nesse momento.

Soltou o paletó no chão, sentindo um alívio. Sentia um nó por dentro e seu pau pulsava de tesão para estar dentro de Randi, quando ele olhou abaixo, para sua expressão vulnerável.

- Você está com medo? – ele perguntou.

Ela sacudiu a cabeça. – Não. De você, não. Mas eu tenho medo do que sinto.

Sua afirmação fez surgir um milhão de perguntas na cabeça de Evan.

Como você se sente?

Você se sente como se estivesse perdendo a sanidade, tanto quanto eu?

Como você espera que eu vá embora, quando quero ficar, mais que tudo?

Todas essas perguntas sem respostas revolviam na cabeça dele, enquanto Randi tirava sua gravata borboleta e puxava sua camisa, fazendo os botões se espalharem pelo chão.

Quando ela tocou sua pele nua, ele se esqueceu completamente de tudo, e as sensações ferozes, carnais, que ele vinha vivenciando, se tornaram seu foco absoluto.

Quando Randi pousou a mão em sua nuca e puxou seus lábios para os dela, Evan Sinclair, mestre da arte do controle, finalmente o perdeu completamente.

Capítulo 19

Se Randi não estivesse tão perdida, ela talvez tivesse ponderado que se olhasse para trás, lembrando dessa noite depois, ela admitiria ter sido a vulnerabilidade de Evan que finalmente a fisgara.

A raiva dele, o medo e a dor que ela viu em sua expressão, sua disposição de se expor, tudo isso partiu seu coração. Ela via sua carência naqueles seus olhos lindos, e a guerra que estava travando com seus sentimentos foi o que a derrubou.

Eu o amo.

Não havia mais incerteza, nem hesitação. Ela queria Evan Sinclair e toda sua voracidade desprotegida, mais do que precisava do oxigênio que respirava.

Ele atacou sua boca como se ela fosse a única mulher que ele jamais quisera beijar, mas ela precisava de muito mais. Ela queria entrar nele, até não conseguir ficar mais colada nele.

O tesão irrompia dentro dela, revolvendo em seu âmago, conforme ela o enlaçava com os braços, segurando em volta de seu pescoço.

- Evan, por favor – ela pediu, quando ele ergueu os lábios dos seus, traçando uma trilha com a língua, descendo pela pele macia do pescoço dela. – Transe comigo.

Todas as suas defesas tinham evaporado, ela o queria, precisava dele.
- Você. É. Minha – ele disse a ela, numa voz mandona, enquanto puxava o tecido sedoso de seu vestido até a cintura.

Randi gemia alto, conforme os dedos de Evan pressionavam entre os dois corpos e por baixo do pano minúsculo da tanga que ela estava usando por baixo do vestido. Ela tinha vestido seu conjunto de lingerie mais ousado, precisando sentir-se a mulher mais sexy viva, apenas por uma noite.

- Cristo, o que você está vestindo? – a voz de Evan era aflita, faminta.

Ela não respondeu, só respirava ofegante, ao recostar na bancada, deixando que Evan olhasse, até que ele murmurou.

Randi tremeu quando ele puxou seu vestido pela cabeça e o ajudou a tirar e soltar no chão. Ela não estava de sutiã, já que o decote das costas era baixo e ela podia imaginar como estava, com a tanga vermelha, salto alto e meias de seda presas por uma liga. – São novos. Eu comprei para nossa última noite juntos.

Foi um ato ousado para ela, uma mulher que gostava de roupa íntima de renda, bonita, em vez do que estava usando agora.

Evan tracejou o contorno de suas dobras, por cima da calcinha molhada. Ele a pegou rudemente pela cintura e a pôs sentada na bancada. – Eu vou lhe comprar mais – disse ele, com uma voz áspera.

Antes que Randi pudesse reagir, ele deu um puxão forte na peça frágil e a calcinha saiu em sua mão.

Ele levou a boca ao meio das coxas dela, quase que instantaneamente, enquanto colocava as pernas dela nos ombros.

A sensação da boca quente e faminta em seu sexo a fez sentir um choque nos sentidos, principalmente porque ele não começou devagar. Ele devorava. Saboreava. Ele lambia até que Randi estava entoando seu nome. – Evan. Oh, Deus, Evan.

Sua possessão voraz era delirante. Ela a segurava toda aberta e mergulhava seu rosto, se banqueteando avidamente. Ele não provocava. Ele era um homem movido pelo ímpeto de fazê-la gozar e seu foco no ato era arrebatador.

- Sim – ela gemia, segurando o cabelo dele com os punhos fechados, puxando seu rosto para dentro dela. – Mais.

Evan podia ser o mais rude possível e ainda não era suficiente. Ela precisava gozar e precisava agora mesmo.

Ele revolvia a língua em seu clitóris, forçando, mandando. Não havia nenhuma delicadeza. Era só paixão, desejo e um tesão carnal.

- Sim. Por favor. Agora. – Ela se remexia suplicante, se esfregando no rosto dele, querendo chegar ao ápice.

E, subitamente, ela sentiu a chegada de um orgasmo devastador, cegante, de tanta intensidade, fazendo-a gritar – Evan!

As ondas pulsantes a tomaram com força total, tornando impossível que ela pensasse em qualquer outra coisa, a não ser convulsionar com elas. Evan levantou e arrancou a calça do smoking, libertando seu pau imenso, em tempo recorde.

Randi mal teve tempo para respirar, antes que Evan estivesse dentro dela. Ele a penetrou de modo selvagem, o tesão o dominava.

Ela ansiava pela dominação possessiva, de homem das cavernas, precisando daquilo para sentir-se viva. Enlaçando os braços dela ao redor do pescoço dele, ela se agarrou a ele. Ela ainda o apertava por dentro, em seu primeiro orgasmo.

- Cristo. Você parece um sonho, mas eu sei que é real – disse Evan, com a voz tomada de paixão.

- Mais forte. – Randi queria mais.

Ele a puxou da bancada e ela quase chorou quando ele saiu de dentro dela. Depois de virá-la, ele pegou as mãos dela e pôs sobre a bancada, ficando atrás dela. – Vou fazer com força, porque não consigo controlar agora.

- Eu preciso de você sem controle – ela disse.

Ele mergulhou o pau inteiro dentro dela e Randi gemeu.

- Você é minha – Evan insistiu, num gemido feroz, ao tirar sua ereção quase inteira e mergulhar com tudo outra vez.

Randi resfolegava com as investidas de Evan, precisando de algo onde se segurar, algo para evitar que ela saísse voando, numa onda de desejo. Segurando a bancada de mármore com força, ela se empurrava para trás, enquanto Evan entrava com força e uma sensação de prazer maior a tomou, ouvindo o som dos dois corpos batendo um no outro.

Era demais.

E não era o bastante.

Randi queria sentir Evan o mais fundo possível dentro dela. Foi nesse momento em que ela percebeu que ele a possuía: seu coração, seu corpo e alma. Ela queria mais; ela queria tudo dele.

- Não contenha – ela pediu, num gemido, seu corpo se contorcendo.

- Não consigo – ele admitiu, parecendo torturado, segurando mais forte em seus quadris, tão forte que ela provavelmente ficaria roxa. – Diga que você é minha, Randi. Diga, ou vou perder a cabeça.

- Eu te amo – ela disse, impotente, sem conseguir conter as emoções. A cada movimento, a cada ofego, ela só focava em Evan, e tinha de dizer o que sentia.

- Porra – Evan disse, entrando nela com toda força. – O que você disse?

- Eu te amo – ela gritou bem alto, as palavras ecoando no pequeno espaço.

Ela explodiu no momento em que Evan levou uma das mãos à frente e massageou seu clitóris. Ela abaixou a cabeça ao balcão, enquanto seu corpo vibrava com as pulsações que fizeram disparar seu coração e seu corpo inteiro tremer no clímax.

- Não olhe para baixo. – Evan segurou seus cabelos e puxou sua cabeça para cima. – Eu preciso ver você.

Ela provavelmente não teria erguido a cabeça, se Evan não estivesse ajudando a segurar seus cabelos. Ele enroscou os dedos nas mechas e os olhos deles se cruzaram no espelho, enquanto ela se via em pleno orgasmo.

Desesperada.

Cheia de tesão.

Com tanto prazer que, naquele momento, ela nem sabia seu próprio nome.

- Você me faz sentir tão bem que é quase doloroso – ela gemia, olhando os olhos azuis cheios de tormenta e confusão.

Os olhares se fixaram, até que Evan deu um mergulho final e jogou a cabeça para trás, em êxtase, enquanto ela o apertava por dentro, recebendo seu gozo.

Ele passou os braços em volta dela e a puxou para trás junto ao seu corpo. Enquanto os dois respiravam ofegantes, finalmente a puxou para uma poltrona, deixando que ela caísse em seu colo, e seu pau deslizava para fora dela.

- Diga-me por que, Randi – Evan exigiu, ao recuperar a compostura.

Ela se agarrava a ele, com os braços em volta de seu pescoço, para manter a posição em seu colo. – O quê? – Ela não tinha ideia do que ele estava falando.

- Diga por que você disse que nunca poderia amar um homem como eu. Aquelas palavras quase me mataram. Por que você disse isso? – Ele afagava seus cabelos como se ela fosse a mulher mais preciosa da terra.

Randi tentava fazer seu cérebro voltar a funcionar, a pergunta lentamente assimilada, enquanto ela recuperava o raciocínio coerente. Ela não tinha dito isso, tinha? – Eu nunca disse isso.

Eu nunca vou poder amar um homem como ele.

Seu cérebro começou a funcionar e ela sacudiu a cabeça com a conclusão que estava tirando.

Não era possível, mas, no entanto... ela nunca disse essas palavras ao Evan; ela tinha feito esse comentário ao escrever ao S.

De alguma forma, tudo fazia sentido. Na verdade, S. não tinha começado a incentivar seu relacionamento com Evan, até pedindo que ela lhe desse uma chance, depois de tê-la alertado para afastá-lo?

S. tinha mudado, desde que ela começara seu relacionamento com Evan – agora que ela realmente estava pensando a respeito. Ele fez uma porção de perguntas sobre seu relacionamento e quase a incentivava para que desse uma chance ao Evan, um homem que ele nunca conheceu. Seu comportamento era o oposto do habitual, de sua cautela constante.

Ela levantou, sentindo-se nua de maneira figurada, assim como fisicamente. Arrancando o vestido do chão, ela o vestiu mecanicamente, puxando o tecido para rapidamente cobrir o que restara de sua calcinha.

Ela sentiu um nó no estômago ao pensar em algumas das conversas que eles haviam tido, e o fato de que S. agora tinha uma mulher em sua vida. A Fundação Sinclair era o negócio de Evan, então, não seria um esforço que fosse ele, que sempre fora ele.

Seu coração começou a sangrar, quando ela pensou no fato de que ele era S., ele não lhe contara, na verdade, ele mentira para ela. Ele havia usado o relacionamento para tirar vantagem e o sentimento dela que fosse para o inferno. Essas eram atitudes incongruentes do Evan que ela tinha passado a conhecer e amar.

Talvez eu só tenha achado que o conhecia.

- Eu não disse essas palavras a você. Eu as escrevi a um homem que achei que fosse um amigo, um homem em quem eu confiava. – Ela respirou fundo e perguntou baixinho – *Você* é esse homem?

Randi não estava olhando diretamente para ele, mas, de canto de olho, ela viu que ele balançou a cabeça, quando ele levantou. – Sim – ele admitiu.

- O copo de leite nos túmulos de Dennis e Joan. Foi você? – Ela já sabia a resposta. Sua intuição lhe dizia que era verdade. Talvez ela tivesse deixado passar antes, mas agora isso também fazia sentido. Evan Sinclair era provavelmente um dos únicos homens que poderia conseguir qualquer coisa que quisesse, até um copo de leite perfeito, a cada dia, em pleno inverno do Maine.

- Sim. – Evan fechou o zíper de sua calça e esticou a mão para pegar a camisa e a gravata. – Eu fiz isso todos os dias para agradecê-los.

- Pelo que você estava agradecendo? – sua cabeça agora estava girando e ela ainda estava tentando dar sentido à ideia de que S. e Evan eram o mesmo homem.

Quando ele enfiou os braços nas mangas da camisa, ele respondeu – Eu os agradeci por terem salvado você, quando eu não pude fazê-lo. Sou grato porque você está aqui, por ser saudável e forte. Eu sou grato por eles terem lhe dado um lar. Acima de tudo, eu sou grato por eles a terem salvado para mim. – Ele vestiu o paletó e enfiou a gravata no bolso.

Randi se sentia completamente destruída e traída pelos dois homens mais importantes para ela. – Você mentiu para mim. Quando descobriu quem eu era?

- No dia em que levei as compras e você ficou sem luz. A Hope me disse que você tinha perdido sua mãe adotiva recentemente e tudo se encaixou. Eu deveria ter contado naquele dia, mas não consegui.

Certo... então, talvez ele não soubesse há muito tempo, mas ele soube antes de se tornarem íntimos. Ele deveria ter contado a ela, antes que qualquer coisa acontecesse entre eles. – Não havia nada que o impedisse de me contar – ela disse, agora furiosa, depois de passado o choque inicial de sua confissão. – Você brincou comigo. – Ele havia usado sua condição de amigo de confiança para obter informação dela.

- Eu não fiz de propósito – ele sussurrou, ao caminhar rapidamente até ela e segurá-la pelos ombros. – Por que você disse que não podia me amar, se me ama?

Ela sacudiu para se soltar das mãos dele, sem querer que ele a tocasse. Ele a traíra, e sua desonestidade, a maneira como brincou com ela a deixava furiosa.

- Eu não disse que não te amava. Eu disse que não posso amar você, por conta do meu passado e dos problemas que isso poderia causar. Você é um bilionário que viaja pelo mundo e eu sou uma professora que fica no mesmo lugar. Não se preocupe. Eu vou superar. O fato de você ser um mentiroso que me enganou irá me ajudar a esquecer você bem mais depressa – ela respondeu, inflamada.

Evan a pegou pelos ombros outra vez. – Você nunca vai me esquecer. Eu nunca vou esquecer você – ele rugiu, parecendo enfurecido. – Eu nunca esqueci você. Eu sinto a mesma coisa, toda vez que a vejo. Eu também não fiquei tão chocado, como deveria, quando soube que você era a mulher com quem eu me correspondia. Eu deveria saber que duas mulheres diferentes jamais poderiam despertar meu interesse da mesma forma. Eu tenho que me perguntar se, no fundo, você também não sabia quem eu era.

- Eu não sabia – Randi negou enfaticamente. – Achei que você fosse meu amigo. – A perda dos dois homens estava praticamente arrancando seu coração de seu peito.

- Eu sou seu amigo. Também sou seu amante – Evan respondeu, friamente.

- Você não é nada – Randi respondeu, pensando em todas as vezes que ele tinha brincado com os sentimentos dela. – Alguma coisa foi real?

- Tudo – Evan disse, com a voz falhando. – E não diga que eu não sou nada para você. Você acabou de dizer que me ama.

Ela deu um solavanco, se soltando dele, para olhar seu rosto, sem conseguir decifrar exatamente o que era real e o que não era. Ele havia mentido para ela, desde o começo, concordando ser apenas um funcionário. Depois a enganou de novo, sem contar a verdade, mesmo depois de saber quem ela era. – Eu realmente não o conheço, não é? – ela perguntou zangada. – Como posso amar um homem que não existe? – A pergunta a deixou nauseada. Como ela pôde ser tão imbecil?

- Você me ama, droga! – Evan respondeu veemente. – Você disse que ama.

- Isso foi antes de saber que você é um mentiroso manipulador. – Randi destrancou a porta, enquanto as lágrimas escorriam por seu rosto, a dor das ações duplas apertando seu coração e o deixando em pedaços.

Resfolegando, ela sabia que precisava sair da salinha, abrir distância entre ela e Evan. Ela precisava pensar, precisava entender. Ela rapidamente abriu a porta e saiu, imaginando se algum dia conseguiria superar a dor excruciante pela traição de Evan.

Vozes masculinas vieram por trás dela, conforme ela correu na direção da entrada do Centro, mas ela não conseguiu decifrar de quem eram, ou o que diziam. Honestamente, ela não se importava.

Eu tenho que sair daqui.

Agora, a única coisa que ela conseguia pensar era na fuga.

A temperatura terrivelmente fria foi um choque, no instante em que ela saiu correndo pela porta da frente, o vestido provendo pouca proteção do clima.

- A senhora está bem? – Uma voz masculina veio de seu lado.

Ela viu Stokes e virou a cabeça para o lado. – Não. Não estou bem – ela disse ao idoso, enquanto limpava as lágrimas, enfurecida. – Eu preciso chegar em casa.

- Eu vou levá-la. – O motorista pegou seu braço e gentilmente a conduziu até o Rolls Royce.

- O Evan vai precisar de você – ela protestou.

- Uma vez na vida, o sr. Sinclair pode esperar – Stokes respondeu firmemente, ajudando-a até o veículo que estava ali na frente.

Aflita, Randi não discutiu. Ela precisava ir embora dali, precisava pensar e precisava tomar distância do homem que acabara de abalar seu mundo de um jeito bom... e de um jeito devastador. Ela pulou no banco traseiro do carro de luxo, assim que o motorista abriu a porta traseira para ela.

Stokes estava com o carro em movimento, quase que instantaneamente, deixando-a encolhida no banco atrás dele – desnorteada, chorando e sentindo-se como se o seu coração nunca mais viesse a se recompor.

Capítulo 20

—Q ue diabo aconteceu? – Micah perguntava a Evan, sobre a cena com a qual ele havia esbarrado, no Centro.

Completamente confuso, ele olhava Evan curioso. Nunca era bom, quando uma mulher desgrenhada saía correndo de um banheiro, com um homem descabelado atrás dela. Ah, não que ele achasse que Evan fizera algo errado, porém, quando se tratava de Randi, era bem possível que ele tivesse feito alguma besteira.

- Eu disse a ela a verdade, sobre ser o cara a quem ela estava escrevendo – Evan admitiu, carrancudo.

- Eu achei que ela já soubesse. A Hope lhe disse para contar logo.

- Eu... não contei. – Evan estava bebendo uísque como se fosse água.

Merda! Não era de se admirar que Randi estivesse injuriada. Micah ficou imaginando o que teria motivado Evan a não seguir o conselho da irmã.

- Por que você não disse a ela? – Julian perguntou curioso, ao gesticular para o garçom, pedindo outra cerveja.

Ao impedir que Evan fizesse mais uma cena no Centro, evitando que ele corresse atrás de Randi, aos prantos, Micah tinha agarrado Julian e os três saíram para um lugar mais tranquilo.

O ponto de destino acabou sendo o Shamrock's Pub. Era um bar pequeno e calmo, na Main Street, não muito longe do Centro, e só havia algumas pessoas. Micah apostava que era por conta da festa. Metade da cidade provavelmente estava lá e nem era alta temporada.

Evan olhava para Julian desconfiado.

- Eu já expliquei para ele – Micah confessou calmamente, sem a menor culpa, por ter contado tudo a Julian, sobre o passado de Evan e sua ligação com Miranda Tyler. Afinal, isso era assunto de família.

- Fiquei com medo de contar a ela – disse Evan, puxando a gola, deixando a camisa sem botões que vestia ainda mais aberta. – Está quente aqui dentro.

Não estava nada quente dentro do bar, mas Micah desconfiava que fosse o uísque que Evan estava virando para dentro que estivesse causando as ondas de calor. – A Hope lhe disse para dizer a ela – Micah lembrou.

- Eu não consegui. Fiquei com medo que ela me dispensasse. E eu estava conseguido mais informações como seu amigo, pela internet, do que pessoalmente.

- Você conversava sobre si mesmo, via e-mail? E ela não sabia que era você, mas você sabia exatamente quem era ela? – perguntou Julian, obviamente tentando verificar o que estava ouvindo.

- Sim. – Evan disse, amuado em sua cadeira.

- Você é um babaca – Micah e Julian disseram, ao mesmo tempo.

Evan olhou furioso para os dois, do outro lado da mesa de madeira. – Achei que vocês tivessem dito que iam me ajudar.

- Isso foi antes de sabermos que você fez algo tão imbecil. Jesus, Evan. Por que não ouviu a Hope? Ela pode ser sua irmã, mas também é mulher. Você traiu a confiança de Randi. Não vai ter como contornar isso. – Micah ficou imaginando como alguém tão esperto quanto Evan poderia ser tão sem noção, quando se tratava de relacionamentos.

Eu posso não ser um especialista, mas não sou tolo de mentir para uma mulher. Elas sempre descobrem a verdade e nunca é bom, quando isso acontece.

Micah nunca havia passado o apuro de Evan. Na verdade, ele que havia sido enganado. Uma vez, ele tentou ter um relacionamento sério e sua suposta noiva acabou dormindo com ele e se casando com seu melhor amigo. Desde então, ele não havia mais tentado outro relacionamento exclusivo.

Evan bateu com o copo vazio na mesa. – Eu sei que escondi a verdade dela. Mas eu ia contar.

Micah olhou para Julian e o pegou sorrindo. – Não o deixe injuriado – ele alertou. – Ele já está no fundo do poço. – Ele falou para que apenas Julian ouvisse.

- Eu sei. Não posso evitar. Mal posso acreditar que esse seja o nosso Evan – Julian disse baixinho, ainda sorrindo, ao olhar o outro lado da mesa, para o primo. – Ele não se abala por nada, mas, nesse momento, parece completamente destruído. Sinto pena dela, mas é meio assustador vê-lo nesse estado. E tudo isso está acontecendo por causa de uma mulher – Julian sacudiu a cabeça.

Micah sabia o que Julian estava pensando, mas ele também sabia que Evan estava sofrendo... muito. O cara parecia, mesmo, alguém que tinha ido e voltado ao inferno, e isso não era nada típico de Evan. Ele raramente tinha um fio de cabelo fora do lugar, e usava seus ternos de alfaiate sem uma única ruga. Era bem chocante ver que uma mulher o reduzira ao seu estado atual.

Virando de volta, na direção de Evan, Micah questionou – Quando você contaria para ela? Ela provavelmente acha que você estava brincando com ela.

- Foi isso que ela disse – Evan concordou, balançando a cabeça.

Bingo! Isso era um problema. Uma vez que você se queima com uma mulher ao mentir, ela nunca se esquece. Micah sabia que Evan não tivera a intenção de ser enganador, mas parecia assim, por ele ser tão sem noção.

A garçonete interrompeu a conversa, levando a garrafa vazia de Julian e colocando um novo guardanapo com uma cerveja cheia.

- Obrigada, ruiva – Julian disse a ela, dando uma piscada.

Micah a reconheceu. Se ele estivesse se lembrando corretamente, seu nome era Kristin Moore. Ele a encontrara tanto no casamento de Dante, quanto no de Jared. – Eu conheço você. Achei que fosse assistente médica no consultório de Sarah – ele disse, imaginando por que ela estaria ali no bar.

A ruiva curvilínea assentiu rapidamente e depois olhou fulminante para Julian. – Meu nome é Kristin, não Ruiva. Detesto esse apelido e se você disser novamente, eu vou lhe apontar o caminho da porta. Mas só depois de colocar seu saco em sua boca, super astro – ela disse irritada, depois se virou para Micah, com um olhar mais gentil. – Eu trabalho para Sarah sim, mas meus pais queriam ir ao baile. Essa noite, eu estou aqui para substituí-los. Trabalho aqui à noite, frequentemente.

- A Cinderela não pôde ir ao baile – Julian provocou, sem conseguir resistir.

- Eu não quis ir – ela respondeu, na defensiva.

- Claro que quis – ele disparou de volta. – É o evento da temporada de inverno, aqui em Amesport.

- Para mim, não é, figurão. – A voz de Kristin era fria e seus olhos lançavam punhais na direção dele. – Não preciso de uma porção de modelos de Hollywood para me fazer feliz.

Micah estava relativamente certo quanto aos dois já terem se conhecido. Kristin era a melhor amiga de Mara e ela estivera no casamento de Dante. Também estivera no casamento de Jared, mas sua perna quebrada ainda devia estar sarando. – Como vai a sua perna? – ele perguntou, tentando dissipar a tensão que sentia entre o irmão e a garçonete arisca.

Dava para sentir a angústia fluindo entre eles e por estar sentado entre os dois, Micah estava diretamente na linha de fogo. Que diabo tinha acontecido entre eles, para deixá-los numa postura tão antagonista? Julian era um espertalhão por fora, mas era só fachada, seu jeito hollywoodiano de lidar com uma tonelada de rejeição e a falta de retorno que vivenciou, no começo da carreira.

Kristin era extrovertida e incrivelmente franca. Pelo pouco que sabia dela, ela não levava desaforo de ninguém.

Ela era atraente, mas não de um modo espalhafatoso. Era ligeiramente rechonchuda para os padrões de Hollywood, e seus cabelos cor de fogo estavam presos num rabo-de-cavalo. Ele via algumas sardas em seu rosto, portanto, ela quase não estava usando maquiagem. Kristin tinha a beleza da garota da porta ao lado, não o tipo super modelo de arrasar, com que Julian geralmente andava, ultimamente.

Os dois provavelmente se bicavam. Julian às vezes agia como um babaca, até que uma pessoa realmente o conhecesse, e Kristin obviamente não engolia sua baboseira.

Micah sorriu para Kristin, achando interessante que ela obviamente não estivesse nada impressionada pela fama e o sucesso de Julian. Agora ele era um ator de primeira linha, um ator que todos queriam em seu próximo filme.

A ruiva não parecia dar a mínima para quem ele era.

- Minha perna agora está boa. Obrigada por perguntar. – Ela lançou um sorriso sincero para Micah e ele não pôde evitar retribuir.

Ela podia não ter o tipo convencional de beleza, mas ele achou que ela era bem mais atraente que qualquer uma das mulheres com quem seu irmão estivera saindo. Obviamente, Julian também achava. Ele certamente estava provocando bastante, por achá-la interessante.

- Que bom que você melhorou – Micah disse honestamente, achando-a mais atraente, ao ficar mais feliz e baixar um pouco a guarda.

- Posso lhe trazer mais alguma coisa? – ela perguntou educadamente, desviando dele para Evan.

Ela ignorou Julian completamente, fato que fez Micah querer rir, ao notar a expressão irritada do irmão, de canto de olho.

- Não, obrigado. Nós temos que ir embora em breve – ele disse a ela.

- Eu provavelmente já bebi o suficiente – Evan resmungou, estreitando os olhos para seu copo pela metade, franzindo o rosto.

- Você já bebeu de sobra – Micah concordou. Ele estava ligeiramente preocupado que ele e Julian tivessem de carregar Evan para fora do bar, se ele não parasse.

Ele nunca vira o primo beber, em toda sua vida. Evan era provavelmente bem fraco, quando se tratava de bebida, embora ele fosse um cara grande.

Kristin piscou para Micah. – Ele parou. Está começando a envergar na cadeira. – Ela virou para o Evan e o endireitou com seu quadril. – Precisa de ajuda com ele?

- Não. Estamos bem. Não estamos dirigindo. – Micah tinha bebido pouco, mas Stokes agora estava lá fora, esperando por todos eles. Ele levaria todos para casa. Kristin assentiu e foi embora. O fato de Julian observá-la, em todo o seu trajeto de volta ao bar, não passou despercebido para Micah.

- Eu preciso falar com ela – Evan disse, ao se endireitar e depois se amuar em cima da mesa, com a voz meio embaralhada.

- Essa noite, não, cara. Você precisa dar um tempo a ela, para tudo isso baixar. Por quanto tempo você disse que vocês estavam se correspondendo? – Micah perguntou curioso.

- Há mais de um ano – Evan disse. Ela me pegou com um e-mail esperto. Eu fiquei viciado nela, desde então.

- Como foi que nenhum de vocês soubesse quem era o outro?

- Eu tentei rastreá-la, no começo de nossa correspondência. Só descobri que vinha do Centro. Depois disso, eu parei de tentar. Nós combinamos em não revelarmos nossas identidades. Para ela, eu era um cara qualquer. Eu não era o bilionário de uma das famílias mais conhecidas do mundo. Eu meio que gostei disso. Mas eu queria conhecê-la. Acho que ela não queria me conhecer. – Evan estabilizou seu tronco, pousando os braços na mesa, mantendo o corpo ereto. – Agora que estou pensando a respeito, eu deveria saber que era ela.

- Por quê? – perguntou Micah.

- Porque ela me pegou das duas maneiras, via e-mail e pessoalmente – Evan respondeu, com a voz ficando mais embolada.

- Se vocês sabiam tão pouco um do outro, sobre o que conversavam? – perguntou Julian, agora com uma expressão mais séria.

- Tudo e nada – Evan respondeu, depois de pensar um pouquinho. – Nós não falávamos de coisas específicas. Muito pouco de nossa conversa era relacionada ao trabalho ou outras pessoas. Sua mãe de criação morreu há pouco tempo e ela falava mais sobre ela e como era perder alguém que ela amava tanto.

- Você lhe dava apoio. – As palavras de Micah foram uma afirmação, não uma pergunta. Seu respeito por Evan aumentou um pouquinho, ao saber que ele apenas dera apoio à Randi, quando ela precisou desabafar.

- Ela também me apoiava – Evan respondeu, ao finalmente olhar na direção de Micah. – Ela mudou a maneira como eu vejo a vida, às vezes, me faz não levar tudo tão a sério.

Jesus! Evan parecia tão arrasado que Micah sentiu um nó por dentro. Ele já tinha passado por tanta coisa e Evan sempre fez de sua família a sua prioridade. Ele merecia algo para si mesmo. Ele torcia em Deus para que Randi finalmente percebesse que Evan não tivera a intenção de enganá-la. Seu primo apenas era ruim com relacionamentos.

- Nós vamos bolar alguma coisa – Micah disse a ele, firmemente.

- Eu preciso falar com ela. – Evan parecia desesperado.

- Essa noite, não – disse Micah, sacudindo a cabeça. Uma ideia lhe veio à cabeça, enquanto ele pensava em como fazer com que Randi percebesse que Evan realmente a amava. – Acho que você deve pensar em escrever para ela. Foi assim que seu relacionamento começou. Talvez, dessa forma, você consiga dizer as coisas com mais facilidade.

- Boa ideia – Julian concordou. – Dessa forma, ela não pode bater a porta na sua cara.

- Ela provavelmente não vai ler – Evan resmungou.

- Ela vai ler, sim. As mulheres são engraçadas, nesse sentido. Se você mandar um e-mail, ela terá que ler – Micah lhe disse, solenemente.

- Eu preciso dela – Evan informou seus primos. – Não sei o que eu vou fazer, se ela não falar comigo.

- Ela vai falar. Vai acabar falando. – A voz de Julian agora era de apoio.

Micah estava bem certo de que o irmão entendia a gravidade da situação, agora que Julian tinha visto como Evan estava arrasado.

- Quais são seus planos para amanhã? Eu pensei que você tivesse que estar em São Francisco.

Evan sacudiu a cabeça. – Não vou embora, até que ela fale comigo. Não me importa quanto tempo leve.

- Você pode perder um grande negócio – Micah alertou, sabendo da companhia cujo controle acionário Evan estava tentando comprar. A empresa certamente tinha grandes possibilidades.

- Sempre haverá mais negócios – Evan respondeu amargamente. – Isso não me importa.

Ele nunca achou que fosse ouvir essas palavras saindo da boca de Evan. Micah olhou para Julian, que sacudiu os ombros, como se estivesse igualmente confuso, antes de perguntar ao Evan – Posso pegar seu jato emprestado, amanhã? Eu preciso chegar a Los Angeles e o Micah está indo para Nova York.

- Não me importo – Evan concordou prontamente. – Não vou a lugar nenhum, por um tempo.

Micah tinha planejado pedir ao seu piloto que o deixasse em Nova York e depois voasse com Julian de volta a Hollywood. Mas, se Evan não fosse usar seu avião, Julian poderia voltar mais rápido, já que não teria que fazer primeiro a viagem até Nova York.

- Valeu – Julian murmurou.

- Nós temos que ir para casa. Temos que sair cedo, amanhã – disse Micah. Ele levantou e pegou o paletó de seu smoking no encosto da cadeira de madeira.

- Eu preciso escrever para a Randi – Evan disse, ao levantar hesitante.

- Deixe isso para amanhã, Evan. – A voz de Julian era sincera, quando ele levantou para vestir seu paletó. – Pode deixar a gorjeta comigo.

Micah não sabia quanto Julian deixou para Kristin, mas, a julgar pelo bolo de notas, por baixo do guardanapo, com a cerveja vazia, ele imaginou que fosse um bocado.

- Vamos, Evan – Micah chamou o primo.

- Eu queria falar com a Hope – Evan disse a Micah, com as palavras saindo mais emboladas, quando ele virou o resto da bebida do copo e levantou.

- Duvido que ela ainda esteja na festa. Ela estava mostrando o centro ao Davy, no Centro, e provavelmente está em casa, a essa hora. Está ficando tarde. – Eles estavam no Shamrock's fazia um tempo. Micah estava bem certo de que a festa já tinha acabado.

Evan franziu o rosto. – Não posso acordá-la. De qualquer maneira, ela está cansada, porque tem ficado muito tempo acordada, com o bebê.

Micah viu Evan desviando da porta. Ele finalmente o segurou pela gola e virou para a direção certa.

- Obrigada por virem. Tenham uma boa noite – Kristin disse, do bar.

Micah ergueu a mão despedindo, mas notou que Julian só virou e deu um sorriso falso.

- Ela é uma mulher legal – Micah comentou, ao ajudar Evan a entrar no carro.

- Ela é uma grande nojenta – Julian respondeu, sorrindo.

- Eu gosto dela – Micah argumentou, sem ver o sorriso de Julian, porque estava ocupado ajudando o primo bêbado a entrar no veículo.

Julian suspirou. – Também gosto dela.

Micah revirou os olhos, imaginando como o irmão se comportaria se não gostasse de uma mulher, porque ele tinha sido um babaca com a Kristin. Ele não demonstrava seu interesse de um modo legal. – Então, pare de agir como um idiota, quando você a vê.

Julian sacudiu os ombros. – Não consigo. Eu me divirto muito, vendo a cor de seus olhos mudando, quando ela fica injuriada.

Que interessante que Julian tivesse notado. Micah acenou para que ele entrasse no carro, antes de entrar também.

Ele parou, por um momento, imaginando se Tessa notaria que ele foi embora. Imaginar o rosto dela, enquanto eles estavam dançando o deixou de pau duro. Ele via o rosto dela em sua cabeça, quando ela sorria para ele, e jurou que ela parecia familiar, como se já tivesse visto seu rosto, em algum lugar. Mas ele não tinha realmente sido apresentado a ela. Ele se lembraria.

Seus dedos se enroscaram em volta do cristal que Beatrice lhe dera. Por algum motivo, ele o guardou, embora não devesse aceitar qualquer tipo de presente de uma idosa que não conhecia.

O problema era que não havia redenção para ele e nenhuma mulher esperando por ele. Ele estava livre como um passarinho, viajando de um lugar para o outro, em busca de algo novo e radical. Micah adorava a vida, exatamente como ela estava, nesse momento.

Ele soltou a pedra e tirou a mão do bolso, ao entrar no carro.

Sem conseguir se esquecer do rosto lindo e delicado de Tessa, Micah tentou desviar sua atenção dela e concentrar em Evan, para que eles pudessem arranjar um jeito de que ele conseguisse sua mulher de volta.

Contudo, quando Micah embarcou em seu jato, na manhã seguinte, ele ficou imaginando quanto tempo passaria até que ele visse seu rosto outra vez.

Ele torcia para que não demorasse muito.

Capítulo 21

Na manhã seguinte, Evan estava sentado diante de seu computador, no escritório do subsolo, imaginando como ele iria escrever para Randi. Antes sempre foi fácil, tão natural, que ele nunca pensou no que dizer. Agora era tão diferente e tinha tanta coisa em jogo.

Seu estômago revirou, quando ele tomou outro gole de café. Ele já tinha engolido alguns comprimidos, para fazer sua cabeça parar de doer. Embora a dor de cabeça estivesse lentamente melhorando, o café não estava ajudando o estômago.

Ele botou algumas pastilhas para azia na boca e jogou a embalagem de volta na gaveta.

Não é pra menos que eu nunca beba. Eu me sinto uma merda.

Ignorando seu mal estar, ele olhou o e-mail em branco à sua frente, fazendo uma cara feia. Ele sabia que Randi não ficaria feliz por ele não ter contado quem ele era, mas ele não sabia que ela se sentiria traída. Tudo que ele queria era um pouquinho mais de tempo. O fato de que suas atitudes a deixaram tão triste e desconfiada quase o matava. Ele preferia morrer a vê-la sofrendo, emocional ou fisicamente.

O que eu vou fazer, se ela não me perdoar?

- Isso não é uma opção – Evan disse a si mesmo, enquanto pousava os dedos sobre o teclado. Ele tinha passado de alegria ao mais profundo desespero, ontem à noite. Ela lhe dissera que o amava, e depois o deixara. – Ela ainda me ama – ele murmurou. – Eu preciso fazê-la entender que não tive a intenção de magoá-la. *Não. Eu só estava sendo um babaca egoísta. Não pensei em como meu segredo poderia afetá-la, como ela se sentiria porque eu não contei imediatamente da minha descoberta.*

Colocando-se no lugar dela, ele provavelmente ficaria irritado também, mas teria superado. Ele acabaria ficando bem feliz que as duas mulheres que o fascinavam eram a mesma.

O problema era que ele não tinha certeza se ela se sentia da mesma forma.

Eu nunca poderei amar um homem como ele...

Droga... por que ela havia escrito aquelas palavras? Não havia nada que o impedisse de ficar com ela a vida inteira, se ele soubesse que ela o amava. Ele não se importava com seu passado, ou que obstáculos eles teriam que superar para ficarem juntos.

Eu te amo.

Será que as palavras foram reais, ou só um pensamento momentâneo, quando ela estava no auge do clímax? Se ela estivesse falando para valer, será que ainda o amava?

Evan estava começando a se odiar porque estava cheio de inseguranças. Ele não era um homem que lidava bem com o fracasso, a ansiedade, indecisão e dúvida.

- Pro inferno com isso – ele disse, em voz alta, falando consigo mesmo. Ele gostaria que a Lily estivesse ali. Pelo menos, a cadela inclinaria a cabeça e fingiria estar ouvindo. Ela até que concordava com tudo que ele dizia – assim que ele interpretava suas ações. – Eu vou continuar escrevendo para a Randi, até que ela me ouça.

Ele tivera uma breve conversa com Hope, naquela manhã, para explicar por que ele, Micah e Julian tinham ido embora antes que as festividades tivessem terminado. Ele confessou que não seguira seu conselho. Depois de um longo sermão, ela concordou que escrever para Randi e lhe dar algum espaço era a melhor opção.

Eu estou escrevendo, mas sei que não vai demorar para que eu apareça em sua porta. Não consigo ficar longe.

Evan estava relutando consigo mesmo, para não ir diretamente à casa dela e exigir que ela fosse sua para sempre.

- Ela é minha. Sempre foi destinada a ser minha. Nunca houve ninguém mais para mim – ele resmungava zangado, sabendo que tinha estragado a sua única chance de ter a felicidade verdadeira. Agora ele sabia o que era ser feliz; era Randi.

Talvez, ele soubesse, desde o dia em que não pôde resistir a responder seu e-mail sabichão, há mais de um ano, mas ele simplesmente não conseguira admitir isso. Ele não estava mentindo, quando lhe disse isso, talvez, inconscientemente, ele sempre tivesse torcido para que ela fosse sua mulher misteriosa. Ele afastara a ideia, meses antes, por conta do modo como ela assinava suas mensagens, e ao fato de que ele não sabia que Randi tinha uma mãe adotiva. Eles nunca se falaram tanto pessoalmente, para que ele soubesse tanto de sua vida. Mas, no fundo, Evan achava que a possibilidade nunca havia deixado seu coração – mesmo que não fizesse sentido em sua mente consciente.

Evan estava descobrindo que nem tudo era baseado na realidade; alguns sentimentos simplesmente aconteciam...

Prezada M.,
Você já quis muito alguma coisa a ponto de fazer uma tolice para conseguir?

- Por favor, esteja em casa. Por favor, leia o meu e-mail. Por favor, me entenda – Evan sussurrou desesperado, ante de mandar o e-mail para o espaço cibernético, torcendo para que ela fizesse as três coisas, antes que ele perdesse a cabeça.

Não vou olhar meu e-mail. Não vou olhar meu e-mail.

Randi afagou a cabeça de Lily, enquanto comia um sanduíche enorme e entoava esse mantra na cabeça. Ela já tinha ido dar sua corrida diária, fez os exercícios de ioga e depois meditou.

Não ajudou.

Ela ainda estava relutando contra o ímpeto de checar seu e-mail e ver se Evan tinha escrito. A manhã ia terminando, portanto, ela não tinha dúvidas de que ele já teria ido embora. Ela quase caiu em prantos, quando viu os dois jatos particulares ganhando o céu, cedinho, durante sua corrida. O tempo estava frio e o céu claro, quando ela acordou, então, ela decidiu não fazer a esteira e, em vez disso, dar uma corrida no clima frio. Era bom estar ao ar livre e ela se sentia bem, até ouvir o rugir das turbinas de jato, voando baixo acima, significando que um jato particular havia decolado do pequeno aeroporto, na periferia da cidade. Na verdade, dois aviões decolaram, num intervalo de minutos, e Randi sabia que era Evan e Micah, porque Julian não tinha um jato, e nenhum dos outros Sinclair tinha planos para ir a lugar algum.

Eu sabia que ele iria embora. Eu não deveria ter ficado tão magoada. Será que ele pensou em mim.

Quase toda sua raiva já havia passado, enquanto ela pensava em todas as suas conversas, tanto com S., quanto com Evan. O choque inicial foi passando, quando ela concluiu que as atitudes dele foram mais negligentes do que intencionais.

Não vou olhar meu e-mail. Não vou olhar meu e-mail.

É claro que ela podia ligar o computador. Só não tinha qualquer motivo para entrar no e-mail do Centro.

Randi suspirou ao jogar o resto de seu sanduíche no lixo, subitamente perdendo a fome. Ela tinha passado a noite quase toda acordada e inquieta, tentando concluir quem era o verdadeiro Evan Sinclair. Ela havia ficado inicialmente muito magoada e agora, que ele havia ido embora, estava ainda mais.

Depois de quase uma noite inteira revirando na cama, revivendo muitas das coisas que ele lhe dissera, ela ficou imaginando se sua motivação realmente teria sido fazê-la de tola. Tudo que eles viveram, online ou não, tinha parecido tão real.

Ela entrou lentamente no quarto dos pais, finalmente sentando, depois de andar de um lado para o outro, pelo que pareceu mil vezes, saindo antes de ligar o computador.

Ora, pelo amor de Deus, apenas olhe. Não importa mais, ele já foi embora.

O desejo de saber se ele havia tentado entrar em contato com ela antes de partir a estava matando. Ele não tinha mandado mensagem de texto, nem ligado, então, essa era sua última esperança.

Se ele não escreveu, eu posso começar a seguir adiante, começar a tentar esquecer. Se ele nem sequer tentou se explicar, ele não vale toda a fossa que eu estou vivendo agora.

Randi ligou o computador e abriu o e-mail do Centro, na expectativa.

Ela se sentia patética, enquanto esperava, depositando tanta esperança em algum tipo de explicação. Talvez ela devesse tê-lo ouvido ontem à noite, mas sua reação imediata tinha sido à traição. Ela não se sentira vulnerável ou magoada por ter dito que o amava, então... bum! A notícia de que ele sabia, há algum tempo, que ela era sua correspondente misteriosa.

Finalmente, a caixa postal surgiu e ela respirou trêmula, quando viu que tinha, sim, um e-mail dele, e ele estava usando exatamente o mesmo endereço que sempre usava para lhe escrever.

Prezada M.,
Alguma vez, você quis tanto alguma coisa, a ponto de fazer uma tolice para conseguir?

Randi ficou olhando a única frase, por um instante, tentando entender o motivo para que ele ainda estivesse usando o mesmo estilo e nome misterioso para lhe fazer uma pergunta. Verificando a data, ela notou que a mensagem tinha sido enviada menos de uma hora antes. Analisando a pergunta, ela sabia que era sobre eles dois. Que tolice ele havia feito?

Caro S.,

Ela começou a escrever a resposta sabendo que entraria no jogo. Ela queria demais as respostas para não entrar. Ela não queria passar o resto da vida sem saber o motivo para que ele não tivesse lhe contado a verdade. Ela prosseguiu.

Não, eu acho que não. Nem sei se eu já quis tanto alguma coisa que exigisse fazer alguma bobagem. Foi ilegal?

Ela enviou a resposta ao espaço cibernético, torcendo para que ele explicasse. Sem esperar uma resposta dele, enquanto estava no ar, ela ficou surpresa em ver o retorno em questão de minutos.

M.,
Não foi ilegal, mas deveria ser. Eu magoei você e isso é inaceitável para mim. Você é a última pessoa da terra que eu iria querer magoar, mas eu fiz, porque fui um tolo. Desculpe, Randi.

As lágrimas começaram a correr pelo seu rosto, quando ela viu seu pedido de desculpas. Acabando com qualquer fingimento, ela escreveu de volta.

Evan,
Por que você não me contou? Eu tenho que saber.

Ela presumia que S. seria para Sinclair. Ele usava a inicial de negócios, exatamente como fizera, na primeira vez que ela lhe escrevera, usando a primeira inicial de seu verdadeiro nome. Agora eles já haviam ultrapassado isso e ela não se esconderia por trás de um inicial que ela raramente usava.

Sua conversa inflamada com Evan, na noite anterior, passava por suas lembranças, especialmente a parte sobre a possibilidade de que, lá no fundo, ela sempre ter sabido que S. poderia ser Evan.

Embora ela nunca tivesse reconhecido, ou sequer tivesse pensado na possibilidade, conscientemente, talvez houvesse uma parte dela que desejava que eles fossem o mesmo homem. Esse talvez fosse um dos maiores motivos para que ela não quisesse encontrá-lo pessoalmente – porque ela desconfiava que jamais sentisse a mesma química por outro homem, como sentia por Evan. Se ela tivesse conhecido S., e não houvesse química, ela perderia um amigo que passara a ser muito importante para ela.

Evan havia mencionado que ele não ficou nem um pouco surpreso quando percebeu que ela era M. Será que ela estava assim, tão surpresa, agora que Evan era realmente seu homem misterioso? Ela sempre foi atraída pelos dois, de maneiras diferentes, no entanto, a ligação era semelhante. Agora que ela juntara os dois, era difícil não perceber que eles eram a mesma pessoa. Eles tiveram tempo para se conhecerem, através dos e-mails, mas a ligação era forte para duas pessoas que nunca tinham se encontrado cara a cara. A ligação física que ela tinha com Evan, pessoalmente, aconteceu imediatamente e foi intensa. Ambos eram laços poderosos que ela nunca vivenciara. Portanto, será que foi tão surreal que eles fossem o mesmo homem? Provavelmente... não.

Será que eu secretamente sempre torci para que S., fosse realmente o Evan? Será que foi por isso que eu nunca quis conhecê-lo? Será que eu quis manter viva essa fantasia, de que eu me sentiria tão atraída por ele, pessoalmente, quanto me sentia via e-mail?

Agora, ela podia responder com certeza que sim, ela queria que os dois fossem o mesmo homem. Era altamente possível que ela sempre tenha querido isso, mas tivesse medo da decepção, quando descobrisse que não eram.

Passaram alguns minutos, mas Evan finalmente respondeu.

Randi,
Eu poderia facilmente dizer que não sei o motivo para ter feito isso, ou que ainda não tinha chegado a hora de contar, mas isso não seria verdade. A verdade é que eu estava com medo de perder você. E se você não me quisesse como seu

amigo misterioso? E se ele fosse mais importante do que o nosso relacionamento físico? Eu estava tentando lidar com isso, mas acho que não consegui. Acho que eu fui um covarde e eu estava tentando encontrar um jeito de descobrir como você se sentia em relação a mim, enquanto continuava sendo S., por um tempo. Nunca me ocorreu que isso poderia magoá-la. Eu ia lhe contar antes do baile, mas quando você disse que não poderia amar um homem como eu, no seu e-mail, aquilo quase me destruiu. Acho que depois daquilo, eu senti que não fazia mais sentido confessar.

As lágrimas caíam mais depressa, quando ela leu a resposta novamente, com a visão embaçada. Se tivesse sido qualquer outro homem, exceto Evan, talvez ela hesitasse, antes de acreditar no que ele estava dizendo. Mas esse era Evan, e ele era especial. Seu cérebro funcionava de maneira ligeiramente diferente e sua experiência com relacionamentos verdadeiros era quase inexistente. Ela acreditava nele. Ela escreveu de volta.

Evan,
Por que importa para você, o que eu disse? Nós dois sabíamos que o nosso relacionamento não poderia chegar a lugar algum. Eu tenho uma vida aqui e você está sempre viajando. Eu nunca tive a intenção de me apaixonar por você. Simplesmente aconteceu. Talvez eu não devesse ter contado, mas não consegui mais guardar isso. Mas eu não imaginava que as palavras importassem tanto e não esperava nada por dizê-las. Eu só descobri que a vida é curta demais para não dizer a alguém que você ama, se realmente ama.

Randi suspirou e enviou a mensagem, com as mãos ainda tremendo por saber que seus sentimentos foram tão importantes para um homem como Evan. Ele logo respondeu.

Randi,
Talvez eu nunca tenha tido uma mulher que tenha me feito
querer ficar no mesmo lugar. Talvez eu esteja perseguindo
objetivos que eu já tenha alcançado. Eu queria ser melhor que
o meu pai e essa foi a minha prioridade durante anos. Acho que
quando você conhece a mulher certa, a sua prioridade muda
completamente. Eu a desafiei a me fazer feliz. Você faz. Você é
a única pessoa que consegue. Não importa o que a gente esteja
fazendo. Se eu estou com você, sou um homem feliz.

Ela leu rapidamente a mensagem, percebendo que ele estava
dizendo que queria mais. Embora ela quisesse desesperadamente
a mesma coisa, isso simplesmente não era possível. Ela começou a
chorar, quando escreveu a resposta.

Evan,
Ficarmos juntos permanentemente não é possível. Eu sou filha
de uma prostituta, Evan. Fui garota de rua. Você é um homem
muito poderoso e as pessoas adorariam espalhar esse tipo de
fofoca para infernizar a sua vida. Não posso fazer isso com
você, por mais que eu goste.

Depois de mandar a resposta, Randi sabia que deveria sair do
e-mail. Suas emoções estavam exaustas e ela já tivera a sua resposta.
Foi mais surpreendente do que ela jamais poderia imaginar. Evan
gostava tanto dela que tivera medo de não fazer jus em pessoa, ao
homem que ele vinha sendo, enquanto ele escrevia para ela. Para um
homem tão complicado, seus sentimentos eram simples. Ele tinha
ficado com medo de contar, apavorado de ser rejeitado.
Evan mandou outro e-mail, instantes depois.

Randi,
Baboseira! Você acha que eu dou a mínima para o que as outras
pessoas vão pensar? Seu passado a transformou em quem você
é e eu adoro tudo em você. Eu mudaria a sua infância, se eu

pudesse, mas só porque não havia ninguém para você, fora os seus pais adotivos. Pensando em todas as coisas que poderiam ter acontecido com você parte o meu coração.

- O Evan me ama – Randi disse a Lily, afagando o pelo do golden retriever, que agora estava aninhada em seu colo. As orelhas de Lily pareceram captar o nome de Evan, como se ela o reconhecesse, seu focinho fungou interessado, e seu rabo balançou algumas vezes, antes que ela deitasse novamente a cabeça.

O coração de Randi disparou e batia tão forte, que ecoava em seus ouvidos. Ela escreveu de volta.

Evan,
Nós podemos conversar da próxima vez que você estiver na cidade. Talvez a gente só precise de algum tempo para pensar sobre isso, ante de mergulhar em qualquer tolice. Como você já está a caminho de sua reunião em São Francisco, nós podemos passar um tempo pensando se conseguiremos resolver isso.

Randi sentia que precisava dar a Evan uma saída, uma chance de pensar sobre a pessoa com quem ele estava se envolvendo seriamente, antes que ele fizesse declarações das quais pudesse se arrepender. A distância e o tempo não mudariam a maneira como ela se sentia em relação a ele; ela só sentiria mais falta dele.

- Você achou, mesmo, que eu iria a algum lugar? Eu vou convencê-la a se casar comigo, antes que você tenha a chance de pensar no babaca com que está se comprometendo – mesmo que eu tenha que arrastar essa bunda linda para dentro da igreja.

A voz masculina atrás de Randi e fez resfolegar e girar na cadeira. Ali, na porta do quarto, estava o homem de seus sonhos, com o ombro encostado ao portal, o celular que estava usando para se comunicar com ela na mão, e uma expressão obstinada nos olhos. – Olá, minha amiga misteriosa – disse ele, numa voz grave e sedutora. – Que bom finalmente conhecê-la pessoalmente.

O coração de Randi derreteu e as lágrimas começaram a cair de novo.

Capítulo 22

—O que você está fazendo aqui? – a visão de Randi estava embaçada pelo choro, mas as lágrimas eram de felicidade, não de dor. – Sua reunião...

- Não era importante para mim – Evan concluiu para ela. – Meu benzinho, o que eu tenho que fazer para que você entenda que nada é mais importante para mim do que você?

- Eles vão remarcar? – Ela sabia que Evan queria muito fechar esse negócio.

Ele sacudiu os ombros. – Eu não sei. Não perguntei e não importa. Tudo que eu quero é ouvir você dizer que me perdoa por ter sido um babaca.

Randi sabia que Evan estava falando sério. Ele tinha perdido um grande negócio só porque se importava com ela. – Seu avião partiu. Eu o vi decolar, quando estava correndo, essa manhã.

- Era o Julian. Ele precisava voltar para a Califórnia, então, eu o deixei usar o jato, já que eu não vou a lugar nenhum, no futuro próximo.

Ela engoliu com força. – Você não vai?

- Não.

Ele parecia exausto, com uma fisionomia cansada. Não tinha feito a barba essa manhã, e seu queixo estava escuro. – Você está bem? – ela perguntou, preocupada.

- Não. Ontem à noite eu fiquei bêbado pela primeira vez na vida, e não dormi. Eu só conseguia pensar em você e no quanto eu te amo. – Ele desencostou do portal, jogou o telefone numa mesinha e veio lentamente na direção dela, com os olhos repletos de desejo, possessividade, intensidade.

Randi levantou, enquanto Lily contornava Evan, toda contente, choramingando para ganhar atenção. Evan afagou a cabeça da cadela, fazendo-a ter chiliques de alegria.

- Você disse que me ama? – Randi perguntou, sem conseguir tirar os olhos do rosto de Evan.

- É amor ou loucura. Acho que deve ser o amor que produz algum tipo de insanidade. Eu observei a Hope e todos os meus irmãos passarem pela mesma coisa. Eu nunca soube que eu poderia me sentir assim – ele disse a ela, numa voz rouca, finalmente se aproximando o suficiente para passar os braços em volta dela.

Vindo de Evan, a declaração era encantadora e mágica. Ele parecia torturado e aliviado, ao mesmo tempo, Randi passou os braços em volta do pescoço dele e o abraçou apertado, sentindo uma onda de sentimentos junto com ele, enquanto eles se abraçavam, sem nunca mais quererem se largar.

- Eu te amo, Evan. Amo tanto que até dói – ela admitiu, enquanto chorava no suéter lindo que ele estava usando. Ele estava incrível, de jeans e suéter de lã verde jade. Isso a fez querer estar mais arrumada, não com o velho moletom da faculdade.

Ela sabia que estava toda desarrumada, mas Evan não parecia ligar. Ele só abraçou-a com mais força, pegou-a em seus braços e carregou para a sala. Ele sentou no sofá e aninhou-a em seu colo.

- Não chore. Eu não quero que doa, porque você me ama – a voz dele estava repleta de emoção.

- São lágrimas de felicidade – ela se apressou em explicar. - Não dói. É uma sensação maravilhosa.

- Então, case comigo, Randi. Eu quero que você se sinta maravilhosa pelo resto da sua vida, eu vou te dar o que você quiser para fazê-la ficar assim. Deus sabe que você me mostrou uma felicidade que eu nunca soube existir. Eu preciso de você.

Inclinando a cabeça, ela olhou nos olhos dele e viu seu futuro.

– Eu não preciso de coisas que me façam feliz, Evan. Eu só preciso de você. – Ele ainda não tinha notado, mas ela precisava dele, tanto quanto ele precisava dela. O destino lhe trouxera algo especial – um homem que ela amava – de coração, corpo e alma.

- Nós temos que falar de casamento – Randi disse, cautelosa. Ela queria dizer sim, com cada célula de seu corpo, mas esse era um passo bem grande para ambos.

- Nada de falar – ele disse. – Diga sim ou eu perco a cabeça – ele alertou, perigosamente.

Ela montou em seu colo e passou os braços em volta de seu pescoço.

– E se eu não disser? – ela perguntou curiosa.

Ele levou uma das mãos até atrás do pescoço dela e puxou-a, trazendo-a até seus lábios, antes que ela pudesse piscar. – Eu vou transar com você até que você não tenha mais forças para dizer não – ele disse, segurando os cabelos dela, enquanto ele a segurava para beijá-la.

Ela se derreteu nele e seus lábios quentes devoravam-na. Ele tinha um gosto delicioso, masculino, exatamente como Evan. Ela retribuiu o beijo, sem conseguir resistir se roçar em sua ereção.

O calor percorria seu corpo, conforme Evan mergulhava a língua em sua boca, tomando o que queria, e dando-lhe o que ela precisava, desesperadamente.

Ele não parou de atacá-la, com seu abraço possessivo, ao levantar e encostá-la na parede. – Tire. A. Roupa – ele murmurou mandão, ao recuar os lábios dela, seus olhos parecendo chamas azuis, quando ele a olhou e deixou que os pés dela tocassem o chão.

Randi sentiu outra onda quente e molhada entre suas coxas, diante de seu domínio, quando ele puxou seu moletom pela cabeça. Ele tirou seu sutiã, deixou cair no chão, sem pestanejar. Tirou o próprio suéter e soltou no carpete, junto com a pilha de roupa. O jeans dela e sua calcinha se juntaram às outras peças, instantes depois.

- Jesus, você é linda. – A voz de Evan era reverente e grave, enquanto ele a olhava, completamente nua.

Randi sabia que ele estava falando sinceramente. Não importava que ela não tivesse uma beleza de seios fartos, nem passasse horas num spa, ou salão de beleza. Para ele, ela era atraente e só isso que importava.

Para ela, Evan era a perfeição, e ela passou as mãos em seu peito nu, musculoso. – Eu sempre achei você o cara mais gato que eu já tinha conhecido. – A voz dela saiu num sussurro de desejo. Ela o queria dentro dela, antes que começasse a implorar.

- Sempre? – ele ergueu uma sobrancelha arrogante.

- Sim. Desde a primeira vez que o vi, no casamento da Emily. – Ela deu um grito, quando ele segurou seus seios e atiçou seus mamilos.

- Case comigo – ele insistiu, novamente.

- Evan, nós podemos conversar a respeito – ela disse.

- Nada de conversa. Eu preciso de um *sim* seu. – As mãos dele desceram lentamente pela barriga dela, até chegarem em seu sexo. Ele afagou-a lentamente, deslizando por seu calor molhado.

- Oh, Deus. – Ela segurou os ombros dele, as pernas enfraquecendo, enquanto ele buscava e encontrava seu clitóris. – Transe comigo, Evan. Agora.

- Você está tão molhada, meu benzinho – Evan disse, num tom baixinho, enquanto deliberadamente levava os dedos à boca e chupava a essência dela. – Você tem um gosto viciante. Sabia disso? Eu quero pôr a cabeça no meio das suas coxas, toda vez que olho para você.

As pernas de Randi cederam, enquanto ela o via sugando sua essência dos dedos, como se fosse um néctar. Evan passou os braços em volta da cintura dela e abaixou-a delicadamente, até que ela deitou no chão, ao lado da pilha de roupas.

Ele tirou o restante da roupa, antes de juntar-se a ela, no chão, ajoelhando entre suas pernas. – Agora, eu não posso esperar – ele disse a ela, com a voz embargada. – Diga-me, Randi, porque eu acho que não consigo me segurar muito tempo, antes de mergulhar meu pau em você e fazê-la gozar.

A expressão no rosto dele era voraz e perigosa, com ele acima dela, mas Randi só sentia empolgação, diante de sua perda de controle.

– Então, faça – ela o desafiou, deslizando a própria mão ao sexo, e dizendo – eu também mal posso esperar.

Ela o olhava, enquanto mexia em seu clitóris, gemendo baixinho, com o corpo vibrando de desejo. Ela ergueu a outra mão e pegava seu mamilo, deixando o próprio corpo ainda mais excitado. Ela sabia que o estava provocando, mas não ligava.

Deveria ser estranho se masturbar na frente de Evan, mas não foi. Ela queria que ele perdesse o controle, e ele precisava saber que nem sempre seria tudo de seu jeito, provocando-a, até que ela cedesse.

Algumas coisas exigiam uma conversa lógica, racional.

- Isso é gostoso? – Evan perguntou, com os olhos seguindo cada movimento.

- Ah, sim – ela gemeu, vendo os olhos dele em fogo, enquanto ela fazia mais pressão entre as pernas. – Eu queria que você estivesse dentro de mim, nesse momento. Adoraria sentir seu pau preenchendo o meu vazio.

- Eu só quero vê-la gozar – Evan respondeu, parecendo completamente fascinado.

Ele eliminou todas as intenções dela, com sua reação. Jesus, ele queria, mesmo, ver o seu prazer. Ele tinha começado insistindo em fazê-la prometer que se casaria com ele, mas seu desejo de vê-la feliz tinha superado suas próprias carências e desejos.

Evan Sinclair era o homem mais complicado que Randi já conhecera e o único que poderia deixá-la maluca e tão comovida, ao mesmo tempo.

- Eu te amo demais – ela disse, num gemido, e a expressão de prazer no rosto dele, ao vê-la provocando seu clímax era quase insuportável.

- Eu também te amo, benzinho. Goza para mim – ele incentivou, agora com os olhos grudados no rosto dela.

O fato de que ele a olhava fixamente era tão erótico que Randi se viu gozando e incitando o clitóris com força.

Ela arqueou as costas e gemeu, o corpo pulsando, enquanto a cabeça remexia de um lado para o outro.

Ela gritou, quando Evan abriu suas pernas, segurou suas mãos acima da cabeça e entrou nela. A sensação dele preenchendo-a logo após seu orgasmo, era quase mais que ela podia suportar.

- Essa foi uma das coisas mais excitantes que eu já vi – Evan disse, acima dela. – Mas eu estava ficando com ciúmes das suas mãos.

- Nada é tão gostoso como isso – Randi disse, ao passar as pernas em volta da cintura dele. – Transe comigo, Evan. Eu preciso de você.

Ela ouviu um gemido desesperado, baixinho, vindo dos lábios dele, conforme ele entrava com tudo. – Eu te amo, Randi. Jamais duvide disso. Nunca houve ninguém para mim, fora você. Jamais haverá.

Acreditar nele não era problema. Ela se sentia da mesma forma, e sabia que não poderia estar sentindo isso sozinha. – É muito gostoso – ela disse, ofegante. – Mais. Por favor.

Ele lhe deu o que ela queria, soltando suas mãos e colocando uma de suas pernas em seu ombro, para mudar o ângulo de suas investidas. Seu pau imenso roçava em seu clitóris, a cada mergulho forte, levando-a cada vez mais alto.

Randi olhou o rosto dele, ao sentir outro orgasmo se formando. Evan era um milagre para ela, um homem que ela considerava fora de alcance para uma mulher como ela. Mal sabia ela o quanto ele era real, ou que ele tinha um coração do tamanho do oceano, por baixo daquela fachada arrogante.

- Eu te amo, Evan – ela gritou, ao sentir seu clímax explodindo, suas emoções revolvendo junto com as ondas de prazer.

Ela ergueu os quadris, indo de encontro a ele, o coração disparado, o corpo vibrando de puro êxtase.

Evan deixou que a perna dela deslizasse de seu ombro e abaixou para beijar sua boca, absorvendo seus gritos de prazer, enquanto a devorava num beijo de possessão. Ela passou os braços em volta de seu pescoço, com a mesma paixão voraz, cravando as unhas na pele de suas costas, segurando com tanta força que sabia que o estava marcando.

Ele recuou a boca e mordeu seu lábio inferior. – Porra, sim! – ele exclamou, com um gemido baixo, que foi quase um uivo, enquanto ela continuava segurando suas costas e infinitas pulsações apertavam seu pau.

Seu clímax o levou a gozar também, e os dois se agarraram, num abraço suado e quente, enquanto ambos tentavam respirar.

- Minha! – Evan rugiu. – Você sempre será minha, Randi.

Ela estremeceu com seu tom animalesco e suas palavras carnais. Estranhamente, ele a tomar assim mais parecia um juramento, seu compromisso em estar ali para ela, pelo resto de suas vidas.

Ele rolou para o lado, levando-a junto, deixando-a esparramada por cima dele. Randi suspirou, sabendo que era apenas um, dos muitos gestos de Evan, protegê-la e evitar que ela suportasse seu peso em cima, embora ela gostasse.

- Sim – disse ela, simplesmente, com uma voz ofegante.

- Sim? – Evan perguntou esperançoso.

- Sim, eu me caso com você. – Ela faria tudo que pudesse para fazer Evan mais feliz do que jamais havia sido na vida. Ele merecia amar e ser amado, mais que qualquer homem que ela já conhecera. Randi sabia que ninguém jamais amaria esse homem complicado mais que ela, e ninguém jamais o entenderia melhor que ela. Ele provavelmente nunca perderia esse verniz de sofisticação e arrogância, mas isso não importava. Ela conhecia o coração bondoso que estava por baixo de tudo isso.

- O que a convenceu? – ele perguntou, parecendo muito feliz.

- Não foram as suas táticas de provocação – ela ralhou.

- Então, o que foi? Eu gostaria de saber, como futura referência – ele disse, brincando.

Ela pousou a palma da mão em seu queixo com a barba por fazer e disse, honestamente – Porque também nunca houve ninguém mais para mim, fora você.

A expressão de alívio no rosto dele falou muito, enquanto ele cobria a mão dela com a sua, e pousava a testa na dela.

- Ainda bem – ele disse, vorazmente, como se ela fosse a coisa mais preciosa que houvessem lhe dado, em toda sua vida.

Sabendo da dor que Evan tinha sofrido e os fardos que ele carregara sozinho, por tanto tempo, Randi o abraçou forte e prometeu a si mesma que esse homem jamais ficaria sozinho, com nenhum problema futuro.

- Eu te amo, benzinho – disse ele.

Randi suspirou feliz, imaginando se, no fim das contas, ela talvez acreditasse só um pouquinho, na mágica de Beatrice.

Epílogo

Alguns meses depois...

—O que estamos fazendo aqui? – Randi perguntou curiosa, enquanto Evan a conduzia aos fundos da casa de seus pais.

Não havia sido uma decisão fácil para ela, colocar a casa à venda, mas eles estavam morando juntos na casa de Evan porque não conseguiam ficar separados. A antiga casa precisava de um novo dono e de outra família que fosse feliz ali. Randi detestava que ainda estivesse vazia. Parecia... solitária.

A primavera havia chegado em Amesport e Randi sabia que a casa provavelmente seria vendida durante o fim da primavera, ou começo do verão, então, ela ficou relativamente surpresa, quando Evan sugeriu que eles fossem de carro até a antiga casa.

- Eu quis manter a tradição por mais um ano – ele respondeu, sério, enquanto segurava a mão dela e a conduzia pelos campos que passavam pelo quintal dos fundos.

- Que tradição? – Agora ela estava realmente confusa.

- Essa. – Ele parou e acenou para o córrego que corria na propriedade.

Randi parou de andar e cobriu a boca com a mão livre. – Oh, meu Deus.

Ali, ao lado do pequeno córrego, havia mais copos de leite do que Randi poderia contar. Já estavam todas em flor, o clima quente de fim de primavera provavelmente ajudando a florescerem. Evan obviamente mandara trazer as flores que foram transplantadas ali. Só porque ele achou que isso a deixaria feliz.

As flores altas estavam lindas, todas ao longo do riacho, mas em pensar no trabalho que ele tivera para providenciar que as flores fossem importadas e plantadas numa propriedade que já estava à venda era incrível.

– Você não gosta delas? Eu achei que fossem do mesmo tipo que você mencionou. – Evan parecia calmo, mas preocupado.

– São exatamente as mesmas. Como posso agradecer por uma coisa dessas? – Ela se jogou nos braços dele e o abraçou forte, muito grata por ter esse homem em sua vida.

A proximidade que eles vivenciaram nos últimos meses tinha sido quase assustadora e, a cada dia, ela se apaixonava um pouquinho mais por Evan. Ela agora estava tão profundamente apaixonada por ele que sabia que nunca mais poderia fugir. Não que ela quisesse.

Não havia um dia que passasse sem que Evan não fizesse algo para derreter seu coração e o vácuo que houvera entre os irmãos Sinclair finalmente estava sarando. O que um dia havia sido uma família partida, agora era uma família inteira.

– Eu tenho algumas ideias – ele disse com sua voz sugestiva.

Randi riu feliz, abraçando-o com mais força. Evan tinha aprendido a ter alguma leveza na vida, nos poucos meses que eles estavam juntos. Vê-lo sorrir para ela deixava seu coração mais leve. – Eu tenho certeza que sim – ela respondeu provocando.

Ela virou nos braços dele, apenas para deixar que a visão das flores penetrassem sua alma. Evan passou os braços na cintura dela e Randi recostou a cabeça em seu ombro. – Que lindo. Joan adoraria isso.

– Tem certeza de que você quer vender? – Evan perguntou cauteloso. – Você não precisa do dinheiro. Vai se casar com um dos homens mais ricos do mundo, você sabe.

Randi sorriu, sabendo que quando Evan dizia coisas assim, ele só estava afirmando um fato. – Eu tenho. A menos que você pretenda cancelar o casamento.

Eles iam se casar em um mês. Evan queria que a cerimônia tivesse sido antes, mas ele também queria que fosse perfeita. Ele estava sendo um chato com a organização, mas Randi não ligava. Ela achava fascinante que ele quisesse ajudar no planejamento e era mais minucioso que as suas amigas.

- Nem por cima do meu cadáver – Evan disse. – Parece que estamos esperando há séculos.

Na verdade, só fazia alguns meses, porém, para ela também parecia muito tempo.

Ela deu uma olhada no lindo anel de platina e diamante em seu dedo, suspirando ao pensar em quanto tempo ela iria se acostumar ao Evan lhe trazendo um novo presente, a cada dia.

Seu presente mais precioso havia sido sua promessa para encontrar um terreno para construir uma pequena escola para crianças com necessidades especiais. Ela caíra em prantos, quando ele explicou que não queria que nenhuma criança sofresse o mesmo que ele.

A maior barreira dos dois, o fato de Evan não querer um filho biológico, havia sido resolvida. Eles concordaram em adotar, se ele não se sentisse à vontade em ter seus próprios filhos, em alguns anos. Ele havia tocado seu coração, quando disse que qualquer criança que eles tivessem, não precisava do DNA dele, para que tivesse o seu amor. Randi não se importava se eles adotassem, porque ela se sentia da mesma forma, mas estava bem certa de que Evan estava começando a entender que qualquer um de seus rebentos que nascesse com dislexia ficaria bem. Os dois ajudariam a criança a aprender desde bem cedo e ela não tinha dúvidas de que Evan seria um pai fantástico.

- Eu ainda não sei o que dizer. Isso é incrível. – Randi sentia-se muito em paz, ao olhar a coleção de flores.

Lily deitou junto aos pés de Evan, feliz em estar com ele, sempre que podia. Lily se apegara a ele, da mesma forma que era com Randi. Por outro lado, Evan parecia adorá-la, e ainda lhe dava pedaços de carne escondido. Por sorte, não muito a ponto de deixar a casa fedorenta.

- Diga que me ama – Evan sugeriu.
- Eu te amo – ela repetiu obediente. Ele nunca se cansava de ouvir as palavras, nem ela. – Você vai continuar a colocar flores nos túmulos de Dennis e Joan? - Evan ainda ia ao cemitério, todos os dias. Nessa época do ano, não havia neve para limpar, mas Evan fazia questão de manter as sepulturas limpas, com flores frescas, todos os dias.

Ele sacudiu os ombros. – Sempre que possível. Até agora, tem sido todo dia.

Pegando a mão dela, ele entrelaçou os dedos, enquanto eles caminhavam lentamente, se distanciando do córrego.

- A Beatrice estava certa, sabe – Randi mencionou, casualmente.
- Eu sei – Evan disse. – Acho isso meio assustador, já que ela deu ao Micah um cristal, quando ele esteve aqui, para a festa de Hope.
- Você não quer que ele seja feliz? – Randi perguntou curiosa.
- Não consigo vê-lo se aquietando. Ele gosta de esportes radicais e não há muitas mulheres que consigam ficar com um cara que faz as maluquices que ele fez – Evan respondeu. – Mas, sim, eu gostaria de vê-lo feliz. Xander está no fundo do poço outra vez e Julian está ocupado com seu filme mais recente. Muita coisa recai nos ombros de Micah.
- Quem será que tem a outra pedra? Ele sabe?
- Não. Ele não mencionou – Evan respondeu. – Teria que ser uma mulher incrível, para aturar ficar com ele.

Randi riu, achando graça que Evan se achasse menos arrogante ou exigente que Micah. Ele não viaja tanto, ultimamente, mandava funcionários de alto escalão em seu lugar, sempre que possível, para fechar novos negócios. Talvez ainda tivesse que viajar, ocasionalmente, mas eles estavam aprendendo a se ajustar. Honestamente, Evan não parecia mais muito ávido para deixar Amesport. Ele parecia bem feliz em tocar seu negócio de seu escritório de casa, de ficar com sua família, embora ainda não tivesse aprendido exatamente a deixar de dizer a eles o que fazer. No entanto, era bem engraçado ouvi-lo se referir ao primo mais velho como sendo menos provável que ele de se aquietar.

- Tenho certeza de que ela será. Beatrice tem sido absolutamente precisa, com suas previsões com os Sinclair. – Ela até tinha acertado que Randi concluiria parte de sua vida, quando Joan morreu, e começaria outra. Agora ela estava em paz com a morte da mãe adotiva, embora sentisse sua falta todo santo dia.

Stokes estava esperando por eles, em pé, ao lado do Rolls Royce, quando eles contornaram o canto da casa. O homem agora estava quase sempre sorrindo e se tornara mais como um membro da família, em lugar de somente um funcionário. Ainda assim, ele se recusava a se aposentar, alegando que ainda tinha alguns anos para dirigir.

- Você está bem? – Evan perguntou a Randi, baixinho, ao parar com ela, antes que eles chegassem ao carro.

- Estou ótima. – Ela lhe disse. – Obrigada por fazer isso. Espero que quem venha a ser dono da casa mantenha a tradição. – Se não o fizessem, tudo bem, também. Seria casa de outra pessoa, alguém com outras preferências. Agora, o lugar de Randi era com o homem que ela amava, e ela estava mais que feliz só em casar com alguém que ela sabia que a estimaria pela vida inteira.

- Eu também espero que o façam, meu benzinho – Evan disse, dando um beijo em sua têmpora. – Vamos para casa.

- Vou fazer espaguete – ela alertou.

- Bom. Vou precisar me exercitar essa noite. – Ele deu um sorrisinho malicioso.

Evan comia qualquer coisa, tudo que ela preparasse e ele desfrutava de cada refeição. Surpreendentemente, ele passara a ajudá-la na cozinha, e preparar o jantar havia se tornado um de seus momentos prediletos do dia, porque eles faziam isso juntos. – Vamos para casa – ela finalmente disse, dando uma olhada para trás, para a casa, enquanto eles seguiam de volta, em direção ao carro. Sua vida tinha mudado muito, desde Evan, mas ela nunca se esqueceria das duas pessoas que haviam lhe salvado de uma vida hostil, na rua. Ambos viveriam em suas lembranças, para sempre.

- Pronta? – Evan perguntou.

- Estou pronta. – Ela assentiu entusiasmada. Não apenas estava pronta, mas muito empolgada em começar um novo capítulo de sua vida, sua vida com Evan.

Eles caminharam de mãos dadas até o carro, ambos super felizes porque uma nova vida juntos estava prestes a começar.

~ *Fim* ~

Nota Da Autora

Estima-se que entre 10 e 20% das crianças possuam deficiências de leitura e aprendizado. A maioria tem dislexia. Se você tem um filho com problemas de leitura, por favor, mande examiná-lo. O diagnóstico precoce pode ajudar a criança a começar a aprender de maneiras diferentes, a encontrar sua criatividade interior e seus próprios talentos.

Agradecimentos

Meus sinceros agradecimentos a toda a equipe de Montlake, especialmente à minha editora, Maria Gomez, que sempre me fez escrever essa séria com imenso prazer. Um grande agradecimento aos meus funcionários e meu time de rua, o Jan's Gems, sempre dispostos a deixar meus fardos mais leves, para que eu possa mergulhar em meu escritório e escrever. Como sempre, moças... vocês são demais!

- Jan

Biografia

J.S. Scott "Jan" é autora de romances eróticos best-sellers do New York Times, do Wall Street Journal e do USA Today. Ela é também leitora ávida de todos os tipos de livros e literatura. Ao escrever sobre o que ama ler, J.S. Scott cria romances contemporâneos quentes e romances paranormais. Eles são geralmente centrados em um macho alfa e têm sempre um final feliz, já que ela simplesmente não consegue escrever de outra forma! Ela mora nas belas Montanhas Rochosas com o marido e os dois pastores alemães mimados.

Jan adora entrar em contado com os leitores. Você pode visitá-la em:

Acesse: http://www.authorjsscott.com

Facebook Oficial: http://www.facebook.com/authorjsscott
Facebook Oficial no Brasil: https://www.facebook.com/J.S.ScottBrasil

Instagram: http://www.instagram.com/j.s.scottbrasil
Você também pode tuitar: @AuthorJSScott

Para receber notícias sobre lançamentos, vendas e sorteios, assine o boletim informativo em http://eepurl.com/KhsSD

Livros em Português de J. A. Scott

Série *A Obsessão do Bilionário:*

A Obsessão do Bilionário: A Coleção Completa (Simon)
O Coração do Bilionário (Sam)
A Salvação do Bilionário (Max)
O Jogo do Bilionário (Kade)
A Perdição do Bilionário (Travis)
Procure a história de Jason, em breve.

Série *Um romance dos Irmãos Walker:*

Liberte-se! (Trace)
O Playboy! (Sebastian)

Série *Os Sinclair:*

Um bilionário raro (Dante)
O bilionário proibido (Jared)
Der Milliardär mit dem gewissen Etwas (Evan)
Procure a história de Micah, em breve

www.ingramcontent.com/pod-product-compliance
Lightning Source LLC
Chambersburg PA
CBHW022006170626
46808CB00001B/305